清 馨 民 国 风

清馨民国风

时人评述

梁启超 胡适等著

孙立明 编

首都经济贸易大学出版社
Capital University of Economics and Business Press

图书在版编目（CIP）数据

时人评述/梁启超，胡适等著；孙立明编. —北京：首都经济贸易大学出版社，2016.1

（清馨民国风）

ISBN 978 - 7 - 5638 - 2439 - 7

Ⅰ.①时… Ⅱ.①梁… ②胡… ③孙… Ⅲ.①散文集—中国—现代 Ⅳ.①I266

中国版本图书馆 CIP 数据核字（2015）第 241294 号

时人评述

梁启超 胡适 等著 孙立明 编

Shiren Pingshu

出版发行	首都经济贸易大学出版社
地　　址	北京市朝阳区红庙（邮编 100026）
电　　话	（010）65976483　65065761　65071505（传真）
网　　址	http://www.sjmcb.com
E－mail	publish@cueb.edu.cn
经　　销	全国新华书店
照　　排	首都经济贸易大学出版社激光照排服务部
印　　刷	北京市泰锐印刷有限责任公司
开　　本	880 毫米×1230 毫米　1/32
字　　数	233 千字
印　　张	9.125
版　　次	2016 年 1 月第 1 版　2016 年 1 月第 1 次印刷
书　　号	ISBN 978 - 7 - 5638 - 2439 - 7/I·43
定　　价	28.00 元

前　言

　　这本书中的几十篇文字,都曾刊载于民国时期的出版物。其中一些篇目,近二三十年中曾经从繁体字变为简体字,或多或少为今人所知;但更多的篇目,似乎一直以繁体字竖排的形式,掩隐在岁月的尘埃中,直到我们发现或找到它们,再把它们转换为简体字,以现在这套"清馨民国风"丛书为载体,呈献给当今的读者。

　　收入这套"清馨民国风"丛书的数百篇民国时期的文字,堪称历史影像,也可以说是情景回放。它们栩栩如生、有血有肉,是近200位民国学人的集中亮相,也是他们经历、思考与感悟的原味展示——围绕读书与修养、成长与见闻、做人与做事、生活与情趣,娓娓道来。透过这些文字,我们既可以领略众多民国学人迥然不同的个性风采,更可以感知那个时代教育、思想与文化生态的原貌。

　　策划、编选这样一套以民国原始素材为主体内容的丛书,耗费了我们大量的时间、精力和心血。而今本套丛书即将分批陆续付梓,我们欣喜地发现,她已经有型、有范儿、有味道了。

目 录

1　南海康先生传/梁启超

4　林琴南先生/苏雪林

10　王国维传略/唐敬杲

13　忆蔡孑民先生/李金发

17　半农纪念/周作人

22　我所认识的高梦旦先生/王云五

35　追忆曾孟朴先生/胡适

39　记辜鸿铭/胡适

45　老将军吴佩孚/梁得所

49　吊刘叔和/徐志摩

54　杂忆佩弦先生/李长之

63　一个艰苦的学人——王光祈/陆曼炎

73　怀废名/周作人

80　谢六逸/赵景深

86　落华生许地山/陆丹林

93　悼许地山先生/郑振铎

100　敬悼许地山先生/老舍

108 关于周作人先生/徐懋庸

113 更谈周作人/黄裳

119 陶元庆先生/钟敬文

126 陶元庆及其绘画/许钦文

136 全能画家张大千/陆丹林

144 高奇峰先生示疾记/叶恭绰

148 林风眠先生/孙福熙

154 画师洪野/施蛰存

159 访梅兰芳/丰子恺

165 再访梅兰芳/丰子恺

171 记马彦祥/周楞伽

187 诗言志的叶恭绰/陆丹林

194 记阿英/周楞伽

207 忆若英/文载道

222 忆家槐/文载道

233 忆望道先生/文载道

244 记茅盾/黄果夫

251 怀茅盾/孔另境

257 苏雪林和她的创作/赵景深

264 我看苏青/张爱玲

梁启超（1873—1929），字卓如，号任公、饮冰室主人。广东新会人。20世纪初中国新旧交替时代著名政治活动家、启蒙思想家、教育家、史学家和文学家，戊戌变法领袖之一，民国初年清华大学国学院四大导师之一。梁启超学术研究涉猎广泛，在哲学、文学、史学、经学、法学、伦理学、宗教学等领域均有建树，以史学研究成就最大，被公认为中国近代史上百科全书式的人物；其著作后被合编为《饮冰室合集》。

南海康先生传[*]

梁启超

康南海果如何之人物乎？吾以为谓之政治家，不如谓之教育家；谓之实行者，不如谓之理想者。一言蔽之，则先生者，先时之人物也。如鸡之鸣，先于群动；如长庚之出，先于群星，故人多不闻之不见之。且其性质亦有实不宜于现时者乎，以故动辄得咎，举国皆敌。无他，出世太早而已。

大刀阔斧，开辟事业，此先生所最长也。其所为之事，至今未有一成者，然常开人之所不敢开，每做一事，能为后人生出许多事。无论为原动力，为反动力，要使之由静而之动者，先生也。先生者，实最冒险最好动之人也。尝有甲乙二人论戊

---

* 本文选自梁启超《南海康先生传》之第九章。康南海即康有为（1858—1927），近代中国著名政治家、思想家、教育家。——编者注。

戊维新事。"乙曰：康有为亦寻常人耳，其所建白，吾皆能知之，能行之。甲曰：然则君何为不为？乙曰：难也。甲曰：知其难而为之，此康有为所以为康有为也。"可谓知言。

先生最富于自信力之人也。其所执主义，无论何人，不能摇动之。于学术亦然，于治事亦然，不肯迁就主义以徇事物，而每熔取事物以佐其主义，常有六经皆我注脚、群山皆其仆从之概。故短先生者，谓其武断，谓其执拗，谓其专制，或非无因耶。然人有短长，而短即在于长之中，长即在于短之内。先生所以不畏疑难，刚健果决，以旋撼世界者，皆此自信力为之也。盖受用于佛学者深矣。

先生任事，不择小大。常言事无大小，唯在比较。与大千世界诸星诸天比，何者非小？与血轮、微虫、兔尘、芥子比，何者非大？谓有小大者，妄生分别耳。故但遇一事，有触动其不忍人之心者，即注全力以为之。虽费劳甚多，而结果甚少，不惜也。其半生常为阻力所围绕，盖自好为之也。

先生脑筋最敏。读一书，过目成诵；论一事，片言而决。凡事物之达于其前者，立剖析之，厘然秩然。虽或有不悉当者，然皆为自达其目的之助也。

先生之达观，真不可及也。素位而行，顺受其正，是其生平所最服膺之语。又以为我不入地狱，谁入地狱救此众生，故遇患难，遇穷困，皆谓为我所应有，必如是乃尽吾责任也。虽日日忧国忧天下，然于身世之间，常泰然也。

先生为进步主义之人，夫人而知之。虽然，彼又富于保守性质之人也，爱质最重，恋旧最切，故于古金石好之，古书籍好之，古器物好之，笃于故旧，厚于乡情。其于中国思想界也，谆谆以保存国粹为言。盖先生之学，以历史为根柢。其外貌似急进派，其精神实渐进派也。吾知自今以往，新学小生，必愈益笑先生为守旧矣。虽然，苟如是，是中国之福也。

要之，世人无论如何诋先生，罪先生，敌先生，而先生固众目之的也，现今之原动力也，将来之导师也。无论其他日所成就或更大与否，即以今论，则于中国政治史，世界哲学史，必能占一极重要之位置，吾敢断言也。虽然，此非先生之所期也。先生唯乘愿而来，随遇而行，率其不忍人之心，做一事算一事，尽一分算一分而已。顾吾中国不患无将来百千万亿之大政治家、大外交家、大哲学家、大教育家，而不可无前此一自信家、冒险家、理想家之康南海。吾安得不注万斛之热血，为中国为众生表感谢也！海天万里，先生自爱。

英国名相克林威尔，尝呵某画工曰："Paint me as I am."盖恶画师之谀己，而告以勿失吾真相也。世传为美谈。吾为康南海传，无他长，唯自信不致为克林威尔所呵。凡起草四十八点钟，传成。

孔子二千四百五十二年十一月九日，梁启超记于日本横滨山椒之饮冰室。

苏雪林（1897—1999），笔名绿漪。享誉国内外的文学大师、学者。1919年毕业于安庆省立初级女子师范，后考入北京女子高等师范学校国文系。"五四运动"时期以散文《绿天》与小说《棘心》轰动一时。1921年赴法留学，1925年回国。历任东吴大学、沪江大学、安徽大学、武汉大学以及台湾师范大学、成功大学教授。其一生出版著作40部，作品涵盖小说、散文、戏剧、文艺批评，在中国古代文学和现当代文学研究中成绩卓著。

林琴南先生

苏雪林

当林琴南先生在世时，我从不曾当面领过他的教，不曾写过一封问候他起居的信，他的道貌虽曾瞻仰过一次，也只好像古人所说的"半面之识"。所以假如有人要我替他撰什么传记之类，不问而知是缺少这项资格的。

不过，在文字上我和琴南先生的关系却很深。读他的作品我知道了他的家世、行事；明了了他的性情、思想、癖好，甚至他整个的人格。读他的作品，我因之而了解文义，而能提笔写文章。他是我十五年前最佩服的一个文士，又是我最初的国文导师。

这话说来长了。只为出世早了几年，没有现在一般女孩子自由求学的福气和机会。在私塾混了二年，认识了一二千字，家长们便不许我再上进了。只好把《西游》《封神》一类东西，当课本自己研读。民国初年大哥从上海带回几本那时正在风行的林译小说，像什么《茶花女遗事》《迦茵小传》《橡湖仙影》《红礁》《画桨录》等等，使我于中国旧小说之外，又发现了一个新天地。后来父亲又买了一部商务印书馆出版的完全的林译，计有一百五六十种之多，于是我更像贫儿暴富，废寝忘餐日夜披阅。渐渐地我明白了之乎也者的用法，渐渐地能够用文言写一写景或记事小文。并且模拟林译笔调居然很像。由读他的译本又发生读他创作的热望。当时出版的什么《畏庐文集》《续集》《三集》，还有笔记小说如《技击余闻》《畏庐琐记》《京华碧血录》，甚至他的山水画集之类，无一不勤加搜求。可惜十余年来东西奔走，散佚得一本都不存了，不然我可以成立一个"林琴南文库"呢。

民国八年升学北京女子高等师范。林先生的寓所就在学校附近的绒线胡同。一天，我正打从他门口过，看见一位须发苍然的老者送客出来，面貌宛似《畏庐文集》所载"畏庐六十小影"。我知道这就是我私淑多年的国文老师了。当他转身入内时，很想跟进去与他谈谈，兼致我一片渴慕和感谢之意。但彼时究竟年轻胆小，又恐以无人介绍的缘故不能得他的款接，所以只好怏怏地走开了。后来虽常从林寓门口往来，却再无碰见他的机会。在"五四"前，我完全是一个林琴南的崇拜和模仿者，到北京后才知道他所译小说十九出于西洋第二流作家之手。而且他又不懂原文，工作靠朋友帮忙，所以译错的地方很不少。不过我终觉得琴南先生对于中国文学里的"阴柔"之美，似乎曾下过一番研究功夫，古文的造诣也有独到处。其译笔或哀感顽艳，沁人心脾，或质朴古健，逼似《史》《汉》，与原文虽略有出入，却很能传出原文的精神。这好像中国的山水画说是取法自然，其实能够超越自然。我们批评时也不可拘拘以迹象求，而以其神韵的流动和气韵的清高为贵。现在许多逐字逐句的翻译，似西非西似中非中，读之满口槎桠者似乎还比它不上。要是肯离开翻译这一点来批评，那更能显出它的价值了。他翻译西洋文艺作品时，有时文法上很不注意，致被人摭拾为攻击之资；他又好拿自己的主观，乱作评注，都有失翻译家严正的态度。不过这些原属小节，我们也不必过于求全责备。"五四"前的十几年，他译品的势力极其伟大，当时人下笔为文几乎都要受他几分影响。青年作家之极力揣摩他的口吻，更不必说。近代史料有关系的文献如革命先烈林觉民《遗妻书》、岑春萱《遗蜀父老书》，笔调都逼肖林译。苏曼殊小说取林译笔调而变化之，遂能卓然自立一派。《礼拜六》一派滥恶文字也渊源于它，其流毒至今未已。有人引为林氏之过，我则以为不必。"学我者病，来者方多"，谁叫丑女人强效捧心的西子呢？

在他的创作里，我知道他姓林名纾，字琴南，号畏庐，福建籍。天性挚厚，事太夫人极孝，笃于家人骨肉的情谊。读他《先母行述》《女雪墓志》一类文字，常使我幼稚心灵受着极大的感动。他忠君，清朝亡后，居然做了遗老。前后谒德宗崇陵十余次。至陵前，必伏地哭失声，引得守陵的侍卫们眙愕相顾。他在学校授课时总勉励学生做一个爱国志士，说到恳切之际，每每声泪俱下。他以卫道者自居,"五四运动"起时,他干了许多堂吉诃德先生的可笑的举动,因之失去了青年的信仰。他多才多艺,文字以外书画也著名。他死时寿约七十余岁。

琴南先生在前清不过中过一名举人,并没有做过什么大官,受过皇家什么深恩厚泽,居然这样忠于清室。我起初也很引为奇怪,阅世渐深,人情物理参详亦渐透,对于他这类行为的动机才有几分了解。第一,一个人生在世上不能没有一个信仰。这信仰就是他的思想的重心,就是他一生立身行事标准。旧时代读书人以忠孝为一生大节。帝制推翻后,一般读书人信仰起了动摇,换言之便是失去了安身立命之地,他们的精神哪能不感到空虚和苦闷?如果有了新的信仰可以代替,他们也未尝不可以在新时代再做一次人。民国初建立时,一时气象很是发皇,似乎中国可以从此雄飞世界。琴南先生当时也曾对她表示过热烈的爱和希望。我恍惚记得他在某篇文字的序里曾说过"天福我民国"的话。但是这新时代后来怎样?袁世凯想帝制自为了,内战一年一年不断了。什么寡廉鲜耻,狗苟蝇营,覆雨翻云,朝秦暮楚的丑态,都淋漓尽致地表演出来了。他们不知道这是新旧递嬗之际不可避免的现象,只觉得新时代太丑恶,他们不能接受,不如还是钻进旧信仰的破庐里安度余生为妙。在新旧过渡时代有最会投机取巧的人,也有最顽固守旧的人,个中消息难道不可以猜测一二?第二,我们读史常见当风俗最混乱、道德最衰敝的时候,反往往有独立特行之士出于其间。譬如举世皆欲帝秦,而有宁蹈东海的鲁仲连;旷达成风的东晋,而有槁饿牖下不仕刘宋的陶渊明；满朝愿为异族臣妾的南宋，而有孤军奋斗的文天祥；只知内阋其墙不知外御其侮的明末，而有力战淮扬的史可法：都可为例。我觉得他们这种行事如其用"疾风知劲草，岁寒见松柏"的话来解释，不如说这是一种反动，一种有激而为的心理表现。他们眼见同辈卑污龌龊的情形，心里必痛愤之极，由痛愤而转一念：你们以为好人是这样难做吗？我就做一个给你们看！你们以为人格果然可由利禄兑换吗？正义果然可由强权压倒吗？真理果然可由黑暗永远蒙蔽吗？绝不！绝不！为了要证明这句话，他们不惜艰苦卓绝去争斗，不惜流血，不惜一身死亡，九族覆灭！历史上还有许多讲德行讲到不近人情地步的故事，好像凿坏洗耳式的逃名，纳肝割股式的愚忠愚孝，饮水投钱临去留犊式的清廉，犯斋弹妻、纵恣劾师式的公正，如其不是出于沽名的卑劣动机，就是矫枉过正的结果。

还有一个原因比上述两点还重要的，就是林琴南先生想维持中国旧文化的苦心了。中国文化之高，固不能称为世界第一，经过了四五千年长久时间，也自有它的精深宏大、沉博绝丽之处，可以教人惊喜赞叹，眩惑迷恋。所谓三纲五常的礼教，所谓孝弟忠信礼义廉耻的道德信条，所谓先王圣人的微言大义，所谓诸子百家思想的精髓，所谓典章文物的灿备，所谓文学艺术的典丽高华，无论如何抹不煞它们的价值。况且法国吕滂说过，我们一切行事都要由死鬼来做主。因为死鬼的数目，超过活人万万倍，支配我们意识的力量也超过活人万万倍。文化不过一个空洞的名词，它的体系却由过去无数圣贤明哲、英雄名士的心思劳力一点一滴抟造成功。这些可爱的灵魂，都在古书里生活着。翻开书卷，他们的声音笑貌，思想情感，也都栩栩如生，历历宛在。我们同他们周旋已久，就发生亲切的友谊，性情举止一切都与他们同化。对于他们遗留的创造物，即有缺点也不大看得出来，并且还要当作家传至宝，誓死卫护。我们不大读古书的人，不大受死鬼的影响，所以对于旧文化还没有什么眷恋不舍之意；至于像琴南先生这类终日在故纸堆里讨生活的人，自然不能和我们相提并论了。他把尊君思想当作旧文化的象征，不顾举世的讥嘲讪笑，抱着这五千年僵尸同入墟墓。那情绪的凄凉悲壮，我觉得很值得我们同情的。辜鸿铭说他之忠于清室，乃忠于中国之政教，即系忠于中国的文明——见林语堂先生的《辜鸿铭》——王国维先生之跳昆明湖也是一样，如其说他殉清，不如说他殉中国旧文化。

总之，林琴南先生可谓过去人物了。我个人对他尊敬钦慕之心并不因此而改。他是一个典型的中国读书人，一个有品有行的文士，一个木强固执的老头子，但又是一个有血性、有气骨、有操守的老头子！

唐敬杲（1898—1982），字旦初。天资聪颖，4 岁识字。1915 年考入商务印书馆任编译员。1932 年"一·二八"事变后，因商务印书馆印刷厂毁于日军炮火后，进《申报》馆担任《申报月刊》《申报年鉴》编辑，主编《现代外国名人辞典》《综合日汉大辞典》。抗日战争爆发后，发起组织文人补助会。1942 年后执教于辅仁中学、斯盛中学、光华大学。1945 年应上海"增修大藏经会"之聘校注佛经。1947 年任南京国史馆协修，次年返上海。唐敬杲毕生从事辞书编写和日文翻译，参与编著作品有《新文化辞书》《学生国学丛书》等。

王国维传略

唐敬杲

王国维为晚近之硕学者。字静安，又字伯隅；号观堂，又号永观。清光绪三年生于浙江之海宁。父乃誉，诸生，善画，尝参溧阳幕。值洪、杨乱，乃弃幕就贾。

国维生而通敏。稍长，治举业为秀才，肄业于杭州崇文书院，以能文名。值甲午之役，国人争言变法，国维亦欲自奋于新学，顾家贫，不能以资供游学，居恒怏怏不乐。

二十二岁时，始来上海，为《时务报》司书记校雠。时上虞罗振玉设东文学社于上海之梅福里，以余暇往就学焉。嗣《时务报》馆封闭，罗氏乃使治社中庶务，而免其各费，于是始得专力于学。庚子之乱，学社解散，罗氏助以资，留学于日本，留四五月而脚气病作，遂以是夏归国。其时南洋公学设分校于虹口之谦吉里，罗氏为校长，国维乃为校之执事，暇则习英文，兼为罗氏编译《农学报》《教育世界》杂志，并为社论者数年。

光绪二十九年，任教席于南通师范学堂，主讲哲学、论理、心理诸学。读叔本华之书而大好之。翌年秋，移教席于苏州师范学堂，主讲社会、论理、心理诸学，嗣更用力于康德之书。既而厌之，以为哲学上之说，大都可爱者不可信，可信者不可爱。同时又因填词之成功，乃渐移其嗜好于文学，著有《静安文集》《人间词》甲乙稿。

光绪三十四年，随罗氏入京，任学部总务司行走；历充图书馆编译，名词馆协修，京师大学堂农科教习。在京四年，仍专治词曲，著有《人间词话》《清真先生遗事》《曲录》《戏曲考源》《宋大曲考》《优语录》《古剧脚色考》《曲调源流表》诸作，并为世所推重；而《宋元戏曲史》亦属稿于是时。

辛亥之后，随罗氏携家东渡。以罗氏之劝，始尽弃前所治哲学、文学，而专意于经史。先治三礼，次及诸经，日读注疏尽数卷。又旁治古文字声韵之学，尽观罗氏大云书库藏书，古器物铭识拓本，古彝器及他古器物，与罗氏商订考核无暇日。居东凡五年，著有《齐鲁村泥集存》《宋代金文著录表》《国朝金文著录表》《简牍检署考》；又与罗氏合撰《流沙坠简考释》；后此，治西北地理、元代掌故，皆此书发其端也。

民国五年归国，复居上海，为犹太人哈同编辑"广仓学窘"《学术丛编》；嗣任仓圣明智大学教授，并纵观乌程蒋汝藻藏书，为之编《密韵楼书目》，著述自此益富。重要著作如《殷卜辞中所见先公先王考》《殷周制度论》等，皆作于此时。民国十年，萃前所作论文，刊为《观堂集林》二十卷。

十二年夏，至北京，任职于清宫之南书房，与罗振玉检定清宫所藏彝器。嗣应北京大学研究所国学门聘，为校外通信导师。又翌年秋，任清华学校研究院教授，讲演古史新证、尚书、仪礼、说文解字四门。暇则专治西北地理、元代掌故。刻蒙古史料校注四种，又裒辛酉以后所作为《观堂集林补编》。

民国十六年五月初三日，自沉于颐和园之昆明湖，年五十一。

李金发（1900—1976），中国第一个象征主义诗人，中国雕塑的拓荒者。1919 年赴法勤工俭学，后就读于第戎美术专门学校和巴黎帝国美术学校。在法国象征派诗歌特别是波特莱尔《恶之花》的影响下，开始创作格调怪异的诗歌，被称为"诗怪"。1925 年回国，先后在上海美专、国立杭州艺术专科学校执教。1936 年任广州市立美术学校校长。著有《微雨》《为幸福而歌》《意大利及其艺术概要》《异国情调》《飘零阔笔》等。

忆蔡孑民先生

李金发

"一代宗师""党国元老""大尽"蔡孑民先生逝世将近一周年了。当时饰终大典的隆重实近世少有，当时我羁旅越南，未能参加其葬仪，觉得很抱憾。事后好像他的朋友王云五等，曾发起一个元培图书馆，来纪念他，国府也拨了三万元抚恤金，因他确是"身后萧条"。

蔡先生的朋友门人满天下，但是除了几个画报曾纪念他死后的荣哀外，很少看到追忆他批评的文字，比之鲁迅死后，文坛热烈地阐发其思想，记载其私生活，真是差得远。这不知是什么道理，大概蔡先生平日不甚与会写文章的青年们往来，而他的朋友门人又多成了达官贵人无暇及此。

听说蔡先生是前清的翰林，四十多岁才到德国去研究哲学——他的德文能看书而不能讲——思想始终是前进，自奉永远是俭朴,做过两次教育总长,仍是两袖清风,故他的道德文章是无可指摘的,能为全国任何阶层的所钦敬,也就是因为他言行一致的伟大人格。一般贪官污吏,对他真要愧死。

他第二次到法国,大概是民国十年。他看见当时的华法教育会,不能再得到北京政府的接济,于是我们读书的津贴也断绝了。幸得我家里有钱寄来,那时我不会像其他的青年一样,设法去结识他,以做后来进身之阶,直至民国十五年,在上海沧州饭店才第一次见到他。以后恐怕是他喜欢美术家的缘故,我们时常往来,他为我题过《意大利艺术概要》《雕刻家米西盎则罗》①两本书题,我因为《申报》赵君豪的要求(赵是他介绍去《申报》的,蔡先生说过),为他塑了一胸像,内铅外铜,但是自己觉得塑来不好。

有时看见他说德文,还不如他夫人好些,很是为他难过,那时他住在慕尔鸣路,中国式楼房内,设备简陋得很,与当时他在社会地位的崇高是不相称的,这就是他的伟大处。

十六年,我到汉口去了,除了送过他一本《微雨》诗集外,以后很少通信。不久他在南京为教育行政委员会委员,当我于十六年秋回到南京的时候,他正发表②为大学院院长。见面后,他毫不迟疑地叫我做秘书。我是从未做过官的,怎能当得起这个责任,公文程式也不曾见过。

① 今译米开朗琪罗。——编者注。
②"发表",意为"公布"。——编者注。

不知什么理由，当时行政处长杨杏佛主张大家吃西餐，于是有胃病的高鲁，有肺病的杨杏佛，及金曾澄、许寿裳、蔡先生及我大家每天吃起不三不四的西菜来。记得每人每月扣二十五元，在那时候算是奢侈了。蔡先生不独吃得惯，且胃口很好，吃时谈吐风生，对下属没有一点官脾气，对人都称先生，不像普通大官，动辄叫人为"黄科员""张小队附"等等肉麻腐败的称呼。

好在那时尚有很多的秘书，不须我办公事，我只是代他会求差事的客人而已。一队一队的北京大学生，多数失望而去，因为几个"当晓转达"及蔡先生的"容为留意"，使得他们不得不从旅馆里搬回老家去。

我那时时运亨通，外交部通知我们（记得是林语堂、谢冠生、刘明钊、甘介侯及我）到部去工作。当时因为我未识该部长伍朝枢，以为还是跟蔡先生做事好，所以没有去，好像他们几人也各有事做，不曾回去。

十七年春，杭州国立艺术院创办，我"义不容辞"地调去教授雕刻，没有料到四年最宝贵光阴都消磨在那里，也许是命该如此！

其时还常常到蔡先生那里去，记得我有一条狼狗割爱送了给他，后来他到青岛去时，仆人不小心，又逃跑了，他很为惋惜。

二十一年，我回广东来，就很少与他见面通信，他亦不得志地只做中央研究院院长，在极司非而路①度其风烛残年。

　　二十六年夏，我偕着家人到香港浅水湾去游泳，那是第一次也恐怕是最后的一次，无意中在饭茶的厅子里遇见蔡先生和他的夫人孩子们。他那时身体已不很康健，面色苍白，故不能到重庆去共赴国难，在港养病已一年了。他看见我太太说："这是李小姐吗?"我忍不住笑起来，蔡夫人才连忙说："这是李太太。"大家笑了一场，可见他的精神是有些那个了。想不到那是我们最后一次的见面！

（《异国情调》）

---

① 又名极司菲尔路，位于沪西。——编者注。

周作人（1885—1967），原名櫆寿，字星杓，现代著名散文家、文学理论家、评论家、诗人、翻译家、思想家，中国民俗学开拓人，新文化运动代表人物之一。1901年入南京江南水师学堂。1906年东渡日本留学，1911年回国。1917年任北京大学文科教授，后兼日文系主任。1919年与陈独秀等任《新青年》编委。1920年秋任《新潮》月刊编辑部主任。1924年与鲁迅等创办《语丝》周刊。周作人一生著译颇丰，已辑集出版。

半农纪念

周作人

　　七月十五日夜我们到东京，次日定居本乡菊坂町。二十日我同妻出去，在大森等处跑了一天，傍晚回寓，却见梁宗岱先生和陈女士已在那里相候。谈次陈女士说在南京看见报载刘半农先生去世的消息，我们听了觉得不相信。徐耀辰先生在座也说这恐怕是别一个刘复吧，但陈女士说报上记的不是刘复而是刘半农，又说北京大学给他照料治丧，可见这是不会错的了。我们将离开北平的时候，知道半农往绥远方面旅行去了，前后相去不过十日，却又听说他病死了已有七天了。世事虽然本来是不可测的，但这实在太突然，只觉得出于意外，惘然若失而外，别无什么话可说。

　　半农和我是十多年的老朋友，这回半农的死对于我是一个老友的丧失，我所感到的也是朋友的哀感，这很难得用笔墨记录下来。朋友的交情可以深厚，而这种悲哀总是淡泊而平定的，与夫妇子女间沉挚激越者不同，然而这两者却是同样地难以文字表示得恰好。假如我同半农要疏一点，那么我就容易说话，当作一个学者或文人去看，随意说一番不要紧。很熟的朋友却只作一整个的人看，所知道的又太多了，要想分析想挑选了说极难着手，而且褒贬稍差一点分量，心里完全明了，就觉得不诚实，比不说还要不好。荏苒四个多月过去了，除了七月二十四日写了一封信给半农的长女小蕙女士外，什么文章都没有写，虽然有三四处定期刊物叫我做纪念的文章，都谢绝了，因为实在写不出。九月十四日，半农死后整两个月，在北京大学举行追悼会，不得不送一副挽联，我也只得写这样平凡的几句话去：

十七年尔汝旧交，追忆还从卯字号。

廿余日驰驱大漠，归来竟作丁令威。

这是很空虚的话，只是仪式上所需的一种装饰的表示而已。学校决定要我充当致辞者之一，我也是不好拒绝，但是我仍是明白我的不胜任，我只能说说临时想出来的半农的两种好处。其一是半农的真。他不装假，肯说话，不投机，不怕骂，一方面是天真烂漫，对什么人都无恶意。其二是半农的杂学。他的专门是语音学，但他的兴趣很广博，文学美术他都喜欢，作诗，写字，照相，搜书，讲文法，谈音乐。有人或者嫌他杂，我觉得这正是好处，方面广，理解多，于处世和治学都有用，不过在思想统一的时代自然有点不合式。我所能说者也就是极平凡的这寥寥几句。

前日阅《人间世》第十六期，看见半农遗稿《双凤凰专斋》小品文之五十四，读了很有所感。其题目曰《记砚兄之称》，文云：

> 余与知堂老人每以砚兄相称，不知者或以为儿时同窗友也。其实余二人识，余已二十七，岂明已三十三。时余穿鱼皮鞋，犹存上海少年滑头气，岂明则蓄浓髭，戴大绒帽，披马夫式大衣，俨然一俄国英雄也。越十年，红胡入关主政，北新封，语丝停，李丹忱捕，余与岂明同避菜厂胡同一友人家。小厢三楹，中为膳食所，左为寝室，席地而卧，右为书室，室仅一桌，桌仅一砚。寝，食，相对枯坐而外，低头共砚写文而已，砚兄之称自此始。居停主人不许多友来视，能来者余妻岂明妻而外，仅有徐耀辰兄传递外间消息，日或三四至也。时为民国十六年，以十月二十四日去，越一星期归，今日思之，亦如梦中矣。

这文章写得颇好。文章里边存着作者的性格，读了如见半农其人。民国六年春间我来北京，在《新青年》中初见到半农的文章，那时他还在南方，留下一种很深的印象，这是几篇《灵霞馆笔记》，觉得有清新的生气，这在别人笔下是没有的。现在读这遗文，恍然记及十七年前的事，清新的生气仍在，虽然更加上一点苍老与着实了。但是时光过得真快，鱼皮鞋子的故事在今日活着的人里只有我和玄同还知道吧，而菜厂胡同一节说起来也有车过腹痛之感了。前年冬天半农同我谈到蒙难纪念，问这是哪一天，我查旧日记，恰巧民国十六年中有几个月不曾写，于是查对《语丝》末期出版月日等等。查出这是在十月廿四，半农就说下回我们要大举请客来做纪念，我当然赞成他的提议。去年十月不知怎么一混大家都忘记了，今年夏天半农在电话里还说起：去年可惜又忘记了，今年一定要举行。然而半农在七月十四日就死了，计算到十月廿四恰是一百天。

> 昔时笔祸同蒙难，菜厂幽居亦可怜。
> 算到今逢年百日，寒泉一盏荐君前。

　　这是我所作的打油诗，九月中只写了两首，所以在追悼会上不曾用，今见半农此文，便拿来题在后面。所云菜厂在北河沿之东，是土肥原的旧居，居停主人即土肥原的后任某少佐也，秋天在东京本想去访问一下，告诉他半农的消息，后来听说他在长崎，没有能见到。
　　还有一首打油诗，是拟近来很时髦的浏阳体的，结果自然是仍旧拟不像，其辞曰：

> 漫云一死恩仇泯，海上微闻有笑声。
> 空向刀山长作揖，阿旁牛首太狰狞。

半农从前写过一篇《作揖主义》，反招了许多人的咒骂。我看他实在并不想侵犯别人，但是人家总喜欢骂他，仿佛在他死后还有人骂。本来骂人没有什么要紧，何况又是死人。无论骂人或颂扬人，里边所表示出来的反正都是自己。我们为了交谊的关系，有时感到不平，实在是一种旧的惯性，倒还是看了自己反省要紧。譬如我现在来写纪念半农的文章，固然并不想骂他，就是空虚地说上好些好话，于半农了无损益，只是自己出乖露丑。所以我今日只能说这些闲话，说的还是自己，至多是与半农的关系罢了，至于目的虽然仍是纪念半农。半农是我的老朋友之一，我很悼惜他的死。在有些不会赶时髦结识新相好的人，老朋友的丧失实在是最可悼惜的事。

民国廿三年十一月三十日①，于北平苦茶庵记王云五（1888—1979），广东香山（今中山市）人，民国时期著名出版家，商务印书馆乃至中国出版业的领军人物。1912年任中华民国临时政府大总统府秘书，后在北洋政府教育部任职，1913年任中国公学大学部专任教授。1921年，经胡适推荐，到商务印书馆任编译所所长，1930年起任商务印书馆总经理。1946年辞职从政，先后任国民政府经济部长、行政院副院长、财政部长。

我所认识的高梦旦先生

王云五

我最初认识高梦旦先生，是在民国十年中秋节之前一二星期。那时候他正担任商务印书馆的编译所所长；我却闲居在上海，替一个旧学生新办的一间小书店主编一部丛书。给我们介绍的人，就是胡适之先生。因为高先生担任商务的编译所所长多年，自己常以不懂外国文字为憾。自从新文化运动开始以后，商务努力出版关于新文化的书籍。高先生认为不懂外国文字的人，对于新文化的介绍，不免有些隔阂，因此屡屡求贤自代。他看中了新文化运动的大师胡适之先生，盼望他能够俯就商务的编译所所长。经过了多次劝驾和拖延了几个年头，胡先生毕竟碍于情面而应允了。但是胡先生的应允是有条件的。他的条件就是先行尝试几个月，如果尝试之后认为于自己的性情不合，仍然要还他初服的。那时胡先生正在北大任教，为着便利尝试起见，择定民国十年的暑假，暂时不用名义来商务编译所视察两个月。经过相当时期之后，胡先生把商务编译所的内容和工作都研究清楚；一面提出改革的计划，一面却以编译所所长的职务关于行政方面较多，与他的个性不很相宜，便对高先生说明他的意旨，打算尝试期满仍回北大教书。高先生是极重信义的人，也是最能尊重他人意旨的人；因此，他对于胡先生继任编译所所长虽然害了好几年的单相思，但是经胡先生坚决表示意旨之后，他便不敢强留。于是不得已而思其次，请求胡先生找一个替身。他因为崇拜胡先生，便以胡先生认为适当的人是没有不适当的。

事有凑巧，胡先生从前和我有同学之雅；当他出洋留学以前，我们常在一起。他回国任教于北大的时候，我已经回南方；直至这次来上海小住，我们才有机会话旧，而且常相过从。他从前知道我对于读书做事都能吃苦，又曾发现我于青年时代做过一件呆事，把一部《大英百科全书》从头至尾读了一遍。这次留沪相聚，又知道我十年来读书做事的经过，和新近从事编译事业。那时候不知道他怎样决定下来，事前绝对没有和我商量，便把我推荐于高先生，作为他自己的替身。高先生对于我从前并无一面之雅；对于我的著译，据他后来对我说，虽略经寓目，却没有看出什么特色。可是一经胡先生的推荐，他便毫不迟疑地郑重考虑。经胡先生介绍我们一度晤谈之后，他便向商务当局提议举我自代。我呢，因为正想从事编译工作；如果能够有一个大规模的出版家给我发展，那是无所用其客气的。

而且我平素有一种特性，对于任何新的工作或是重的责任，只要与我的兴趣相合，往往就大着胆去尝试的。因此我除了提出和胡先生从前所提的唯一条件，就是给我三个月尝试再行定夺外，也就一口答应下来。

记得从民国十年的中秋日，我便到商务编译所开始工作。初时我并没有什么名义，每日承高先生把编译所的工作和内容详细见告，并由高先生随时把种种问题提出和我商量。这样的过了三个月，他便要求我正式接任编译所所长，并应允和从前应允胡先生一般，于我接任编译所所长之后，他仍留所内，改任出版部部长，随时助我处理所务。我在这几个月中，承高先生开诚指导，并承他将来继续相助，同时我对于这件工作的兴趣也很浓厚，因此便正式接受了。从此以后，我便和高先生直接共事六年。到了民国十六年，高先生因为年满六十，坚执要步张菊生先生的后尘，脱离商务印书馆的直接职务。但此后十年之间，无时不以商务和我个人的至友资格，尽力赞助；虽至病笃之日，仍不改其态度。自从我开始认识高先生之日，直至他撒手离开这世界的一秒钟（因为高先生去世的一秒钟我正侍立病榻之旁），中间约莫十五足年，对公事上我和他商讨最多，对私交上我也和他过从最密。他的性情，我是认识最真之一人；他的美德，我也是知道最多之一人。不过事后追记，不免挂一漏万。而且在百忙当中，要做详尽的记述，也有所不能。现在且根据留在我脑中最深刻的印象，给高先生写写各方面的真容。

第一，高先生是一个老少年。高先生的性行，断不是几个字所能完全表现的。如果只限于几个字，恐怕再没有像这"老少年"三个字为近似了。高先生去世时已经是六十八岁，不能不算是老；高先生在最近几年间，身体容貌也无一不呈衰老的样子；可是他的精神，直至服了大量安眠药、长眠不醒以前，无时无刻不是少年的。他常常对我说，旧日读书人要推行所主张的事，往往以"于古有之"一句话为护符。高先生却以为把这个"古"字改作"外"字较为妥当。他并不是说笑话，而是认定古制对于现代至少是不适合的。他又以为，现在强盛之外邦确有其致强盛之道；社会状况纵然彼此有所不同，而自然科学是没有国界的。推此一念，所以有病待治，则绝对信赖西医，而反对中医；甚至对其最崇拜之胡适之先生为某中医捧场时，他也不怕公然反对。又如度量衡一项，他极力提倡最合科学的米突制①，而反对任何折中的制度或实际流行颇广的英美制。这还算关于自然科学的。至于社会问题，他也很倾向于新的方面。记得民国十年我初到商务任事时，编译所同事某君，以向未结婚的老童男和再醮的某女士结婚；这在目前本不为奇，但在十五年前的社会习惯，和现在相差还远。高先生对于此事，却当作断发天足一般的热心提倡，逢人表示恭维的意思。又高先生平素虽不喜谈政治，但偶遇时人主张一种制度而附会到旧说或旧制的时候，高先生屡屡对我说，这简直像把现代国家之共和制度和周召共和附会起来同样的可笑。

---

① 即国际公制。——编者注。

这几个例子，都可以证明高先生的思想是少年而进步的。再从日常细事观察一下，像高先生的资望和年龄，不知道他的人或者以为是道貌岸然的，其实大大相反。他每次到我家来，见着我的小儿女，总是和他们戏弄说笑，口里常说"我和你比比气力，打打架，好吗?"因此我的小儿女都不觉得这是老伯伯，只认为他是小朋友之一。他不但对朋友的儿女如此，就是对于自己的儿女，而且是长成的儿女，也持着同一态度。别人家的老父，对于已长成的儿女，大都是庄严其貌;可是我常见高先生和他的儿女一起谈笑讨论，绝对不摆出老父的派头。他去世后之某一日，他的长女君珊小姐含泪对我说:"别人家只不过死了一个父亲，我们却不但死了父亲，而且死了最可爱的一个朋友。"这的确是没有半点虚饰的说话。又高先生卧病医院时，我逐日前往探问，因格于医院的禁令，不敢入病室惊动高先生。高先生却屡向家人询问何以我没有来。家人卒以实告。乃坚嘱下次来时，邀我入室，并允不多谈话。其后，我入病室相见。我的第一句话，就是请他安心静养，此时遵医嘱不敢多谈话。而高先生第一句的答语，就是"你每日来此，却不进来谈谈，我已侦探明白，俟我病好出院，和你算账打架"。言毕，彼此一笑。其少年的性情，虽在病重时仍然流露。不料这位可以互相打架的老少年朋友，等不及出医院，已没有再谈话的机会了。

第二，高先生是一个性圆而行方的人。这里"性圆"二字虽然是我所杜撰，但上下联缀起来，其意义自然明了。蒋竹庄、庄百俞两先生为高先生所撰的传，都说高先生性刚。但自从我认识高先生以来，至少有六年工夫每日和他共事，觉得他总没有发过一次脾气。换一方面，我自己却发了好几次的怪脾气，全赖高先生把我镇静下来。高先生镇静我的脾气，有一种很巧妙的方法。就是当我脾气正在发作的时候，他大都对我表示十二分的同情，等我脾气稍息，他往往用幽默的话，引我的情绪离开关系的问题，渐渐把它淡忘。俟有相当机会，再用几句警语，使我自己感觉前次发脾气之无意义。他这种方法，如果用于教育上，也可以算是一种优良而有效的方法。他是否对别人也用这种方法，我不得而知，但对我却已用过好几次。我平素性情傲僻，自从开始服务以来，除教书时能长久维持学生的好感外，其他所任职务，都不能久于其职。自从加入商务书馆后，接连十五年间，虽然好几次自己想走，但是除了民国十九年一度辞职，那时高先生已经脱离商务书馆的直接职务，而且我这次辞职已得高先生同意外，其他好几次想走的机会，都给高先生用上述方法于无形中消泯了。

我又常常听见高先生说起，他替商务做了不少次的和事佬，商务的当局，我敢说，都是为公的；可是学识眼光种种不同，长久共事，总不免有些意见。而介于其间，以妥协的方法消除当局间彼此相左的意见的，恐怕高先生是最重要之一人。他曾经和我提起一句笑话，说他好像是印刷机器上的橡皮。其意便指此事。而且高先生不只是那时候各当局间的橡皮，并且一度做过商务书馆劳资双方的橡皮。因为在民国十五年以前，商务劳资双方虽然极少争执，却也曾有过一次局部的罢工；而复工的时候，则由高先生带领那些罢工者入厂。这件事发生在我加入商务以前，详情我不知道。事后偶闻高先生说起，当时虽然没有详询来由，但总可断定是靠高先生以平素消泯公司当局间意见的同一方法，来解决那一次劳资纠纷吧。

综此几个例子，我为他杜撰"性圆"这一名词，似乎是再适当没有了。但是他的性情虽是圆的，而他的行为却仿佛是四个九十度直角所成的正方形。关于这一项，可举的例子极多，不及枚举。概括说起来，就是绝对不要一个不劳而获的钱，绝对不引用私人，以及违反自己宗旨的事无论如何绝对不肯屈从。这最后的一项，似乎和性圆的人是不相合的。可是就我十几年来所知道的，高先生一方面很方正地维持他的宗旨，另一方面仍无损于圆通的性情。这确是别人所做不到，尤其是像我这样的人，是断断不能学步的。

第三，高先生是一个思虑周密而非寡断的人。高先生思虑的周密，凡在知好同事没有不承认的，就是高先生自己也不否认。但是"寡断"一语，却是他自己的谦辞。别人因为受了这种自我宣传的影响，却也有些承认此语的。其实思虑周密的人，因为顾虑过多，遇事间或不易决断。不过思虑周密的程度如果达到相当的高，把利害分析得很清楚，虽然任何办法不能有绝对的利，尽可采取利最多而害最少之法，因此仍不难下决断。高先生实在是这一种的人，所以他的思虑尽管周密，遇事仍能下最大决心。试举一个极显著的例子，当他举我自代之时，我的声名远不及胡适之先生，我和高先生的交情可说是绝对无有；同时怀疑我的人，在商务书馆内外皆有之。事后他一一告诉我，我自己也承认这种种怀疑亦有相当理由。但是高先生一部分固然是信赖胡适之先生的推荐，大部分还是利用自己周密的思虑，把利害两方细细权量轻重，才毅然下此决断的。

第四，高先生是一个不能演说的说客。高先生常常称赞我的演说才能，而自恨不能演说。的确，我和高先生认识了十五年，没有听过他的一次演说。所以高先生关于这一项的谦辞，我不敢否认。可是高先生当说客的本领，是值得人人赞许的。我亲见他为着商务书馆的事，做过了好几次的说客，每次都有满意的结果。对公众的演说和对私人的说辞，方法本不相同：公众的演说第一要有气魄，第二要言语清楚，第三还要带点荒唐的态度。高先生说话不很响亮，所说的国语带了一半福建土白；同时过分谨慎，恐怕在公众面前演说，要出了什么差处。因此他不肯轻易作演说的尝试。久而久之，便更觉自怯，而认为自己的确不能演说。其实，只要一二次大着胆尝试尝试，便不觉其难了。我屡次以此劝诱高先生，甚至有一回为着他所最热心提倡的四角号码检字法研究班举行竞赛给奖，坚请他作简单的演说，他总没有答应。可是高先生的口才原来不差，一则他有逻辑的思想，二则他很熟识世故，三则他有极诚恳的态度，四则他有极圆通的性情。所以什么复杂的事，经他解释或疏通一下，没有不症结立解的。

第五，高先生是一个不长于算学的算学家。我国旧日的读书人，最不注重数目字；所以说到山的高，动辄千百里；说到田的多，动辄万千顷。做起事来，也就不肯一一二二分别清楚，总是"差不多""大概"，这样的模糊过去。甚至受过新式教育的人，表面上高等算学也曾涉猎；但是除有直接运用算式的必要外，平时办事也很少利用算学来解决的。高先生却不如此，他虽然是旧学的出身，没有受过新教育的洗礼，他对于算学的知识也不高深，但是讨论事件的时候，他总是手持铅笔，运用四则比例或百分的笔算，作为决断的根据。在没有计算清楚以前，不肯遽作结论。他并且喜欢比较计算，譬如想出版某一种书，估计其营业的损失，常人只不过按照所拟的版式、字体或纸张加以计算罢了。高先生却另行假定种种可能的版式、字体和纸张，把这种种假定计算所得的结果和原拟计算的结果互相比较。这虽然多费一些功夫，但他总是不惮烦劳的。他又常常试作统计，虽然他对于统计工作所能运用的算式，只是百分法或是加法和除法所得的平均数，但是主持全局的人本来用不着自己从事精深繁琐的计算，只要遇事都作粗略的统计或比较，那就很难能可贵了。高先生有了这种运用算学的良好习惯，所以在他的细密思想中，又加上客观的论据了。

第六，高先生是一个舍短取长的鉴衡家。高先生是最爱才的人，随时随地都想物色人才。他对于人才的鉴衡，抱持着最公允的态度。他认为天下没有完全的人物，因此，对于大醇小疵的人才，不仅舍短取长，而且完全忘却其短处。单就商务书馆一方面而论，经他拔擢的人着实不少，结果，都是很有用的人才，影响于商务书馆的发展很大。当他举我自代时，我所有的短处，断不能逃过他的鉴衡。不过还是持着平素所持的态度，把我的短处忘却罢了。

第七，高先生是多方面的研究家，又是许多研究家的赞助人。高先生对于研究的兴趣很浓，而且是多方面的。在二十几年前，有改革部首的草案，其方法但管字形，不管字义，将旧字典的二百十四部，就形式相近者并为八十部，并确定上下左右的部居。此法较旧法已很便利，但高先生是一位彻底的改革家，自己认为此方案还不算彻底，始终没有把它发表。他又抱"成功不必在我"的态度，当他把自己的检字方案搁置时，便留心到外间有没有热心研究改革检字方案的人。后来给他发现林语堂先生曾经发表一种首笔检字法。那时候林先生在清华大学担任教科。民国十三年秋间，高先生因事到北平，辗转托人介绍与林先生详谈，力劝林先生继续研究。后来回到上海和我商量，我也赞成此举。因此便由商务编译所与林先生订一合作研究的契约。于一年期内，由商务按月资助林先生若干元，由林先生酌减教书的钟点，从事新检字法的研究。

后来我对于检字法的研究也发生了兴趣，有一天对高先生说起这事，他虽极力赞助他人从事这项研究，但因我日间职务很忙，不愿我过于劳苦，便把"成功不必在我"一语来相劝。但是我的兴趣已是一发而不可收拾，便瞒着了高先生，私底下每晚在家里研究。过了约莫半年，我偶然发明号码检字法，欢喜到了不得。次日对高先生和盘托出，他也喜欢万状。其后，我因为这号码检字法虽然易学，但对于笔画较多的字还觉不易检查，于是决计放弃此法，另行研究。又费了一年工夫，才发明四角号码检字法。在这时期和以后继续研究修订四角号码检字法的一二年内，高先生无时不赞助我，并且给我许多有益的意见。及至四角号码检字法研究告一段落，高先生又认为一种新方法的成败固由于本体的效用，但是宣传工作也有重大关系，于是他便把宣传四角号码检字法引为己任。近年我因为职务特忙，简直没有工夫顾到检字法，高先生却继续不断把这检字法热心推行。他常常埋怨我近年对四角号码检字法太不热心，笑对我说："姓王的所养的儿子四角号码检字法，已经过继给姓高的了。"就此一点，可见高先生对于研究事业的热心赞助。

除了检字法以外，高先生自己研究而有成绩者，有一种十三月的新历法，已经著有专书，由商务书馆出版。高先生因幼时读沈括的《梦溪笔谈》，大为感动。沈氏倡议更改历法，分每年为十二月，每月以三十一日与三十日相间，不置闰月，每年每月的日期自较整齐。高先生以沈氏此法较现在阴阳历为胜。后来又以世界各国既以注重星期，则沈氏之法尚有修改余地。修改的要点，在如何联合年、月、星期三者，使其成为一种调和的历法。经过许久的思考，高先生遂于民国前十一年创议分每年为十三月，每月为二十八日。此方案先后由《新民丛报》及《东方杂志》发表，引起许多人的注意。及民国十六年全国教育会议开会，高先生将此案提出，即经大会通过，交中央研究院研究后，再呈国民政府训令出席国际联盟会代表，提供国际改历会议之研究。

　　至于高先生热心赞助而常常与人商榷者，尚有"简字方案""度量衡方案"等，或见于杂志，或仅存函稿，尚未发表。有一次他为着推行新度量衡，使深入民间起见，提议将铜辅币的直径有所变更，使等于新制的若干公分，俾一般人把铜辅币权充新制尺度之用。又有几次，他把改革电报便利发电人的意见贡献给交通部电政司长某君，结果竟被采行。高先生只期便利于社会，对于自己的工作多未宣传。但对于别人研究的结果，却力任宣传之责。其大公无私的精神，真足敬佩。

　　第八，高先生是一个义勇的胆怯者。高先生常说自己胆小。的确，他的胆子并不大；而且思虑周密的人，世事看得太透，在这个遍地荆棘的世界，自然有格外慎重之必要。但高先生虽然胆小，遇着必要的时候，尤其是遇着朋友急难的时候，他简直不怕身入虎穴。十年前我曾一度被难，身陷匪窟。那时候先父以病废，不能行动，儿辈尚幼，家母、内人束手无策，而平素以胆怯自居的高先生独负全责，为我营救。其冒险的情形，非片言所能尽。其义勇的精神，尤非胆怯者所能有。

　　总之，高先生对家庭，对朋友，对事业，对学术，从现代的意义评量起来，任何一方面都算得是理想的人物。胡适之先生称他为现代圣人之一，绝对不是过分。我小时失学，没有良师督教；我的几个哥哥又早年见背；我的父亲对我的管教向极放任。我就在这样情形之下，自己造成一个世界；因此个性过强，落落寡合。自从获交于现代圣人之一的高先生，有形无形都受了他的很大影响。假使近年我能够在任何方面有些贡献，高先生至少应居过半之功。高先生待我不仅是最知己的朋友，简直要超过同怀的兄弟。所以我正可模仿君珊小姐的话而说："别人家只不过死了一个好朋友，我却不但死了好朋友，而且死了最可爱的长兄。"

高先生的嘉言懿行还多得很，有工夫我再详详细细追记下来。

民国二十五年九月八日

胡　适（1891—1962），原名嗣穈，学名洪骍，字希疆；后改名胡适，字适之，笔名天风、藏晖等。安徽绩溪人。因提倡文学革命而成为新文化运动的领袖之一。历任北京大学教授、北京大学文学院院长、中华民国驻美利坚合众国特命全权大使、北京大学校长等职。胡适兴趣广泛，著述丰富，在文学、哲学、史学、考据学、教育学、伦理学、红学等诸多领域都有深入的研究，被誉为现代思想文化界最稳健、最优秀、最高瞻远瞩的哲人智者。

追忆曾孟朴先生

胡　适

我在上海做学生的时代，正是东亚病夫的《孽海花》在《小说林》上陆续刊登的时候，我的哥哥绍之曾对我说这位作者就是曾孟朴先生。

隔了近二十年，我才有认识曾先生的机会。我那时在上海住家，曾先生正在发愿努力翻译法国文学大家嚣俄①的戏剧全集。我们相见的次数很少，但他的谦逊虚心，他的奖掖后进的热心，他的勤奋工作，都使我永远不能忘记。

我在民国六年七年之间，曾在《新青年》上和钱玄同先生通信讨论中国新旧的小说；在那些讨论里我们当然提到《孽海

---

① 今译雨果（1802—1885），法国文学史上卓越的作家，其代表作有《九三年》《巴黎圣母院》《悲惨世界》等。——编者注。

花》，但我曾很老实地批评《孽海花》的短处。十年后我见着曾孟朴先生，他从不曾向我辩护此书，也不曾因此减少他待我的好意。

他对我的好意，和他对于我的文学革命主张的热烈的同情，都曾使我十分感动。他给我的信里曾有这样的话：

> 您本是……国故田园里培养成熟的强苗，在根本上，环境上，看透了文学有改革的必要，独能不顾一切，在遗传的重重罗网里杀出一条血路来，终究得到了多数的同情，引起了青年的狂热。我不佩服你别的，我只佩服你当初这种勇决的精神，比看托尔斯泰弃爵放农身殉主义的精神，有何多让！

这样热烈的同情，从一位自称"时代消磨了色彩的老文人"坦白地表述出来，如何能不使我又感动又感谢呢！

我们知道他这样的热情一部分是因为他要鼓励一个年轻的后辈，大部分是因为他自己也曾发过"文学狂"，也曾发下宏愿要把外国文学的重要作品翻译成中国文，也曾有过"扩大我们文学的旧领域"的雄心。正因为他自己是一个梦想改革中国文学的老文人，所以他对于我们一班少年人都抱着热烈的同情，存着绝大的期望。

我最感谢的一件事是我们的短短交谊居然引起了他写给我的那封六千字的自叙传的长信（《胡适文存》三集）。在那信里，

他叙述他自己从光绪乙未（1895）开始学法文，到戊戌（1898）
认识了陈秀同将军，方才知道西洋文学的源流派别和重要作家
的杰作。后来他开办了小说林和宏文馆书店……我那时候每次
走过棋盘街，总感觉这个书店的双名有点奇怪——他告诉我们，
他的原意是要"先就小说上做成个有统系的译述，逐渐推广范
围，所以店名定了两个"。他又告诉我们，他曾劝林琴南先生用
白话翻译外国的"重要名作"，但林先生听不懂他的劝告，
他说：

> 我在畏卢先生（林纾）身上不能满足我的希望后，从
> 此便不愿和人再谈文学了。

他对于我们的文学革命论十分同情，正是因为我们的主张
是比较能够"满足他的希望"的。

但是他的冷眼观察使他对于那个开创时期的新文学"总觉
得不十分满足"，他说：

> 我们在这新辟的文艺之园里巡游了一周，敢说一句话：
> 精致的作品是发现了，只缺少了伟大。

这真是他的老眼无花，一针见血！他指出中国新文艺所以
缺乏伟大，不外两个原因：一是懒惰，一是欲速。因为懒惰，
所以多数少年作家只肯做那些"用力少而成功易"的小品文和

短篇小说；因为欲速，所以他们"一开手便轻蔑了翻译，全力
提倡创作"。他很严厉地对我们说：

> 现在要完成新文学的事业，非力防这两样毛病不可；
> 欲除这两样毛病，非注重翻译不可。

他自己创办真美善书店，用意只是要替中国新文艺补偏救
弊，要替它医病，要我们少年人看看他老人家的榜样，不可轻
蔑翻译事业，应该努力"把世界已造成的作品，做培养我们创
造的源泉"。

我们今日追悼这一位中国新文坛的老先觉，不要忘了他留
给我们的遗训！

1935 年 9 月 11 日夜半，在上海新亚饭店

胡　适（1891—1962），原名嗣穈，学名洪骍，字希疆；后改名胡适，字适之，笔名天风、藏晖等。安徽绩溪人。因提倡文学革命而成为新文化运动的领袖之一。历任北京大学教授、北京大学文学院院长、中华民国驻美利坚合众国特命全权大使、北京大学校长等职。胡适兴趣广泛，著述丰富，在文学、哲学、史学、考据学、教育学、伦理学、红学等诸多领域都有深入的研究，被誉为现代思想文化界最稳健、最优秀、最高瞻远瞩的哲人智者。

记辜鸿铭

胡　适

　　民国十年十月十三夜，我的老同学王彦祖先生请法国汉学家戴弥微（Mon. Demieville）在他家中吃饭，陪客的有辜鸿铭先生，法国的□先生，徐墀先生，和我；还有几位，我记不得了。这一晚的谈话，我的日记里留有一个简单的记载，今天我翻看旧日记，想起辜鸿铭的死，想起那晚上的主人王彦祖也死了，想起十三年之中人事变迁的迅速，我心里颇有不少的感触，所以我根据我的旧日记，用记忆来补充它，写成这篇辜鸿铭的回忆。

　　辜鸿铭是向来反对我的主张的，曾经用英文在杂志上驳我。有一次，为了我在《每周评论》上写的一段短文，他竟对我说，要在法庭控告我。然而在见面时，他对我总很客气。

　　这一晚，他先到了王家，两位法国客人也到了；我进来和他握手时，他对那两位法国客人说："Here comes my learned enemy."大家都笑了。

入座之后，戴弥微的左边是辜鸿铭，右边是徐墀。大家正在喝酒吃菜，忽然辜鸿铭用手在戴弥微的背上一拍，说："先生，你可要小心！"戴先生吓了一跳，问他为什么？他说："因为你坐在辜疯子和徐癫子的中间！"大家听了，哄堂大笑，因为大家都知道"Cranky Hsu"和"Crazy Ku"的两个绰号。

一会儿，他对我说："去年张少轩（张勋）过生日，我送了他一副对子，上联是'荷尽已无擎雨盖'，——下联是什么？"我当他是集句的对联，一时想不起好对句，只好问他："想不出好对句，你对的什么？"他说："下联是'菊残犹有傲霜枝'。"我也笑了。

他又问："你懂得这副对子的意思吗？"我说："'菊残犹有傲霜枝'当然是张大帅和你老先生的辫子了。'擎雨盖'是什么呢？"他说："是清朝的大帽。"我们又大笑。

他在席上大讲他最得意的安福国会选举时他卖票的故事。这个故事，我听他亲口讲过好几次了，每回他总添上一点新花样，这也是老年人说往事的普通毛病。

安福系当权时，颁布了一个新的国会选举法，其中有一部分的参议员，是须由一种中央通儒院票选的，凡国立大学教授，凡在国外大学得学位的，都有选举权。于是对于许多留学生之获有学士、硕士、博士文凭的，都有人来兜买。本人不必到场，自有人拿文凭去登记投票。据说当时的市价是每张文凭可卖二百元。兜卖的人拿了文凭去，还可以变化发财。譬如一张文凭上的姓名是 Wu Ting，第一次可报"武定"，第二次可报"丁武"，第三次可报"吴廷"，第四次可说江浙方音的"丁和"。这样办法，原价二百元的，可以卖八百元了。

辜鸿铭卖票的故事确是很有风趣的。他说："□□□来运动我投他一票，我说：'我的文凭早就丢了。'"他说："谁不认得你老人家？只要你亲自来投票，用不着文凭。"我说："人家卖两百块钱一票，我老辜至少要卖五百元。"他说："别人两百，你老人家三百。"我说："四百块，少一毛钱不来，还得先付现款，不要支票。"他要还价，我叫他滚出去。他只好说："四百块钱依你老人家。可是投票时务必请你到场。"

"选举的前一天，□□□果然把四百元钞票和选举入场证都带来了，还再三叮嘱我明天务必到场。等他走了，我立刻出门，赶下午的列车到了天津，把四百块钱全部报效在一个姑娘——你们都知道，她的名字叫'一枝花'——的身上了。两天工夫，钱花光了，我才回北京来。"

"□□□听说我回来了，赶到我家，大骂我无信义。我拿起一根棍子，指着那个留学生小政客，说：'你瞎了眼睛，敢拿钱来买我！你也配讲信义！你给我滚出去！从今以后，不要再上我门来！'那小子看见我的棍子，真个乖乖地逃出去了。"

说完了这个故事，他回过头来对我说："你知道，有句俗话：'监生拜孔子，孔子吓一跳。'我上回听说□□的孔教会要我去祭孔子，我编了一首白话诗：

　　　　监生拜孔子,孔子吓一跳。

　　　　孔会拜孔子,孔子要上吊。

胡先生,我的白话诗好不好?"

　　一会儿,辜鸿铭指着寻两位法国客人大发议论了。他说:"先生们,不要见怪,我要说你们法国人真有点不害羞! 怎么把一个文学博士的名誉学位送给□□□①! □先生,你的□□②报上还登出□□□的照片来,坐在一张书桌边,桌上堆着一大堆书,题做《□大总统著书之图》! 呃,呃,真羞煞人! 我老辜向来佩服你们贵国,——La belle France! 现在真丢尽了你们的 La belle France③ 的脸了! 你们要是送我老辜一个文学博士,也还不怎样丢人! 可怜的班乐卫先生,他把博士学位送给□□□,呃!"

　　那两位法国客人听了老辜的话,都很感觉不安,那位□□报的主笔尤其脸红耳赤,他不好不替他的政府辩护一两句,辜鸿铭不等他说完,就打断他的话,说:

　　"Monsteue □,你别说了。有一个时候,我老辜得意的时候,你每天来看我,我开口说一句话,你就说:'辜先生,你等一等。'你就连忙摸出铅笔和日记本子来,我说一句,你就记一句,一个字也不肯放过。现在我老辜倒霉了,你的影子也不上门上来了。"

————————

① 据《胡适的日记》上册第 239 页,这里指徐世昌。——原注。
② 指法国《政闻报》。——原注。
③ 法语,意为"美丽的法兰西"。——原注。

那位法国记者脸上更红了。我们的主人觉得空气太紧张了，只好提议，大家散坐。

上文说起辜鸿铭有一次要在法庭控告我，这件事我也应该补叙一笔。

在民国八年八月间，我在《每周评论》第三十三期登出了一段《随感录》：

> 〔辜鸿铭〕现在的人看见辜鸿铭拖着辫子，谈着"尊王大义"，一定以为他是向来顽固的。却不知辜鸿铭当初是最先剪辫子的人；当他壮年时，衙门里拜万寿，他坐着不动，后来人家谈革命了，他才把辫子留起来。辛亥革命时，他的辫子还没有养全，他带着假发接的辫子，坐着马车乱跑，很出风头。这种心理很可研究。当初他是"立异以为高"，如今竟是"久假而不归"了。

这段话是高尔谦先生告诉我的，我深信高尔谦先生不说谎话，所以我登在报上。那一期出版的一天，是一个星期日，我在北京西车站同一个朋友吃晚饭。我忽然看见辜鸿铭先生同七八个人也在那里吃饭。我身边恰好带了一张《每周评论》，我就走过去，把报送给辜先生看。他看了一遍，对我说："这段记事不很确实。我告诉你我剪辫子的故事。我的父亲送我出洋时，把我托给一位苏格兰教士，请他照管我。但他对我说：'现在我完全托了□先生，你什么事都应该听他的话。只有两件事我要叮嘱你：第一，你不可进耶稣教；第二，你不可剪辫子。'我到了苏格兰，跟着我的保护人，住了许多时。每天出门，街上小孩子总跟着我叫喊：'瞧啊，支那人的猪尾巴！'我想着父亲的教训，忍着侮辱，终不敢剪辫。那个冬天，我的保护人往伦敦去了，有一天晚上我去拜望一个女朋友。这个女朋友很顽皮，她拿起我的辫子来赏玩，说中国人的头发真黑得可爱。我看她的头发也是浅黑的，我就说：'你要肯赏收，我就把辫子剪下来送给你。'她笑了，我就借了一把剪子，把我的辫子剪下来送了给她。"

"这是我最初剪辫子的故事。可是拜万寿，我从来没有不拜的。"他说时指着同坐的几位老头子，"这几位都是我的老同事。你问他们，我可曾不拜万寿牌位？"

我向他道歉，仍回到我们的桌上。我远远地望见他把我的报纸传给同坐客人看。我们吃完了饭，我因为身边只带了这一份报纸，就走过去向他们讨回那张报纸。大概那班客人说了一些挑拨的话，辜鸿铭站起来，把那张《每周评论》折成几叠，向衣袋里一插，正色对我说："密斯忒胡，你在报上毁谤了我，你要在报上向我正式道歉。你若不道歉，我要向法院控告你。"

我忍不住笑了。我说："辜先生，你说的话是开我玩笑，还是恐吓我？你要是恐吓我，请你先去告状；我要等法院判决了才向你正式道歉。"我说了，点点头，就走了。

后来他并没有实行他的恐吓，大半年后，有一次他见着我，我说："辜先生，你告我的状子进去了没有？"他正色说："胡先生，我向来看得起你；可是你那段文章实在写得不好！"

梁得所（1905—1938），著名作家、美术出版家、翻译家。早年在山东齐鲁大学攻读医科。22 岁（1926 年）即担任上海《良友》画报月刊第三任总编辑，将该刊推向鼎盛，成为影响深远的综合性画报。1933 年在上海创办大众出版社，主编刊行《大众画报》等刊物。1938 年 8 月 8 日在广东连县老家于安睡中长眠不醒。梁得所多才多艺，长于报刊编辑、出版业务，兼长美术和音乐，留有大量著述和译著。

老将军吴佩孚

梁得所

中国武人当中，吴佩孚是不会被忘记的，虽然当年他是一个被民众吐弃的失败者。失败之后而还能够获得国人相当敬仰，皆因他保持一种书生的固执气概，即如不倚外人庇护，宁入深山不出洋；其次如发妻之外无妾侍，生活有秩序。（每天早起，这次访问是在早上八时接见的。）

吴氏客厅还挂着一幅戎装按剑的肖像，那是十年前当权的大帅，现在他是一个在野的文人了。那天在楼上书斋中，他很闲静地坐着看书，头戴一顶黑天鹅绒小帽，身穿玄色细呢长衫，胡子不疏不密，头发却微有斑白了。这些都是坐下后看清楚的，进门骤见自然没有那么仔细。

普通招呼没有什么特别，只有一点可记的，我称他为"大帅"。我未尝不想起这是废去的头衔，然而他留着的威仪使人不觉重忆他旧有的尊称。反正近年军政人物，称呼是换来换去的。

大概阅者们都想知道吴氏对于国事的观念和见解，所以当时谈话中我有这样的一问："现在中国情形是这样，请问依大帅的见解，前途是悲观呢还是可以乐观呢？"

吴氏点点头，每个字很清楚地答："悲观乐观都是人的观念吧，于事实原本没有一定标准的。"他发表一句颇有佛家意味的说话，双手捧着热茶的杯子仿佛借以取暖的，呷了一口续说："讲到国家的盛衰，现在自然是以外国为比较，各有特长之处。西洋讲究科学，中国注重道德，道德为本，科学为用，双方兼并，国家无不强之理；只可惜我们现在得不着别人的长处，反而把自己的基本都丢掉，这样下去，国家前途是不堪设想的。"

他再把道德和科学申说："道德最重要的，是朋友讲信义，父子夫妻循分相处，这些外国就不如中国。比如男女来往，中国和外国人比较，谁规矩一点，不用说可以知道。至于机器发明，卫生洁净，这些不妨学学外国。只是你看现在的人心，欺诈争夺，好的科学也给他们用坏了。"

对这位唯心论者，我问及他思想根据："听说大帅近年研究佛经，请问改良人心的见解是否由此出发？"

"佛经我是外行，孔子道理我不外行。其实都是贯通的，就是连耶稣教，亦不外一个'道'字。"

"佛教讲慈悲，耶稣教叫人爱仇敌，与大帅一向主张之武力是否有消极积极的矛盾？"

"不！爱仇敌不是那么简单的，比如有人无故打我，我有力，必痛打他一顿，教训教训他，这才是彻底地爱仇敌。"他的眼睛睁了一下，安徽口音的官话说得很有劲。接着补充一句："至于《新约》里说人打你左颊连右颊也给他打，那未免言之过甚。我是主张以直报怨的，比如有人骂我，在背后说我的坏话，有机会见面时，我得表白表白。"

表白的话各人都有可说的，即如欧战后大罪归于一身的德皇威廉第二，亦曾作自传以卸战祸的责任。今朝时间不多，未能向吴氏请述当年战事的申辩。当下就请吴氏留影题字，题的是一首诗：

> 国家元气要培栽，满目疮痍实可哀；
> 换得天心人意转，慈悲度世有如来。
> 一将功成万骨枯，残民以逞不胜诛！
> 秦皇汉室早无道，旋转乾坤是丈夫。
> 政局原来是舞台，这般过去那般来！
> 来来去去无休息，日蹙生机不暇哀！

此外吴氏又赠他所著的《循分新书》和《劝军人八德歌》等数本，都是治军的论著。是的，他对于《佛经》和《新约》也许外行，却有一样最不外行的，那便是带兵打仗。吟诗念佛是疲劳后的一种休息而已，自信自尊造成固执的思想，吴佩孚至今还是吴佩孚。

摄影之后我告辞，挟着吴氏的诗书出来，心想自己不曾吟哦无以为答，偶忆古人一句是谦是傲的话说：

"富于诗书穷于命，老在须眉壮在心！"

徐志摩（1897—1931），现代诗人、散文家，新月派代表诗人。早年先后就读于上海沪江大学、天津北洋大学和北京大学。1918 年和 1921 年先后赴美国、英国留学。1922 年回国。1923 年参与发起成立新月社，加入文学研究会。1924 年与胡适、陈西滢等创办《现代诗评》周刊。印度大诗人泰戈尔访华时任翻译。1926 年与闻一多、朱湘等人开展新诗格律化运动。1931 年因飞机失事遇难。其代表作品为《再别康桥》《翡冷翠的一夜》。

吊刘叔和

徐志摩

一向我的书桌上是不放相片的。这一月来有了两张，正对我的座位，每晚更深时就他们俩看着我写，伴着我想；院子里偶尔听着一声清脆，有时是虫，有时是风卷败叶，有时我想象，是我们亲爱的故世人从坟墓的那一边吹过来的消息。伴着的一个是小，一个是"老"：小的就是我那三月间死在柏林的彼得；老的是我们钟爱的刘叔和，"老老"。彼得坐在他的小皮椅上，抿着他的小口，圆睁着一双秀眼，仿佛性急要妈拿糖给他吃，多活灵的神情！但是他右肩的空白上分明题着这几行小字："我的小彼得，你在时我没福见你，但你这可爱的遗影应该伴我终身了。"老老是新长上几根看得见的上唇须，在他那件常穿的缎褂里欠身坐着，严正在他的眼内，和蔼在他的口额间。

让我来看。有一天我邀他吃饭，他来电说病了不能来，顺便在电话中他说起我的彼得。(在襁褓时的彼得,叔和在柏林也曾见过。)他说我那篇《悼儿文》做得不坏,有人素来看不起我的笔墨的,他说,这回也相当地赞许了。我此时还分明记得他那天通电时着了寒发沙的嗓音!我当时回他说多蒙你们夸奖,但我却觉得凄惨,因为我同时不能忘记那篇文字的代价,是我自己的爱儿。过了几天,适之来说:"老老病了,并且他那病相不好,方才我去看他,他说'适之,我的日子是可数的了'。"他那时住在皮宗石家里。我最后见他的一次,他已在医院里。他那神色真是不好,我出来就对人讲,他的病中医叫作湿瘟,并且我分明认得它,他那眼内的钝光,面上的涩色,一年前我那表兄沈叔薇弥留时我曾经见过——可怕的认识,这侵蚀生命的病征,可怜少鳏的老老,这时候病榻前竟没有温存的看护。我与他说笑:"至少在病苦中有妻子毕竟强似没妻子,老老,你不懊丧续弦不及早吗?"那天我喂了他一餐,他实在是弹动不得;但我向他道别的时候,我真为他那无告的情形不忍。(在客地的单身朋友们,这是一个切题的教训,快些成家,不要过于挑剔了吧;你放平在病榻时才知道没有妻子的悲惨!——到那时,比如叔和,可就太晚了。)

叔和没了。但为你,叔和,我却不曾掉泪。这年头也不知怎的,笑自难得,哭也不得容易。你的死当然是我们的悲痛,但转念这世上惨淡的生活其实是无可沾恋,趁早隐了去,谁说一定不是可羡慕的幸运?况且近年来我已经见惯了死,我再也不觉着它的可怕。可怕是这烦嚣的尘世;蛇蝎在我们的脚下,鬼祟在市街上，霹雳在我们的头顶，噩梦在我们的周遭。在这伟大的迷阵中，最难得的是遗忘；只在简短的遗忘时我们才有机会恢复呼吸的自由与心神的愉快。谁说死不就是个悠久的遗忘的境界？谁说墓窟不就是真解放的进门？

但是随你怎样看法，这生死间的隔绝，终究是个无可奈何的事实。死去的不能复活，活着的不能到坟墓的那边去探望。到绝海里去探险我们得合伙，在大漠里游行我们得结伴；我们到世上来做人，归根说，还不只是惴惴地来寻访几个可以共患难的朋友，这人生有时比绝海更凶险，比大漠更荒凉，要不是这点子友人的同情，我第一个就不敢向前迈步了。叔和真是我们的一个。他的性情是不可信的温和："顶好说话的老老"；但他当论事，却又绝对地不苟同。他的议论，在他起劲时，就比如山壑间雨后的乱泉，石块压不住它，蔓草掩不住它。谁不记得他那永远带伤风的嗓音，他那永远不平衡的肩背，他那怪样的激昂的神情？通伯①在他那篇《刘叔和》里说起当初在海外老老与傅孟真的豪辩，有时竟连"呐呐不多言"的他，也"免不了加入他们的战队"。这三位衣常敝、履无不穿的"大贤"在伦敦东南隅的陋巷，点煤汽油灯的斗室里，常不知有多少次借

---

① 通伯，即陈西滢（1896—1970），名源，字通伯。陈西滢著《刘叔和》一文见本丛书。（"清馨民国风"之《吾师吾友》一书第129～135页。）——编者注。

光柏拉图与卢骚①与斯宾塞②的迷力，欺骗他们的空虚的肠胃
——至少在这一点他们三位是一致同意的！但通伯却忘了告诉
我们他自己每回加入战团时的特别情态，我想我应得替他补白。
我方才用乱泉比老老；但我应得说他是一窜野火，焰头是斜着
去的；傅孟真，不用说，更是一窜野火，更猖獗，焰头是斜着
来的；这一去一来，就发生了不得开交的冲突。在他们最不得
开交时，劈头下去了一剪冷水，两窜野火都吃了惊，暂时翳了
回去。那一剪冷水就是通伯，他是出名浇冷水的圣手。

啊，那些过去的日子！枕上的梦痕，秋雾里的远山，我此
时又想起初渡太平洋与大西洋时的情景了。我与叔和同船到美
国，那时还不熟，后来同在纽约一年，差不多每年会面的，但
不可忘的是我与他同渡大西洋的日子。那时我正迷上尼采，开
口就是那一套沾血腥的字句。

我仿佛跟着查拉图斯脱拉③登了哲理的山峰，高空的清气在
我的肺里，杂色的人生横亘在我的眼下。船过必司该海湾④的那
天，天时骤然起了变化：岩石似的暗云一层层累叠在船的头顶！
不漏一丝天光，海也整个翻了，这里一座高山，那边一个深谷，
上腾的浪尖与下垂的雪花相互地纠拿着；风得从船的侧面来的，

① 今译卢梭（1712—1778），18 世纪法国启蒙思想家、哲学家、教育家、
文学家。——编者注。
② 斯宾塞（1820—1903），英国哲学家、社会学家。——编者注。
③ 今译查拉图斯特拉。——编者注。
④ 今译比斯开湾，北大西洋东部海湾，介于法国西海岸和西班牙北海岸之
间。——编者注。

夹着铁梗似的粗的暴雨，船身左右侧的欹着。这时候我与叔和在水发的甲板上往来地走——哪里是走，简直是滚，多强烈的震动！霎时间雷电也来了，铁青的云隙里飞舞着万道金蛇，涛响与雷声震成了一片喧闹，大西洋险恶的威严在这风暴中尽情地披露了。"人生，"我当时指给叔和说，"有时还不止这凶险，我们有胆量进去吗？"那天的情景益发激动了我们的谈兴，从风起直到风定，从下午直到深夜，我分明记得，我们俩在沉酣的论辩中遗忘了一切。

今天国内的状况不又是一幅大西洋的天变？我们有胆量进去吗？难得是少数能共患难的旅伴；叔和，你是我们的一个，如何你等不得浪静就与我们永别了？叔和说他的体气，早就是一个弱者；但如其一个不坚强的体壳可以包容一团坚强的精神，叔和就是一个例。叔和生前没有仇人，他不能有仇人；但他自有他不能容忍的对象：他恨混淆的思想，他恨腌臜的人事。他不轻易斗争；但等他认定了对敌出手时，他是最后回头的一个。叔和，我今天又走上了暴风雨中的甲板，我不能不悼惜我侣伴的空位！

李长之（1910—1978），现代作家、文学评论家，文学史家。1929 年入北京大学预科学习。1931 年考入清华大学生物系，两年后转哲学系。1936 年出版《鲁迅批判》一书，产生影响。同年自清华大学毕业后留校任教，以后又先后任教于京华美术学院、云南大学、重庆中央大学。1940 年任教育部研究员。1944 年主编《时与潮》副刊。1945 年任国立编译馆编审。1946 年任北京师范大学副教授。著有《道教徒的诗人李白及其痛苦》《司马迁之人格与风格》《迎中国的文艺复兴》《苦雾集》《梦雨集》等。

杂忆佩弦先生 *

李长之

　　佩弦先生逝世了，这是一个如何的意外！他的病是旧病，时犯时好，谁也没想到这次要动手术，更没想到动了手术就是这样的不幸的消息。

　　佩弦先生是谨慎小心的人，他没有一般文人的嗜好，也没有一般文人的脾气，他的生活总是那样按部就班，脚踏实地，像钟表那样稳健而有秩序。这样的人能在五十岁（西洋人的算法）就死去吗？如果相术可靠，他的眉毛是那样黑而长；身材短小，可是精悍；瘦虽然瘦些，却是瘦而有神；往常给人的印象总是精神奕奕，事事周到，这难道不是寿吗？

　　然而事实上是太快了，佩弦先生死得太快了，出了任何友

人的预料，也给了任何友人一个沉重的打击。

是八月九号这一天的正午，林庚①刚从北大医院里拔牙出来，就到了我这里，坐定了，就告诉我说："朱先生又病了，也住在北大医院，刚动过手术。"这是我听到朱先生病了的消息之始。问起林庚见过朱先生的情形来，他说还好，我们总认为动手术的病的危险都在动手术的那一刹那，如果经过良好，是可以无碍而放心下去的。我打算到一两天再去看他。同时我一向也有一个偏见，就是认为探望病人固然是好意，但假若抱这种好意的人太好，在病人的精神上便不免是一个难堪的负担了。因此，我就又踌躇了。

谁知在十号的报上，也就是我晓得朱先生病了的消息的第二天，已经登着朱先生病危了。我这时坚信我听到的林庚所见的情况是实，新闻记者的消息可能是"旧闻"，只是曾经一度危险而已，又为了刺激读者，便渲染得过分，这也是中国新闻记者的常事。

可是慢慢情形不对了，十一号、十二号都连着登起那恶劣的消息来。我不能不动摇了，我决定在十二号下午去看他。谁知道这天下午又因为有事没能去成；第二天才知道就是去成也晚了，因为已经不是活着的佩弦先生了，原来他在十二号的上午十时已经逝世了！

---

① 林庚（1910—2006），字静希，诗人，文学史家，1933 年自清华大学毕业后，留校给朱自清当助教。——编者注。

连日的阴风凄雨，更增加了我的耿耿不乐。给我印象那么清晰的朱先生，竟做了古人了！

记忆一页一页地翻着，想起了十七年来和朱先生的往还。

最初和他的认识，是我入了清华。那时他才三十几岁。我没有上过他的课，课外可是常去找他聊天儿。见面最多的时候，是在郑西谛①先生在北平、大家共同编《文学季刊》的一段。这时期虽然不太长，可是因为每一星期（多半是星期六的晚上）大家都要在郑先生家里聚谈，并且吃晚饭，所以起码每一星期是有一个很充分的时间会晤的。因为朱先生的公正拘谨，我们现在也不大记起他什么开玩笑的话，同时别人也不大和他开玩笑。只记得他向郑先生总是全名全姓地喊着"郑振铎"，脸上发着天真的笑意的光芒，让我们感觉他是在友情里年轻了。

那时郑先生住在燕京，从燕京到清华是有一段路的。每当我们夜深归来，往往踏着月光，冲破了犬吠，在谈笑声里，越过了不好走的小路，快乐地分手。现在记得这情景的，除了我之外，只有林庚了。

朱先生当时开着"陶诗"的一门课，我很想去旁听。当我想征求他的意见时，他有着习以为常的谦逊，说："没有什么意思，不值得听的。"我们那时年少气盛，也就信以为真；又听说他常常叫人背诵或默写，错了字还扣分，我们那时又是不拘束惯了的，于是更觉得不听也罢。后来知道他所写的那篇《陶渊

---

① 郑西谛，即郑振铎。——编者注。

明年谱之问题》，恐怕就是那时研究的心得的结晶，到了自己对陶渊明也发生兴趣时，是很后悔没曾听他的讲授了。

朱先生谦逊，客气，而且小心。他对于一般人的称呼，都是"先生"。我有一位朋友编刊物，发现了一件有趣的事情，就是朱先生的稿件往往有着涂改，这涂改之中有着一个共同点，就是把口气改得和缓些。在他的文字里，很少有"绝对""万分""迥然""必定"的字样。就是有，也往往改成轻淡一些的了。

这一点儿也不错。在待人接物上，我们很少见到他疾言厉色，或者拒人于千里之外。自然，我们也很少在他身上发现热狂，像臧克家所说的"燃烧"似的。朱先生的性格和他的名字实在有着巧合——清！

可是他并非马虎。他的字从来不苟，一笔一画。他对什么事的看法，也非常坚定，而有一个一定的界限——当然是稳健的。

他写文字很审慎而推敲。在清华的时候，我们在一次谈天里，问起他一天写多少字，他说："五百。"他反过问我，我说："不一定。快的时候，曾写到一万五千字的长文，还另外写了两篇杂感。"可是这是那时的话，后来自己也体验到每天写不到五百字的时候了。

在战前一般人的生活都好，清华又是好环境，教授们的家都相当安适。在我们每每当下午四五点钟去谈天的时候，不但畅所欲言，既不关时局，又不谈物价，更没有愁眉苦脸，而且吃着好茶，有时来一道甜食点心，像莲子羹一类等等的。我们在朱先生家里也不曾例外。

然而抗日战争把所有人的生活划了一道界线。我比任何人都早，先到了昆明，在云南大学教书。这是二十六年的九月。那时朱先生随着学校到了长沙。许多先生在衡山过了另一种生活。冯芝生先生很规律地写下了他的《新理学》，除了"鬼神"一章，是大部完成了。朱先生触发了旧时的兴趣，清新的篇什，颇传诵一时。

不到一年，长沙的临大改为联大，大家都又奔波到了昆明。因为初到时的生活的凌乱，我们失掉了从容坐下来谈话的心情。不久，我又因为可笑的文字祸而离开昆明，到了重庆。因为是抗战才开始，大家的生活秩序虽然受了影响，可是身心都没有大的变化。

最叫我惊讶的，却是我在二十九年二次到成都的时候，适逢朱先生休假，也在成都（朱太太是四川人），我去看他，他的头发像多了一层霜，简直是个老人了。没想几年的折磨，叫人变了样！有些老朋友，见了我，也说我苍老了，我还想辩护。可是看看朱先生，我连说他苍老也不敢了。——怕伤他的心！

他住的地方是成都东门外的一座古庙。我们也曾喝着他的好茶，可是心情完全不对了。他的工作依然紧张而有秩序。桌上摆着《十三经注疏》。他那《经典常谈》——一部非常可称道的书，用着最亲切的语言，报道着最新的专门成绩——就是这时完成的。另外，《精读指导举隅》《略读指导举隅》大概也完成于此时。

这一次的会见，中隔了两年，我仍回到沙坪坝中央大学教书。有一天，却喜出望外地见到朱先生和魏建功先生来了。更喜出望外的，是朱先生又恢复了往日的健康，头发上那一层霜也像揭走了，又是乌黑乌黑的了。他依然精神，仿佛和往日清华园的佩弦先生的面貌可以接续起来了。中央大学是一个一向受了学术派的熏陶，白话文不很被重视的学校。我们就借机会请朱先生来一次讲演。他那流动活泼的国语，以及对于白话文的热忱，我想会给听讲的人一个有力而且有益的启发。当天晚上，由辛树帜先生请吃锅贴，这次我们又很快乐地分手了。

朱先生非常客气，回到昆明，立刻有信来。那信里很有一种杜甫所谓"交情老更亲"的味道。

大概也就在这不久吧，我所指导的一位毕业生考取了联大研究院，朱先生和闻一多先生便又都有信来。他们的信里有这样一句话："这是你的成绩，也是我们的安慰。"

我感觉朱先生的生活态度是有些改变了。因为，从前他是不以师道或老辈自居的。现在有些不同了。就他的生活的严肃说，这是必然的发展。可是在另一方面说，也就是渐入所谓"老境"吗？

这感觉到了我们又在北平见面时便更证明了是正确了。朱先生和我先后到北平，这是三十五年的秋天。我是从上海来，在师大教书，他是从重庆来，仍回到清华。在他还没搬出城的时候，我就去看他，那是国会街的临时招待所。我见了他，却又有些黯然了。他分外地憔悴，身体已经没有从前这么挺拔，眼睛见风就流泪，他随时用手巾拂拭着，发着红。我们没能谈什么文艺，他很关切地问到我的母亲、太太、小孩等。宛然是一个老人所关切的事了。

到他在清华住定了，我又去看过他几次。在城里也曾有几次座谈会和宴会上遇到。生活定了，精神确又好了些。——不过有些人已在称他是佩老，大概他是有老的资格了。

但他那不苟的作风，却一如往昔。我来北平后，曾一度给《北平时报》编副刊《文园》。朱先生寄来了一首译诗来，可是还没等付排，他的信又来了，是改去了一两个字。他不苟，可是并非不圆通。他后来告诉我："《时报》不是什么好报啊。"但他并没因为《时报》不好而拒绝写稿。——我后来却也不编那个副刊了。

在朱先生的晚年（我们没想他的晚年是到得这样快!），逐渐加强了鼓励后进的，或者可说是负起教育的责任的意识。他非常虚心地阅读着各种刊物，遇到可以首肯的，就称道不遗余力。我偶然写过一篇《谈选本》的文章，登在重庆出版的《华声》上，已是三四年前的事了，朱先生仍然常常提起。下面是我保存着的去年九月十一日的一封信，又是一个例子：

> 那一回你来没见着，怅怅！静希的文学史收到了。
> 昨天读到你的《陶渊明真超出于时代吗?》一文，很高兴！你说了人家没有说的话，人家不敢说的话。陶渊明究

竟也是人，不必去神化他。自然你注重的是他的因袭，他的不超出于时代；他的变化处你没有说，因为不在这篇文章范围以内。你所说的都是极有价值的批评。我盼望你能多写这类文章。你近年来的散篇批评文字，我差不多都读了，觉得好！除关于司马迁的，我知道要出书外，如《论批评》《谈选本》一类小文，我觉得也可以集成书，可惜不容易找出版的地方。

本年度担任些什么功课？为念。祝好！

这时日到现在不满一年，手泽犹新！其中所说静希，就是林庚的字。这信里又依然提起《谈选本》来。在一般人愁苦柴米油盐之中，生活于风俗日薄、古道日丧之下，谁还能像这样关心着后进的文字呢？

佩弦先生晚年，事事仔细则如故。我们如果向他借一本书，他一定先问："看多少日子？"随手又拿过本子来，把姓名、书名、年月日都写上去。

最后的一次晤谈，是本年的三月二十八日。我带了太太和小孩去看他。他又是病后，十分清癯。我们一坐定，他就进屋里去了，立刻拿出来的是一封信，和四块糖。这封信是他的一位老朋友来的，由于朱先生的推荐，他这位老朋友读了我一篇《李清照论》，来信就是讨论此文的。佩弦先生的东西，一定放得很有秩序，否则我一到，如何能马上就取出来呢？他那四块糖则是每人一块，他自己的一份却没吃，所以我的小孩便得了两块。任何事，他都是这样"合理化"！我一向拿长辈看他，可是他无论如何不肯上座，结果上座空着。又因为我带了太太去，他的太太逢巧没在家，他便不住抱歉，而且特别和我太太谈一些家常。

这是最后的一次会晤，没想到已经不可能再有第二次了！

佩弦先生的稳健，没让他走到闻一多先生那样的道路，可是他的坚定，始终让他在大时代的队伍里没错了步伐（他对于新诗运动的认识之正确，可以说明这一点）；再加上他的虚心和认真，他肯向青年学习，所以他能够在青年的热情里前进着，并领导着。他憔悴，他病倒，他逝去了。可是他的精神没生过锈，没腐烂过，永远年轻！

一般人常提到他的《背影》，并且因此称他为散文家，我想这是故意小看了他。他给我印象最深的，却是《毁灭》——在中国是一首可纪念的长诗。可惜我没曾接触过他那奔放的诗人的一段生活。他后期所表现给我们的，是一个学术工作者，一个有良心的教育家。——教育家而有良心，是多么令人可敬呢！

有些人对佩弦先生现在为青年所爱戴是不大以为然的，甚而有人说："这是被包围！"然而我们敢说这是最恶毒的诬蔑，诬蔑青年，诬蔑佩弦先生！真理只有一个，认识真理的人自然会牵着手前进，谁也包围不了谁，谁也左右不了谁！正是在这诬蔑声中，我们越敬爱他，越觉得他是一个稳健而坚定的有良心的教育家了！

1948 年 8 月 21 日，写于北平陆曼炎（1908—1963），上海崇明人。1949 年前曾任国防部政工局教育专员。1949 年后曾任江苏文史馆馆员。著有《辛亥开国史略》《中华民国开国前革命文献》等。

一个艰苦的学人——王光祈

陆曼炎

　　一个人的学问或事业的成就，都要经过一番艰苦的磨炼、切实的奋斗，才有丰满的收获，而最难的，莫如在长期的苦难过程中，继续不断地忍耐支持，刻苦砥砺。有些人往往因为受不了困苦，耐不得磨砺，渐渐颓唐下来。黠者便油滑取巧，矜夸自用，以致学得的是一知半解，这就形成了肤浅浮薄的现象。但是苦学成名的王光祈，却与一般流俗不同。他以孑身漂泊，留学德国，靠他一支勤劬的笔和一颗坚韧的心、锲而不舍的精神，在德住了一十六年，钻研了学问，同时又写了不少著作。不拿一文津贴，也不求人个额外的资助，只过着清俭的笔耕和攻读的生活，终于完成了他的音乐研究，取得了博士学位。这虽然并不稀罕，但他的艰苦勤学，却是超出寻常而值得青年们做楷模的。

一、"诗人之孙"的早年

光祈,字润屿,也叫若愚,四川温江人。祖父泽山,是一个有名的诗人,父亲也是读书种子而死得很早,光祈生下来时已来不及见面,所以他自幼跟着寡母祖慈过活,照例名士不治生产,王氏两代孤孀,家境贫困不难想象。他幼年曾给人放过牛,过了一个时期的牧童生活。九岁上才得入塾读书,因为他天资高,又是诗人之后,读书的气质还在着,功课却也不坏。十三岁时,赵尔巽调任川督,他是泽山的门生,和光祈有深厚的世谊,由他的资助,便到成都读第一小学,接着又考取中学堂。当时和他同学的,有郭沫若、魏时珍、李劼人、周太玄、曾琦一班人。这时他的学问日新月进,已很有些根底了,更受校长刘士志(字行道,汉学家)的感化,精神上也得了很大的影响。又因他天才横溢,诗文也做得好,颇被一班人称道。民国三年,他同曾琦由庐县起程出川,经过南京、上海,转往北平,进中国大学的法科。他出川时,还只二十三岁,可是对旧诗已有深邃的修养。当时作的《夔州杂诗》就可见得他非凡的文采:

今夜孤城外,悲风战马嘶。猿声过峡断,人语入舟低。
蜀道仍荆棘,秦军自鼓鼙。居民苦行役,闭户水东西。
白帝城边树,春来处处深。征吴存大义,入蜀系天心。
髀肉今难抚,夔巫日又沉。遥怜东逝水,终古尚阴阴。

　　万里瞿塘水，滔滔怒不平。中原还逐鹿，竖子竟成名。
千载忧难已，深宵剑自鸣。直行终有路，何必计枯荣。

　　不知云外路，已作峡中人。水落鼋鼍怒，风微日月真。
野花迷古渡，幽草送残春。独有青城客，劳劳滞此身。

　　两崖如壁立，一线漏青天，乔木临风倒，苍藤带雨悬。
乾坤浮不老，云雾暗相连。只合同僧住，时携买酒钱。

　　雷声才着壁，风已过夔门。四面奇峰乱，千年怪石尊。
江湖如有托，舟楫漫招魂。无限浮生事，凄凉未忍论。

　　到了北平以后，他又作过许多诗，以他的文字素养、空灵
的思想、悱恻缠绵的词意，很能引人动情。出国后他转而专攻
音乐，一方面固然由于他情绪和兴趣的转变，另一方面也委实
得力于早年的文学陶养。有了坚实的基础，所以如水就下，容
易成功了。

二、"少年中国学会"时代

　　当他在中国大学读书时，正是"五四"新文化运动澎湃风
兴的时代，他本是一个热血青年，对当前的时代狂涛，自然会
很快地接受而且引起强烈的反应。"少年中国学会"的组织，就
是从这潮流中产生的一单位。那团体的发起，开头便以"科学
的精神，为社会的活动，创造少年中国"做宗旨。当时基本人
员，只有陈愚生、李大钊、曾琦、蓝梦九、雷眉生、周太玄和
王光祈七个人。在民国七年夏天开了成立会，光祈实做了经常

的支持人。在他起草的《少年中国学会宣言书》中，有一段话说明学会的旨趣，十分透澈，也代表了他思想的一部分：

> 同人等欲集全国有为的青年，从事专门学术，献身社会事业，转移末世风俗……知改革社会之难而不可以徒托空言也，故首之以奋斗，继之以实践，知养成实力之需时而不可以无术也，故持之以坚忍，而终之以俭朴。务使全国青年志士，皆具先民敦厚之风，常怀改革社会之志，循序以进，悬的以趋。勿为无意识之牺牲，愿做有秩序之奋斗。

由这宣言做出发点，"少年中国学会"后来便以"奋斗""实践""坚忍""俭朴"四项做信条，会员们都得遵守奉行。学会成立，加入的人多了，分子也复杂起来了，更因文化思潮的激荡，有的走向社会主义方面去，如李大钊、恽代英、毛泽东、侯绍裘、邓中夏、沈泽民等是；有的代表了国家主义派，便是现在的"中国青年党"，如李璜、曾琦、左舜生、余家菊等是；有的是正式加入了国民党，如吴保丰、陈宝锷等是。但也有许多人，超党派而专心于学术研究的，如魏时珍、周太玄、宗白华、杨钟健等都是。王光祈也是一位沉着努力，不爱闹党派的人，不过他对未来的中国，新的创造，有着热情的憧憬和企待。在《少年中国运动》一文里他曾说过：

"少年中国运动，不是别的，只是一种中华民族复兴运动。"

又说：

"我们的方法计有两种：（甲）民族文化复兴运动；（乙）民族生活改造运动。"

他指出中国文化的精神所寓，蕴髓所在，主张以礼乐为复兴民族的张本，陶冶民族性以改造颓腐的社会。学会原出有《少年中国》《少年世界》两种刊物，从征稿到编辑、付排、校印种种手续，都由他一人负责。他又广揽会员，扩充会务，进行不遗余力，学会因而大大地发展。民十①以后，该会虽因会员间政治思想的歧异，起了分裂，实行改组，但他当年提倡推动的劳绩是不能磨灭的。

民国九年四月，他出国赴欧游学，船过香港，见两岸青山罗列，慨然有去国之思，因赋《去国辞》五章，充分表现他独立不倚，少年担当的气概。

一

山之崖，海之湄，与我少年中国短别离；

短别离，长相忆！

发挥科学精神，努力社会事业，

唯我少年，乃能奋发！

二

山之崖，海之湄，与我少年中国短别离；

---

① 即民国十年。——编者注。

短别离，长相忆！

不恃过去人物，不用已成势力！

唯我少年，乃能自立。

三

山之崖，海之湄，与我少年中国短别离；

短别离，长相忆！

只问耕耘如何，不问收获所得！

唯我少年，有此纯洁！

四

山之崖，海之湄，与我少年中国短别离；

短别离，长相忆！

欲洗污浊之乾坤，只有满腔之热血。

唯我少年，誓共休戚。

五

山之崖，海之湄，与我少年中国短别离；

短别离，长相忆！

愿我青春之中华，永无老大之一日！

唯我少年，努力努力！

虽说是"短别离"，可惜他出国十多年，一直没曾回瞻过国门，终于赍志入地，殉学异域，这是怎样凄欷的一回事！

三、 留德的苦学生涯

在德国，他完全过的苦读生活，一面不断研究学问，一面就靠他一枝秃笔，鬻文卖稿来维持清苦的日子。一迳到他死时，虽已当了波恩大学的教授，但还不脱勤工俭学的本色。

初到德国，他给《申报》《新闻报》写《欧游通讯》，任特约记者。他本是研究政治经济的，对于国际情势自能了然胸中，笔之于纸，为各报生色不少。后来兴趣转换，专攻音乐，连政治经济的文字也少做了。不过他的生活异常艰苦紧张，我们看他自述：

> 余留德十余年，皆系卖文为活，自食其力；即本书（按指《中国音乐史》）一点成绩，亦系十年来孤苦奋斗之结果。国内同志生活情形，既不如余在此间之紧张，或者多有时间探讨，亦未可知。因读中国书籍，往往纠纷错乱情形，数月不能得一解决故也。

他在德时，勤苦写作，勤苦攻读，加以忧伤愁烦，在健康方面受了很大的损害，早就有了脑病。他自己说："当余执笔时，脑辄作痛。爰以左手抚头，右手作字，至痛楚无力，工作始废。世或识余译著不精者，使其知余之生活为何似，将不忍苛责也。"这样的带病力学，工作不懈，难怪他有一次昏倒在柏林国家图书馆，最后竟葬身于波恩大学图书馆，以学殉身了。

四、 在学术上的贡献

光祈在《少年中国》时代，就已表现了他对学术的迈进的志气，出国后因遭受恋爱的幻灭，成了终生的隐恫。所谓万愁不遣，何以慰情？因此，他就改习音乐，以排遣郁闷，曾写信给他的老友黄仲苏道："近于政治经济诸科，暂拟舍弃，将专攻音乐，虽明知其繁复，不易有功，顾迩来心境颇恶，非此不足以怡悦性灵，培植热情。"这不是很明显地说出了他的心情吗？他的学习音乐，遁身艺术，隐于象牙之塔终其天年，是有所激而使然。佛洛伊特①学说所谓"性的升华"作用，一个人不能求达于某种目的，转而满足于他项事业，他的作为正和这相像。

但这不是意志坚强、修养深密的人，不易办到。当他失恋时，也曾萌了自杀的念头，然而理智与热情斗争的结果，理智战胜了，他就转而倾向于学问的努力。综计他一生著作有三十多种，有的属于外交史科，有的属于国防丛书，有的是关于音乐研究。他在学术上最大的贡献，便是音乐方面的成就。已出版的音乐书籍有十七种之多，如《欧洲音乐进化论》《西洋制谱学提要》《西洋音乐史大纲》，是介绍西洋音乐于中国的；如德文 *Die Chinesische KL assehe oper* 是介绍中国的昆曲于欧洲的；

---

① 今译弗洛伊德（1856—1939），奥地利心理学家，精神分析学派创始人。——编者注。

又如《中国音乐史》，是整理中国乐史的系统伟著；而《东西乐制之研究》又是比较中外的。他在音乐的领域中涉猎的方面非常广，对于国乐界的贡献也不在小。尤其《中国音乐史》一书，是独步一时的创作。他用科学的方法，站在进化的观点，从声律的起源，以至宫调的转变，乐器的进化，乐谱的改造，乐队的组织，歌剧舞剧的结构，都寻源探本，详加引绎，把我国的音乐源流阐述无遗。他很有新史家的精神，又有精密的鉴别古籍的眼光，所以对一切资料，都用批判的态度，提纲挈领写出。在《中国音乐史》序言上，有一节说到他研究音乐的抱负，整理国乐的宏愿，原文是这样的：

　　至于吾人之所以毅然从事乐史研究者，至少当有下列两种理由：

　　（一）吾国音乐进化，除律吕一事外，殆难与西洋音乐进化同日而语，但吾人既相信"音乐作品"与其他文学一样，须建筑于民族性之上，不能强以西乐代庖，则吾人对于"国乐"产生之道，势不能不特别努力。而最能促成"国乐"产生者，殆莫过于整理中国音乐史。盖国内虽有富于音乐天才之人，虽有曾受西乐教育之士，但若无本国音乐材料以作彼辈观摩探讨之用，则至多只能造成一位"西洋音乐家"而已，于国乐前途仍无何等帮助。而现代西洋之大音乐家固已成千累万，又何须添此一位黄面黑发之西洋音乐家？倘吾国音乐史料有相当整理，则国内音乐同志，便可运其天才，用其技术（制谱技术），以创造伟大"国乐"侪于国际乐界而无愧……

（二）国人饱受物质主义影响，多以自然科学为现在中国唯一需要之品，而不知自然科学只能于吾人理智方面有所裨益，只能于吾国生产方面有所促进，而不能使吾民族精神为之团结。因民族精神一事，非片面的理智发达或片面的物质美满所能相助者，必须基于民族感情之文学艺术，或基于情智各半之哲学思想，为之先导方可。尤其是先民文化遗产，最足引起"民族自觉"之心。音乐史亦先民文化遗产之一也，其于陶铸"民族独立思想"之功，固胜于一般痛哭流涕、狂呼救国之"快邮代电"也。

他的旨趣，在要保存先民的文化遗产，陶铸民族精神，创造新国乐，振起泱泱大国之风，以与世界各国音乐相颉颃。这一个宏愿，虽因他匆匆撒手，没能亲见实现，但他的卓见与苦心是很值得后人体会的。

周作人（1885—1967），原名櫆寿，字星杓，现代著名散文家、文学理论家、评论家、诗人、翻译家、思想家、中国民俗学开拓人，新文化运动代表人物之一。1901 年入南京江南水师学堂。1906 年东渡日本留学，1911 年回国。1917 年任北京大学文科教授，后兼日文系主任。1919 年与陈独秀等任《新青年》编委。1920 年秋任《新潮》月刊编辑部主任。1924 年与鲁迅等创办《语丝》周刊。周作人一生著译颇丰，已辑集出版。

怀废名

周作人

　　"余识废名在民十以前，如今将二十年，其间可记事颇多，但细思之，又空空洞洞一片，无从下笔处。废名之貌奇古，其额如螳螂，声音苍哑，初见者每不知其云何。所写文章甚妙，但此是隐居西山前后事，《莫须有先生传》与《桥》皆是，只是不易读耳。废名曾寄居余家，常往来如亲属。次女若子亡十年矣，今日循俗例小作法事，废名如在北平，亦必来赴，感念今昔，弥增怅触。余未能如废名之悟道，写此小文，他日如能觅路寄予一读，恐或未必印可也。"

　　以上是民国二十七年十一月末所写，题曰《怀废名》，但是留得底稿在，终于未曾抄了寄去。如今又已过了五年了，想起要写一篇同名的文章，极自然地便把旧文抄上，预备拿来做个引子。可是重读了一遍之后，觉得可说的话大都也就有了，不过或者稍为简略一点，现在所能做的只是加以补充，也可以说是作笺注罢了。关于认识废名的年代，当然是在他进了北京大学之后，推算起来应当在民国十一年考进预科，两年后升入本科，中间休学一年，至民国十八年才毕业。但是在他来北京之前，我早已接到他的几封信，其时当然只是简单地叫冯文炳，在武昌当小学教师，现在原信存在故纸堆中，日记查找也很费事，所以时日难以确知，不过推想起来这大概总是民九民十之交吧，距今已是二十年以上了。废名眉梭骨奇高，是最特别处。在《莫须有先生传》第四章中房东太太说：莫须有先生，你的脖子上怎么那么多伤痕？这是他自己讲到的一点，此盖由于瘰疬，其声音之低哑或者也是这个缘故吧。

废名最初写小说，登在胡适之的《努力周报》上，后来结集为《竹林的故事》，为新潮社文艺丛书之一。这《竹林的故事》现在没有了，无从查考年月，但我的序文抄存在《谈龙集》里，其时为民国十四年九月，中间说及一年多前答应他作序，所以至迟这也就是民国十二年的事吧。废名在北京大学进的是英文学系，民国十六年张大元帅入京，改办京师大学校，废名失学一年余，及北大恢复乃复入学。废名当初不知是住公寓还是寄宿舍，总之在那失学的时代也就失所寄托，有一天写信来说，近日几乎没得吃了。恰好章矛尘夫妇已经避难南下，两间小屋正空着，便招废名来住，后来在西门外一个私立中学走教国文，大约有半年之久，移居西山正黄旗村里，至北大开学再回城内。这一期间的经验于他的写作很有影响。村居，读莎士比亚，我所推荐的吉诃德先生，李义山诗，这都是构成《莫须有先生传》的分子。从西山下来的时候，也还寄住在我们家里，以后不知是哪一年，他从故乡把妻女接了出来，在地安门里租屋居住，其时在北京大学国文系做讲师，生活很是安定了，到了民国二十五六年，不知怎的忽然又将夫人和子女打发回去，自己一个人住在雍和宫的喇嘛庙里。当然大家觉得他大可不必，及至卢沟桥事件发生，又很羡慕他，虽然他未必真有先知。废名于那年的冬天南归，因为故乡是拉锯之地，不能在大南门的老屋安居，但在附近一带托迹，所以时常还可彼此通信，后来渐渐消息不通，但是我总相信他仍是在那一个小村庄里隐居，教小学生念书，只是多"静坐深思"，未必再写小说了吧。

翻阅旧日稿本，上边抄存两封给废名的信，这可以算是极偶然的事，现在却正好利用，重录于下。其一云：

> 石民君有信寄在寒斋，转寄或失落，信封又颇大，故拟暂留存，俟见面时交奉。星期日林公未来，想已南下矣。旧日友人各自上飘游之途，回想《明珠》时代，深有今昔之感，自知如能将此种怅惘除去，可以近道，但一面也不无珍惜之意，觉得有此怅惘，故对于人间世未能恝置，此虽亦是一种苦，目下却尚不思即舍去也。匆匆。九月十五日。

时为民国廿六年，其时废名盖尚在雍和宫。这里提及《明珠》，乘便想说明一下。废名的文艺的活动大抵可以分几个段落来说。（甲）是《努力周报》时代，其成绩可以《竹林的故事》为代表。（乙）是《语丝》时代，以《桥》为代表。（丙）是《骆驼草》时代，以《莫须有先生传》为代表。以上都是小说。（丁）是《人间世》时代，以《读论语》这一类文章为主。（戊）是《明珠》时代，所做都是短文。那时是民国二十五年冬天，大家深感到新的启蒙运动之必要，想再来办一个小刊物，恰好《世界日报》的副刊《明珠》要改编，便接受了来，由林庚编辑，平伯、废名和我帮助写稿，虽然不知道读者觉得何如，在写的人则以为是颇有意义的事。但是报馆感觉得不大经济，于二十六年元旦又断行改组，所以林庚主编的《明珠》只办了三个月，共出了九十二号，其中废名写了很不少，十月有九篇，十一二月各五篇，里边颇有些好文章好意思。例如十月份的《三竿两竿》《陶渊明爱树》《陈亢》，十一月份的《中国文章》《孔门之文》，我都觉得很好。

《三竿两竿》起首云："中国文章，以六朝人文章为最不可及。"《中国文章》也劈头就说道："中国文章里简直没有厌世派的文章，这是很可惜的事。"后边又说："我尝想，中国后来如果不是受了一点儿佛教影响，文艺里的空气恐怕更陈腐，文章里恐怕更要损失好些好看的字面。"这些话虽然说得太简单，但意思极正确，是经过好多经验思索而得的，里边有其颠扑不破的地方。

废名在北大读莎士比亚，读哈代，转过来读本国的杜甫、李商隐,《诗经》《论语》《老子》《庄子》,渐及佛经。在这一时期我觉得他的思想最是圆满,只可惜不曾更多所述著,这以后似乎更转入神秘不可解的一路去了。

我的第二封信已在废名走后的次年,时为民国二十七年三月,其文云:

> 偶写小文,录出呈览。此可题曰《读大学中庸》,题目甚正经,宜为世所喜,惜内容稍差,盖太老实而平凡耳。唯亦正以此故,可以抄给朋友们一看,虽是在家人亦不打诳语,此鄙人所得之一点滴的道也。日前寄一二信,想已达耶,匆匆不多赘。三月六日晨,知堂白。

所云前寄一二信悉未存底,唯《读大学中庸》一文系三月五日所写,则抄在此信稿的前面,今亦抄录于后:

> 近日想看《礼记》,因取郝兰皋笺本读之,取其简洁明了也。读《大学》《中庸》各一过,乃不觉惊异。文句甚顺口,而意义皆如初会面,一也。意义还是很难懂,懂得的地方也只是些格言,二也。《中庸》简直多是玄学,不佞盖犹未能全了物理,何况物理后学乎。《大学》稍可解,却亦无甚用处,平常人看看想要得点受用,不如《论语》多多矣。不知道世间何以如彼珍重,殊可惊诧,此其三也。从前书房里念书,真亏小孩们记得住这些。不佞读下中时

十二岁了，愚钝可想，却也背诵过来，反复思之，所以能成诵者，岂不正以其不可解耶？

此文也就只是《明珠》式的一种感想小篇，别无深义，寄去后也不记得废名复信云何，只在笔记一页之末录有三月十四日黄梅发信中数语云：

> 学生在乡下常无书可读，写字乃借改男的笔砚，乃近来常觉得自己有学问，斯则奇也。

寥寥的几句话，却很可看出他特殊的谦逊与自信。废名常同我们谈莎士比亚、庾信、杜甫、李义山，《桥》下篇第十八章中有云：

> 今天的花实在很灿烂——李义山咏牡丹诗有两句我很喜欢，我是梦中传彩笔，欲书花叶寄朝云。你想，红花绿叶，其实在夜里都布置好了——朝云一刹那见。

此可为一例。随后他又谈《论语》《庄子》以及佛经，特别是佩服《涅槃经》。不过讲到这里，我是不懂玄学的，所以就觉得不大能懂，不能有所评述了。废名南归后曾寄示所写小文一二篇，均颇有佳处，可惜一时找不出来，也有很长的信讲到所谓道，我觉得不能赞一辞，所以回信中只说些别的事情，关于道字了不提及，废名见了大为失望，于致平伯信中微露其意，但即是平伯亦未敢率尔与之论道也。

关于废名的这一方面的逸事，可以略记一二。废名平常颇佩服其同乡熊十力翁，常与谈论儒道异同等事，等到他着手读佛书以后，却与专门学佛的熊翁意见不合，而且多有不满之意。有余君与熊翁同住在二道桥，曾告诉我说，一日废名与熊翁论僧肇，大声争论，忽而静止，则二人已扭打在一处，旋见废名气哄哄地走出，但至次日，乃见废名又来，与熊翁在讨论别的问题矣。余君云系亲见，故当无错误。废名自云喜静坐深思，不知何时乃忽得特殊的经验，趺坐少顷，便两手自动，作种种姿态，有如体操，不能自已，仿佛自成一套，演毕乃复能活动。鄙人少信，颇疑是一种自己催眠，而废名则不以为然。其中学同窗有为僧者，甚加赞叹，以为道行之果，自己坐禅修道若干年，尚未能至，而废名偶尔得之，可谓幸矣。废名虽不深信，然似亦不尽以为妄。假如是这样，那么这道便是于佛教之上又加了老庄以外的道教分子，于不佞更是不可解，照我个人的意见说来，废名谈中国文章与思想确有其好处，若舍而谈道，殊为可惜。废名曾撰联语见赠云：微言欣其知之为海，道心侧于人不胜天。今日找出来抄录于此。废名所赞虽是过量，但他实在是知道我的意思之一人，现在想起来，不但有今昔之感，亦觉得至可怀念也。

　　　　　　　　　　　　　三十二年三月十五日，记于北京

赵景深（1902—1985），现代作家、文学史家、文学翻译家。生于浙江丽水，少年时在安徽芜湖读书。酷爱文学，1922年从天津棉业专门学校毕业后，任天津《新民意报》文学副刊编辑，并任文学团体绿波社社长。1925年任上海大学教授；1927年任开明书局编辑；1930年起任复旦大学中文系教授，同时兼任北新书局总编辑。其著作和译作数量多、范围广，在学术界和教育界颇有影响。

谢六逸

赵景深

前些天看见中央社贵阳三十四年八月二十三日的电讯云："此间各界今在贵阳师范学院，公祭故新闻家谢六逸先生，杨主席暨各机关长官及谢氏生前友好均参加，遗椁定二十四日安葬于筑北郊圣公会基地。一代人才遽尔逝世，筑垣各界感悼甚深。谢氏身后萧条，其生前友好，正为其筹募基金。"这消息使我好几晚不能安眠。回忆战前在沪，我们时相过从。至今文学研究会的干部东零西散，真是不堪回首。从前《文学周报》的八位编辑，四瘦四胖；四瘦之中郑振铎和徐调孚都在内，四胖之中有耿济之和李青崖，还有两位就是谢六逸和我。战时与友人久不通信，六逸是怎样死的，几时死的，都不知道。最近方听说谢氏是八月六日害心脏病去世的。陆放翁临死前作诗云："王师北定中原日，家祭无忘告乃翁。"陆放翁以未见北定中原为憾事，六逸也有同样的遗憾。他的年龄似还不到五十，文学和事业的前途正待继续发展，赍志以殁，实是一桩憾事。

六逸是贵州贵阳人。生于贵阳，死于贵阳，狐死正首邱，较之客死他乡，又好得多。他是日本早稻田大学文学士出身，曾任商务印书馆编辑。"五四运动"后不久，他任神州女学的教务主任。该校乃邵元冲夫人张默君所办。当时有一位姓鲍的音乐教员，是商务印书馆创办人兼印刷厂长鲍咸昌的女儿，宁波人，信仰基督教，兼长英文。六逸与她恋爱成功，便举行婚礼。六逸死后葬圣公会，大约是由于他妻子的关系。他们的家庭虽甚简单，却充满了和悦的气氛。孩子很多，六逸是最爱孩子的，特地替他们预备小椅子和小桌子，每逢星期日必率领妻儿去看一次卡通电影，因此米老鼠、唐纳鸭①、辟推小姐、大力水手之类，成为他们的孩子们最熟悉的朋友。六逸在《茶话集》所写的一篇小品，写这种天伦乐趣尤详。

六逸在复旦大学任教年限最长。从民国十八年，直到战前，一直都在复旦大学，除了孙俍工先生曾任中文系主任两年以外，六逸一直身兼中国文学系和新闻系两系的主任，我也与他相终始。最初六逸请我到复旦大学大礼堂演讲，我的讲题是"鲁迅与柴霍甫②"，颇受学生欢迎，就这样我开始在复旦任教。当时中国文学系的教授还有洪深、穆木天、郑振铎、李青崖、曹聚

---

① 今译唐老鸭。——编者注。
② 柴霍甫，今译契诃夫（1860—1904），俄国文学大师，世界级短篇小说巨匠。——编者注。

仁等，新闻学系的教授有黄天鹏、郭步陶等，都是有名的作家。中国公学六逸任文理科学长兼中国文学系主任，尤称极盛，学生们选课的极多，以致原有课室容纳不下，特在操场建造草屋两大间，课桌椅就放在泥地上，像说大书似的上课。六逸、振铎和我就在草屋里讲授"文艺思潮"、"中国文学史"和"小说原理"。六逸授课常用硬卡片摘录大要，讲授得极有条理。他所教的"文艺思潮""神话研究""小说原理"等从来不写成书；为审慎起见，遇有西洋作家姓名或派别名词，每每把西文写在黑板上，而不读音；恐防读错，贻误学生。我却不管，无论英法德俄，除知道的以外，都照英文随意读音。他最初在商务所出版的《西洋小说发达史》（文学研究会丛书）也是一本条理清晰的著作。但他后来读书愈多，感觉早年所作，颇多不满，便毅然决然地写信请商务停版，不再刊行，宁可损失版税。这都是他对于文学和教育认真的地方。

六逸是日本文学的权威。他曾经写过三本日本文学史。商务的《日本文学》最简；开明的《日本文学（上卷）》较详，惜仅出上卷；北新的《日本文学史》最详。我曾亲见他撰写《日本文学史》，桌子上所放的日文本大大小小的日本文学史（常称作本国文学史）几达三四十种，桌上、茶几上几乎堆满了这些书，可见参考之丰富。其他尚译有《志贺直哉集》（中华），《日本小品文选》《接吻》（均大江书铺）等。

他是喜欢小孩子的，所以在儿童文学方面，他也尽了不少的力。他曾替中华书局编过一种《儿童文学》月刊，特请许敦谷先生作插图（后来郑振铎编《儿童世界》，也请许氏绘图；因此在《儿童世界》上发表的叶绍钧的童话后来编成一册《稻草人》，还留下不少许氏的插图），可惜只出了九期就中止了。后来六逸把这月刊上所发表的他自己的作品，辑为《母亲》《清明节》二册交北新出版，北新编入"小朋友丛书"，改名为《小朋友文艺》。此外还有《红叶》和《鹦鹉》（均新中国）、《俄德西冒险记》（商务）、《伊利亚特》（开明），后二种是《荷马史诗》的本事，不仅儿童，凡研究西洋文学者均应一读。又有《海外传说集》一册，上卷罗马故事，下卷日本故事，用五号字排；后由我建议，世界书局改用四号字重排，添加插图，分为《罗马故事集》和《日本故事集》二册。

　　文学理论方面，六逸译过《文艺与性爱》（开明），这是松村武雄博士根据摩台尔的《近代文学与性爱》而节写的。后来摩台尔的原书也由钟子岩译出，在开明出版。此外就是前面提起过的《西洋小说发达史》以及世界所出版的《神话学ABC》和《农民文学ABC》。中华所出版的《小说原理》，实际也是六逸的讲稿；他自己不肯出版，只是一个大纲，却由他的学生替他代为出版了。

　　创作方面，他只写了两本杂文集，那就是《水沫集》（世界）和《茶话集》（新中国）。《茶话集》的下卷是谈新闻学的，虽是专门的学问，却出以幽闲的文章，或写新闻业大王的一生，或幽默地介绍社会新闻的公式（例如怪胎、奇花之类），所以也不妨当作杂文看。我所爱读的他的文章已选入我所编的《现代小品文选》。他自己也编一册《模范小说选》，由黎明书局出版。还有用"宏徒"这一笔名所写的《文坛逸话》，写西洋文人的逸事，也是隽品。

战时六逸随大夏大学迁到他的家乡贵阳，我仍留上海，差不多有七年不曾得到他的消息。去年二月我到立煜任安徽学院中国文学系主任，中央社发电到各处，说我到了立煜。六逸知道了这个消息，便写了一封信给我，信上说："景深兄：一别七载，时时在念。昨闻浙报文坛消息，知兄离沪至皖任教，心中甚喜。此函如能达览，请以近况见告，并以通信处示知，再当函商一切也。"当时他在贵阳文通书局任编辑主任，并编《文讯》月刊，大约是要我编书撰稿，我覆他一信，想因平汉路一带发生战事被阻。不料这信竟是他所给我的最后一信了。我也曾注意文通书局和别的书局书目，似乎他在战时不曾出版过什么著作。遗著大约还有一点，希望有书局能够替他出版。"身后萧条"，几乎成了文人死后的通例，生时既不知吹牛拍马、贪赃枉法，只会在故纸堆中讨生活，矻矻穷年地勤恳做去，受穷可说是活该。我一面追悼着故人，一面也为我自己恐惧。但本性如此，也是没法的事。新文学开始以来，迄今已二十年，新书店开得多，新书也出得多，东一本，西一本，很少有出全集和大系的。死后的荣誉，除了鲁迅有《鲁迅全集》以外，别的作家似乎都还没有。我在此唯有希望良友图书公司第二个十年的《中国新文学大系》早日全成，庶几我们这些人的文章能够稍微保存一点。"五四"以后的文学家去世的已经不少，如诗人刘大

白、刘复、徐志摩、王独清、朱湘，小说家曾朴、鲁彦、庐隐、
柔石、胡也频，戏剧家宋春舫，散文家谢六逸，我们都希望能
有全集或选集出版，稍稍纪念这些勤恳工作者的收获。

(《文坛忆旧》)

陆丹林（1896—1972），报刊名编、美术史家、书画鉴藏家。早年曾加入同盟会，后在上海加入著名诗人团体南社，并先后主编多种报刊，尤以文史和书画刊物而闻名。

落华生许地山

陆丹林

落华生许地山于民二十年八月四日下午二时十五分，在香港罗便臣道的寓所逝世，享年四十九岁。回想起来，这是中国文化界的一个巨大损失！

我还记着，那天的上午，九龙天文台上悬起八号风球，虽然飓风的前哨绝没有一点声息，可是人心已经有了一些骚动，好像罡风就要侵袭港九似的。然而在下午二时半，就有一位朋友来说许地山刚才在家逝世了。我闻着不禁有点惊愕，立即打电话到许公馆询问，果然属实。这一天，飓风没有袭港，独是噩耗传来的损失，较之飓风更加来得厉害。那么，八号风球的挂起，容许就是地山逝世的象征吧。

地山的家世怎样呢？容我先来说一说。从《窥园留草》（是他父亲的诗集）里"窥园先生年谱"，知道他是生于光绪十九年癸巳，在台湾的台南出世，名赞堃（乳名叔丑）。那时他的父亲允白（南英）是三十九岁，中庚寅会试恩科会元夏曾佑榜下第十八名，钦点主事，签分兵部车驾司加员外郎衔的第四年。出世第二年，就是甲午中日战争，他的父亲被举为团练局统领，率勇二营抗日；日兵入台南，就避地暹罗。不久，转到广州，先办差事，后来历任徐闻、阳春、阳江、三水等县知县。

他十三岁和兄弟们入随宦学堂读书，课外先后请倪玉笙、韩贡三等补习经史。地山在中小学时期，可说是在广州受教育。民国元年，任福建省立第二师范教员。民二，转赴缅甸仰光任侨校教员，那个时候，他是二十一岁。当他离家出国的辰光，他的父亲有《示四儿叔丑》五古一首来勖勉他。辛亥革命军起义，这位老人家解除三水县职，携眷返福建，因为他们在南洋归国时，早已转籍龙溪了。到漳州后，被举为漳州民事局长。等到地山往仰光时，他的老人家是在龙溪县知事任。民四，他从仰光返福建，和台中林月森女士订婚。民六，因求学业深造，到北京入燕京大学，研究神学，毕业得神学士学位。

顺便附带谈谈他老人家一段故事。在民国五六年的时候，他家境不好，有劝他回广东去的，因为当时广东省长李耀汉是他任阳春知县时所招抚的一人。彭华绚在省公署已得要职，写信约他到广州，说李省长必能以高位报他。他对家人说："我最恨食人之报，何况他从前曾在我部属，今日反去向他讨啖饭地，岂不更可耻吗？"至终不去。这可以见到这位老人家的品格了。因此又联想到香港有一家报馆想请地山写文章，地山终始不肯写，对朋友说："无论这家报馆是三元一千字的稿费，即使一字千金，我也不屑替它写稿。"原因是有他的固有特性，绝不能够勉强去干，文章，更不是应酬商品了。

地山在广州读书时候，对于国学本来有兴趣，在北京求学期间，巧值"五四运动"，他异常努力，尤其是新文学的写作，成为文学研究会的重要分子。

地山对于新旧文学和神哲学，都有相当造诣。燕大毕业后，更求高深的研讨，继续到国外留学，研究文史中宗教学。民十二至十三，在美国哥林比亚大学①得文学硕士学位；民十四至十五，在英国牛津大学得文学士学位。民十六，由伦敦返国途中，道经印度，作一度的勾留，从事研究梵文和佛学。返国以后，即在燕京大学任教授，讲授中国道学和社会学，并历任清华大学社会人类学系讲师，北京大学哲学系讲师。民十九，再度西游，潜心研究印度文学（梵文）和宗教哲学；和谭云山同以研究印度哲学驰名。

当民国廿四年，胡适之南下香港，接受香港大学颁授的博士学位，当时曾向港大当局建议：港大的中文学院中国文史学系的主任人选，应由中国人担任。他该是从英国的大学毕业，对于中西文史有精深的造诣，有著述的表现，在学术界有相当的权威，而且是华南籍，懂得闽粤方言，那就对于环境才能有深切认识，没有什么隔膜。有这样资格的学者来担任此职，才

---

① 今译哥伦比亚大学。——编者注。

能适合该系所迫切的需要，而必能有成就的。果然，港大当局
接纳胡氏的建议，几经物色，最后还是由胡氏介绍地山到港担
任这"人地相宜"的职事。于是他就在民廿四年秋天受聘香港
大学教授，主任中文学院的中国文史学系。香港大学开办至今，
中国人担任教授的，只有两个人：第一，是王宠益任医学院教
授；第二，就是地山。

地山虽然是一个基督教徒，但他是另有他的信仰和思想，
和普通一般的传教者不同。就《玉官》小说里，也可以知道一
个轮廓。近年有时也好写点旧体诗，诗体虽是七绝，而内容却
是新的，更不是无病呻吟与叹老嗟卑的滥调。篆书、隶书和梵
文，高兴的时候，也常挥写的，当作一种美术来消遣，但同时
他绝不鼓励人家去埋头埋脑研究书法。

地山兄弟六人，他是第四。他的大哥赞书，曾任厦门同盟
会会长。二哥赞元，是黄埔陆军小学毕业，留学日本，后来投
身革命军。三哥敦谷，是西洋画家，毕业东京美术学校。弟赞
乔，是医生，毕业广州光华医学校，可说是一门俊彦。

地山的原配是台湾的林月森女士。继室是北平师范大学理
学士周俟松女士。周女士是湘潭周印昆（大烈）的女公子。印
昆没有儿子，地山就把他的儿子苓仲从母姓为周苓仲。地山在
北平的时候，因着研究佛学，常常实地去参观寺院，印昆的
《夕红楼》诗集里有三首诗述及，如《同许婿地山观卧佛》《九
日携六婿许地山暨七女铭洗登石景山天空禅院塔台》《同林宰
平、陈仲恕、叔通昆季、刘放园、卓君庸、竹特生、许婿地山

由大觉寺至管家岭看杏花》等都是。

地山有儿女三人，长女楙新，是前室所生。次女燕吉，子周苓仲。卅二年以后，我在重庆，见着地山的哥敦谷，又重逢地山的夫人周女士。

地山是"五四运动"的中心人物，学术深湛，中西新旧文学都有深刻广博的研讨，致力文化教育工作，尤有极大的贡献，在新文化运动时期，即运用他的清新简练的文学技巧，用"落华生"笔名发表创作，《命命鸟》是他的处女作。短篇小说集有《缀网劳珠》《换巢鸾凤》，小品文有《空山棂雨》等，曾经陶醉不少读者的心灵，在文坛中有着相当的地位。对于历史和宗教比较学，研究更加渊博与精微，著述有《达里集》（是叙中英鸦片战争前之史料）、《孟加拉民间故事》、《印度文学》、《中国道教史》、《扶箕迷信底心理》、《道藏索引》等。他在港数年，创作小说，文字较长的，是《玉官》中篇，论文较长的，是最后发表的《国粹与国学》了。

写到这，我就联想到胡愈之替他写《扶箕迷信底研究》序文几句来：

　　老当益壮的萧伯纳翁近来说过这样的话："正为了是战时，作家不应该把正在干着的事停顿下来，欲要加工夫去做些与战争无关的事才好。"我明白萧翁是反对"抗战八股"。许地山先生就是像萧翁所说那样的干着的。已经打了三年多仗了。这里，一向是被看作高等华人的世外桃源的，现在也在忙着疏散妇孺，挖掘山洞，演习灯火管制。但是许地山先生还是和先前那样地笑容可掬。他的胡子并没有比战前加长一些。他对宗教学、上俗学的研究兴趣也没有改变，当我这次来香港看到他的时候，他正写完了一本《扶箕迷信底研究》。

如果有人批评地山当年不实际去干抗战工作，看了胡氏的话，也可以得着一个解答。其实他在香港六年，对于文化学术运动，做了不少工作，如中英文化协会、中华全国文艺界抗敌协会香港分会、中国文化协进会、港大中文学会、广东文物展览会、文化讲座、中国电影教育协会香港分会、新文字学会等团体，都尽过很多的力量。其中有一半，我是和他一同参加，故知道比较详细。他日常起居生活都很注意，也很俭朴。他是终年吃素，同时也吃点荤；所谓荤，只是水族的动物，其他陆上的空中的动物，他是不吃的。衣服也很朴素，通常的，冬天不离一件蓝布大褂，黑呢帽，夏天是夏布长衫，白通帽。西服呢？我是没有见他穿过了。常是笑口吟吟地对人，他感觉到怎样的就说怎样，待人接物没有用什么的手段，都是抱着一片和蔼真诚；永恒地保持着青年的热情，不断地和恶劣势力战斗。可是他在四十九岁壮年时期，戮力学术的时候，便霎然地与世长辞了！他的死，是在中国抵抗日本大规模侵略的第四年，也就是法西斯侵略的烽火燃遍世界的时候，文化运动的战士许地山适在这时撒手人寰。他是富于责任的，该是放不下吧！然而在他逝世没有几年，中国抗战胜利了，他没有看见，这在他个人魂兮有知，是何等的难过呢？我想。

（《当代人物志》）

郑振铎（1898—1958），中国现代著名作家、文学史家。1917 年考取北京铁路管理学校高等科官费生。1920 年与沈雁冰、叶绍钧等发起成立文学研究会。1921 年到商务印书馆编译所工作。1923 年起主编《小说月报》。1931 年任燕京大学中文系教授。1935 年任暨南大学文学院院长兼中文系主任。1945 年创办并主编《民主》周刊。著有《插图本中国文学史》《文学大纲》《中国俗文学史》等。

悼许地山先生

郑振铎

许地山先生在抗战中逝世于香港。我那时正在上海蛰居，竟不能说什么话哀悼他。——但心里是那么沉痛凄楚着。我没有一天忘记了这位风趣横逸的好友。他是我学生时代的好友之一。真挚而有益的友谊，继续了二十四五年，直到他的死为止。

人到中年便哀多而乐少。想起半生以来的许多友人们的遭遇与死亡，往往悲从中来，怅惘无已。有如雪夜山中，孤寺纸窗，卧听狂风大吼，身世之感，油然而生。而最不能忘的，是许地山先生和谢六逸先生，六逸先生也是在抗战中逝去的。记得二十多年前，我住在宝兴西里，他们俩都和我同住着，我那时还没有结婚，过着刻板似的编辑生活，六逸在读书，地山则新从北方来。每到傍晚，便相聚而谈，或外出喝酒。我那时心绪很恶劣，每每借酒浇愁，酒杯到手便干。常常买了一瓶葡萄酒来，去了瓶塞，一口气骨嘟嘟地全都灌下去。有一天，在外面小酒店里喝得大醉归来，他们俩好不容易地把我扶上电车，扶进家门口。一到门口，我见有一张藤的躺椅放在小院子里，便不由自主地躺了下去，沉沉入睡。第二天醒来，却睡在床上。原来他们俩好不容易地又设法把我抬上楼，替我脱了衣服鞋子。我自己是一点知觉也没有了。一想起这两位挚友都已辞世，再见不到他们，再也听不到他们的语声，心里便凄楚欲绝。为什么"悲哀"这东西老跟着人跑着？为什么跑到后来，竟越跟越紧呢？

地山到北平燕京大学念书，他家境不见得好，费用是由闽南某一个教会负担的。他曾经在南洋教过几年书，在我们这一群未经世故人情磨炼的年轻人里，天然是一个老大哥。他对我们说了许多我们从来没有听到过的话。他有好些书，西文的、中文的，满满地排了两个书架。这是我所最为羡慕的。我那时还在省下车钱来买杂志的时代，书是一本也买不起的。我要看书，总是向人借。有一天傍晚，太阳光还晒在西墙，我到地山宿舍里去，在书架上翻出了一本日本翻版的《太戈尔①诗集》，读得很高兴。站在窗边，外面还亮着。窗外是一个水池，池里有些翠绿欲滴的水草，人工的流泉在淙淙地响着。

"你喜欢太戈尔的诗吗？"

我点点头，这名字我是第一次听到，他的诗，也是第一次

---

① 今译泰戈尔。——编者注。

读到。

他便和我谈起太戈尔的生平和他的诗来。他说道："我正在译他的《吉檀迦利》呢。"随在抽屉里把他的译稿给我看。他是用古诗译的，很晦涩。

"你喜欢的还是《新月集》吧?"便在书架上拿下一本书来。"这便是《新月集》，"他道，"送给你，你可以选着几首来译。"

我喜悦地带了这本书回家。这是我译太戈尔诗的开始。后来，我虽然把英文本的《太戈尔集》陆续地全都买了来，可是得书时的喜悦，却总没有那时候所感到的深切。

我到了上海，他介绍他的二哥敦谷给我。敦谷是在日本学画的，一位孤芳自赏的画家，与人落落寡合，所以，不很得意。我编《儿童世界》时，便请他为我作插图。第一年的《儿童世界》，所有的插图全出于他的手。后来，我不编这周刊了，他便也辞职不干。他受不住别的人的指挥什么的，他只是为了友情而工作着。

地山有五个兄弟，都是真实的君子人。他曾经告诉过我，他的父亲在台湾做官，在那里有很多的地产。当台湾被日本占去时，曾经宣告过，留在台湾的，仍可以保全财产，但离开了的，却要把财产全部没收。他父亲招集了五个兄弟们来，问他们谁愿意留在台湾承受那些财产，但他们全都不愿意。他们一家便这样的舍弃了全部资产，回到了祖国。因此，他们变得很穷。兄弟们都不能不很早地各谋生计。

他父亲是丘逢甲的好友，一位仁人志士，在台湾独立时代，尽了很多的力量，写着不少慷慨激昂的诗。地山后来在北平印出了一本诗集。他有一次游台湾，带了几十本诗集去，预备送给他的好些父执，但在海关上，被日本人全部没收了。他们不允许这诗集流入台湾。

地山结婚得很早。生有一个女孩子后，他的夫人便亡故。她葬在静安寺的坟场里。地山常常一清早便出去，独自到了那坟地上，在她坟前默默地站着，不时地带着鲜花去。过了很久，他方才续弦，又生了几个儿女。

他在燕大毕业后，他们要叫他到美国去留学，但他却到了牛津。他学的是比较宗教学。在牛津毕业后，他便回到燕大教书。他写了不少关于宗教的著作。他写着一部《道教史》，可惜不曾全部完成。他编过一部《大藏经引得》。这些，都是扛鼎之作，别的人不肯费大力从事的。

茅盾和我编《小说月报》的时候，他写了好些小说，像《换巢鸾凤》之类，风格异常的别致。他又写了一本《无从投递的邮件》，那是真实的一部伟大的书，可惜知道的人不多。

最后，他到香港大学教书，在那里住了好几年，直到他死。他在港大主持中文讲座，地位很高，是在"绅士"之列的。在法律上有什么中文解释上的争执，都要由他来下判断。他在这时期帮助了很多朋友们。他提倡中文拉丁化运动，他写了好些论文，这些，都是他从前所不曾从事过的。他得到广大的青年们的拥护。他常常参加座谈会，常常出去讲演。他素来有心脏病，但病状并不显著，他自己也并不留意静养。

有一天，他开会后回家，觉得很疲倦，汗出得很多，体力支持不住，便移到山中休养着。便在午夜，病情太坏，没等到天亮，他便死了。正当祖国最需要他的时候，正当他为祖国努力奋斗的时候，病魔却夺了他去。这损失是属于国家民族的，这悲伤是属于全国国民们的。

他在香港，我个人也受过他不少帮助。我为国家买了很多的善本书，为了上海不安全，便寄到香港去；曾经和别的人商量过，他们都不肯负这责任，不肯收受，但和地山一通信，他却立刻答应了下来。所以，三千多部的元明本书，抄校本书，都是寄到港大图书馆，由他收下的。这些书，是国家的无价之宝；虽然在日本人陷香港时曾被他们全部取走，而现在又在日本发现，全部要取回来，但那时如果仍放在上海，其命运恐怕要更劣于此。——也许要散失了，被抢得无影无踪了。这种勇敢负责的行为，保存民族文化的功绩，不仅我个人感激他而已！

他名赞堃，写小说的时候，常用"落华生"的笔名。"不见落华生吗？花不美丽，但结的实却用处很大，很有益。"当我问他取这笔名之意时，他答道。

他的一生都是有益于人的，见到他便是一种愉快。他胸中没有城府。他喜欢谈话。他的话都是很有风趣的，很愉快的。老舍和他都是健谈的。他们俩曾经站在伦敦的街头，谈个三四个钟点，把别的约会都忘掉。我们聚谈的时候，也往往消磨掉整个黄昏、整个晚上而忘记了时间。

他喜欢做人家所不做的事。他收集了不少小古董，因为他没有多余的钱买珍贵的古物。他在北平时，常常到后门去搜集别人所不注意的东西。他有一尊元朝的木雕像，绝为隽秀，又有元代的壁面碎片几方，古朴有力。他曾经搜罗了不少"压胜钱"，预备做一部压胜钱谱，抗战后，不知这些宝物是否还保存无恙。他要研究中国服装史，这工作到今日还没有人做。为了要知道"纽扣"的起源，他细心地在查古画像、古雕刻和其他许多有关的资料。他买到了不少摊头上鲜有人过问的"喜神像"，还得到很多玻璃的画片。这些，都是与这工作有关的。可惜牵于他故，牵于财力、时力，这伟大的工作，竟不能完成。

我为中国版画史的时候，他很鼓励我。可惜这工作只做了一半，也困于财力而未能完工。我终要将这工作完成的，然而地山却永远见不到它的全部了！

他心境似乎一直很愉快，对人总是很高兴的样子。我没有见他疾言厉色过，即遇怫意的事，他似乎也没有生过气。然而当神圣的抗战一开始，他便挺身出来，献身给祖国，为抗战做着应该做的工作。

抗战使这位在研究室中静静地工作着的学者，变为一位勇猛的斗士。

他的死亡，使香港方面的抗战阵容失色了。他没有见到胜利而死，这不幸岂仅是他个人的而已！

他如果还健在，他一定会更勇猛地为和平建国、民主自由而工作着的。

　　失去了他，不仅是失去了一位真挚而有益的好友，而且是失去了一位最坚贞、最有见地、最勇敢的同道的人。我的哀悼实在不仅是个人的友情的感伤！

老　舍（1899—1966），本名舒庆春，字舍予。现代著名小说家、文学家、戏剧家。1918 年毕业于北京师范学校。1924 年赴伦敦大学东方学院华语学系任华语讲师，并开始文学创作。1929 年回国。三十年代先后任教于齐鲁大学和山东大学。1946 年接受美国国务院邀请赴美讲学，1949 年回国。"文革"中遭受迫害，于 1966 年 8 月 24 日深夜含冤自沉于北京西北的太平湖。著有《老张的哲学》《四世同堂》《骆驼祥子》《茶馆》等。

敬悼许地山先生

老　舍

　　地山是我的最好的朋友。以他的对种种学问好知喜问的态度，以他的对生活各方面感到的趣味，以他的对朋友的提携辅导的热诚，以他的对金钱利益的淡薄，他绝不像个短寿的人。每逢当我看见他的笑脸，握住他的柔软而戴着一个翡翠戒指的手，或听到他滔滔不断地讲说学问或故事的时候，我总会感到他必能活到八九十岁，而且相信若活到八九十岁，他必定还能像年轻的时候那样有说有笑，还能那样说干什么就干什么，永不驳回朋友的要求，或给朋友一点难堪。

　　地山竟自会死了——才将快到五十的边儿上吧。

　　他是我的好友。可是，我对于他的身世知道的并不十分详细。不错，他确是告诉过我许多关于他自己的事情；可是，大部分都被我忘掉了。一来是我的记性不好，二来是当我初次看见他的时候，我就觉得"这是个朋友"，不必细问他什么，即使他原来是个强盗，我也只看他可爱；我只知道面前是个可爱的人，就是一点也不晓得他的历史，也没有任何关系！况且，我还深信他会活到八九十岁呢，让他讲那些有趣的故事吧，让他说些对种种学术的心得与研究方法吧！至于他自己的历史，忙什么呢？等他老年的时候再说给我听，也还不迟啊！

可是，他已经死了！

我知道他是福建人。他的父亲做过台湾的知府——说不定他就生在台湾。他有一位舅父，是个很有才而后来做了不十分规矩的和尚的。由这位舅父，他大概自幼就接近了佛说，读过不少的佛经。还许因为这位舅父的关系，他曾在仰光一带住过，给了他不少后来写小说的资料。他的妻早已死去，留下一个小女孩。他手上的翡翠戒指就是为纪念他的亡妻的。从英国回到北平，他续了弦。这位太太姓周，我曾在北平和青岛见到过。

以上这一点点事实恐怕还有说得不十分正确的地方，我的记性实在太坏了！记得我到牛津去访他的时候，他告诉了我为什么老戴着那个翡翠戒指；同时，他说了许许多多关于他的舅父的事。是的，清清楚楚地我记得他由述说这位舅父而谈到禅宗的长短，因为他老人家便是禅宗的和尚。可是，除了这一点，我把好些极有趣的事全忘得一干二净；后悔没把它们都笔记下来！

我认识地山，是在二十年前了。那时候，我的工作不多，所以常到一个教会去帮忙，做些"社会服务"的事情。地山不但常到那里去，而且有时候住在那里，因此我认识了他。我呢，只是个中学毕业生，什么学识也没有。可是地山在那时候已经在燕大毕业而留校教书，大家都说他是个很有学问的青年。初一认识他，我几乎不敢希望能与他为友，他是有学问的人哪！可是，他有学问而没有架子，他爱说笑话，村的雅的都有；他同我去吃八个铜板十只的水饺，一边吃一边说，不一定说什么，但总说得有趣。我不再怕他了。虽然不晓得他有多大的学问，可是的确知道他是个极天真可爱的人了。一来二去，我试着步去问他一些书本上的事。我生怕他不肯告诉我，因为我知道有些学者是有这样脾气的：他可以和你交往，不管你是怎样的人，但是一提到学问，他就不肯开口了；不是他不肯把学问白白送给人，便是不屑于与一个没学问的人谈学问——他的神态表示出来，跟你来往已是降格相从，至于学问之事，哈哈……但是，地山绝对不是这样的人。他愿意把他所知道的告诉人，正如同他愿给人讲故事。他不因为我向他请教而轻视我，而且也并不板起面孔表示他有学问。和谈笑话似的，他知道什么便告诉我什么，没有矜持，没有厌倦，教我佩服他的学识，而仍认他为好友。学问并没有毁坏了他的为人，像那些气焰千丈的"学者"那样。他对我如此，对别人也如此；在认识他的人中，我没有听到过背地里指摘他，说他不够个朋友的。

不错，朋友们也有时候背地里讲究他，谁能没有些毛病呢。可是，地山的毛病只使朋友们又气又笑的那一种，绝无损于他的人格。他不爱写信。你给他十封信，他也未见得答复一次；偶而回答你一封，也只是几个奇形怪状的字，写在一张随手拾来的破纸上。我管他的字叫作鸡爪体，真是难看。这也许是他不愿写信的原因之一吧？另一毛病是不守时刻。口头的或书面的通知，何时开会或何时集齐，对他绝不发生作用。只要他在图书馆中坐下，或和友人谈起来，就不用再希望他还能看看钟表。所以，你设若不亲自拉他去赴会就约，那就是你的过错；他是永远不记着时刻的。

1924 年初秋，我到了伦敦，地山已先我数日来到。他是在美国得了硕士学位，再到牛津继续研究他的比较宗教学的；还未开学，所以先在伦敦住几天。我和他住在了一处，他正用一本中国小商店里用的粗纸账本写小说，那时节，我对文艺还没有发生什么兴趣，所以就没大注意他写的是哪一篇。几天的工夫，他带着我到城里城外玩耍，把伦敦看了一个大概。地山喜欢历史，对宗教有多年的研究，对古生物学有浓厚的兴趣。由他领着逛伦敦，是多么有趣、有益的事呢！同时，他绝对不是"月亮也是外国的好"的那种留学生。说真的，他有时候过火地厌恶外国人。因为要批判英国人，他甚至于连英国人有礼貌，守秩序，和什么喝汤不准出响声，都看成愚蠢可笑的事。因此，我一到伦敦，就借着他的眼睛看到那古城的许多宝物，也看到它那阴暗的一方面，而不致糊糊涂涂地断定伦敦的月亮比北平的好了。

不久，他到牛津去入学。暑假寒假中，他必到伦敦来玩几天。"玩"这个字，在这里用得很妥当，又不很妥当。当他遇到朋友的时候，他就忘了自己：朋友们说怎样，他总不驳回。去到东伦敦买黄花木耳，大家做些中国饭吃？好！去逛动物园？好！玩扑克牌？好！他似乎永远没有忧郁，永远不会说"不"。不过，最好还是请他闲扯。据我所知道的，除各种宗教的研究而外，他还研究人学、民俗学、文学、考古学；他认识古代钱币，能鉴别古画，学过梵文与巴利文。请他闲扯，他就能——举个例说——由男女恋爱扯到中古的禁欲主义，再扯到原始时代的男女关系。他的故事多，书本上的佐证也丰富。他的话一会儿低降到贩夫走卒的俗野，一会儿高飞到学者的深刻高明。他谈一整天并不倦容，大家听一天也不感疲倦。

不过，你不要让他独自溜出去。他独自出去，不是到博物院，必是入图书馆。一进去，他就忘了出来。有一次，在上午八九点钟，我在东方学院的图书馆楼上发现了他。到吃午饭的时候，我去唤他，他不动。一直到下午五点，他才出来，还是因为图书馆已到关门的时间的缘故。找到了我，他不住地喊"饿"，是啊，他已饿了十点钟。在这种时节，"玩"字是用不得的。

牛津不承认他的美国的硕士学位，所以他须花二年的时光再考硕士。他的论文是《法华经》的介绍，在预备这本论文的时候，他还写了一篇相当长的文章，在世界基督教大会上去宣读。这篇文章的内容是介绍道教。在一般的浮浅传教师心里，中国的佛教与道教不过是与非洲黑人或美洲红人所信的原始宗教差不多。地山这篇文章使他们闻所未闻，而且得到不少宗教学学者的称赞。

他得到牛津的硕士。假若他能继续住二年，他必能得到文学博士——最荣誉的学位。论文是不成问题的，他能于很短的期间预备好。但是，他必须再住两年，校规如此，不能变更。他没有住下去的钱，朋友们也不能帮助他。他只好以硕士为满意，而离开英国。

在他离英以前，我已试写小说。我没有一点自信心，而他又没工夫替我看看。我只能抓着机会给他朗读一两段。听过了几段，他说"可以，往下写吧！"这，增多了我的勇气。他的文艺意见，在那时候，仿佛是偏重于风格与情调，他自己的作品都多少有些传奇的气息，他所喜爱的作品也差不多都是浪漫派的。他的家世，他的在南洋的经验，他的旧文学的修养，他的喜研究学问而又不忍放弃文艺的态度，和他自己的生活方式，我想，大概都使他倾向着浪漫主义。

单说他的生活方式吧。我不相信他有什么宗教的信仰，虽然他对宗教有深刻的研究，可是，我也不敢说宗教对他完全没有影响。他的言谈举止都像个诗人。假若把"诗人"按照世俗的解释从他的生活中发展起来，他就应当有很古怪奇特的行动与行为。但是，他并没做过什么怪事。他明明知道某某人对他不起，或是知道某某人的毛病，他仍然是一团和气，以朋友相待。他不会发脾气。在他的嘴里，有时候是乱扯一阵，可是他的私生活是很严肃的，他既是诗人，又是"俗"人。为了读书，他可以忘了吃饭。但一讲到吃饭，他却又不惜花钱。他并不孤高自赏。对于衣食住行他都有自己的主张，可是假若别人喜欢，他也不便固执己见。他能过很苦的日子。在我初认识他的几年中，他的饭食与衣服都是极简单朴俭。他结婚后，我到北平去看他，他的住屋衣服都相当讲究了。也许是为了家庭间的和美，他不便于坚持己见吧。虽然由破夏布褂子换为整齐的绫罗大衫，他的脱口而出的笑话与戏谑还完全是他，一点也没改。穿什么，吃什么，他仿佛都能随遇而安，无所不可。在这里和在其他的好多地方，他似乎受佛教的影响较基督教的为多，虽然他是在神学系毕业，而且也常去做礼拜，他像个禅宗的居士，而绝不能成为一个清教徒。

不但亲戚朋友能影响他，就是不相识而偶然接触的人也能临时地左右他。有一次，我在"家"里，他到伦敦城里去干些什么。日落时，他回来了，进门便笑，而且不住地摸他的刚刚刮过的脸。我莫名其妙。他又笑了一阵。"教理发匠挣去两磅多！"我吃了一惊。那时候。在伦敦理发普通是八个便士，理发带刮脸也不过是一个先令，"怎能花两磅多呢？"原来是理发匠问他什么，他便答应什么，于是用香油香水洗了头，电气刮了脸，还不得用两磅多吗？他绝想不起那样打扮自己，但是理发匠的钱罐是不能驳回的！

自从他到香港大学任事，我们没有会过面，也没有通过信；我知道他不喜欢写信，所以也就不写给他。抗战后，为了香港文协分会的事，我不能不写信给他了，仍然没有回信。可是，我准知道，信虽没来，事情可是必定办了。果然，从分会的报告和友人的函件中，我晓得了他是极热心会务的一员。我不能希望他按时回答我的信，可是我深信他必对分会卖力气，他是个极随便而又极不随便的人，我知道。

我自己没有学问，不能妥切地道出地山在学术上的成就何如，我只知道，他极用功，读书很多，这就值得钦佩，值得效法。对文艺，我没有什么高明的见解，所以不敢批评地山的作品。但是我晓得，他向来没有争过稿费，或恶意地批评过谁。这一点，不但使他能在香港文协分会以老大哥的身份、德望去推动会务，而且在全国文艺界的团结上也有重大的作用。

是的，地山的死是学术界、文艺界的极重大的损失！至于谈到他与我私人的关系，我只有落泪了；他既是我的"师"，又是我的好友！

啊！地山！你记得给我开的那张"佛学入门必读书"的单子吗？你用功，也希望我用功；可是那张单子上的六十几部书，到如今我一部也没有读啊！

你记得给我打电报，叫我到济南车站去接周校长①吗？多么有趣的电报啊！知道我不认识她，所以你教她穿了黑色旗袍，而电文是："×日×时到站接黑衫女"！当我和妻接到黑衫女的时候，我们都笑得闭不上口啊！朋友，你托友好做一件事，都是那样有风趣啊！啊，昔日的趣事都变成今日的泪源。你怎可以死呢！

不能再往下写了……

---

① 周校长，许地山先生的夫人的妹妹。——原编者注。

徐懋庸（1911—1977），现代作家、文学翻译家。浙江上虞人。1921年高小毕业后辍学。1922年后成为小学教师。1930年到浙江临海中学任教。1933年回到上海，开始写杂文并向《申报·自由谈》投稿，同年参加中国左翼作家联盟。1938年赴延安，后任抗日军政大学政教科长、晋冀鲁豫边区文联主任、冀察热辽联大校长等职。1957年被错划为右派，后得到平反。著有《徐懋庸杂文集》《徐懋庸回忆录》等。

关于周作人先生

徐懋庸

周作人先生作了两首打油诗，许多青年便加以恶骂，或说他"自甘凉血"！或谥之曰"幽灵"。这种态度实在是很可商量的。周先生过去在文化界的功绩，我们且不去说它，就是近来，他虽然退隐了，过着"洞里蛇"一般的生活，究竟未尝成为僵尸，有过害人的行为。编一本笑话集，作两首打油诗，玩玩古董，吃吃苦茶……这些事情，至多不过表示着他个人的生活之消极，对于社会，实无何等影响。我想周先生未必是有意提倡这种生活，要造成一种风气，叫青年人去模仿他的。青年人中，纵然有极崇拜周先生者，也未必会去模仿这种生活的。现在的青年，当趋于消极时，未必肯就此而止，他们还要更腐化，更堕落。且在实际上，周先生的生活，非但比堕落的青年约束得多，即与一般遗老，也不可同日而语，因为他到底保持着士大夫式的清高。

中国的旧道德，极重敬老，而现在的青年，却最善侮老，两者都有道理，但我以为随便地敬老和侮老，都是可以不必的。老是自然的法则，人老心老，老人大抵不能跟青年一同勇猛精进，也自然的法则使然。老人既无益于青年，则徒因其老而敬之，固然无谓；若老人亦无害于青年，则徒因其老而侮之，更是不该。今日的中国，不患在老人之深于暮气，而患在青年之没有朝气。只要青年们多数像个青年，能够青年般地生活，则社会自有希望，即使所有的老人都跟周作人先生去说笑话，玩古董，吃苦茶，种胡麻，有什么要紧？其或特地划一个区域——譬如北平——专给这般人去享点老年的清福，也不为过呢。

青年人无端侮老，使老年人觉得青年之轻率狂妄，愈感消极，益加玩世，这对于社会，也是一种损失。即如周作人先生，其实还不曾完全老去，尚有许多有益的事业可做，在做，他绝不是一天到晚在作打油诗的。然则青年们何必因为他偶而作了两首打油诗而就要把他骂倒。况且，打油者胡调之谓也，并非正经时候的态度。人谁不爱胡调，青年人难道是一天到晚讲正经的？攻击周先生的打油诗，正和攻击他的编笑话选一样无谓，青年人难道是绝对不讲笑话的？

我昔年读周作人先生书，至今对他尚怀敬意。他现在的生活态度，固然是我所不想模仿的，但也不敢加以责备。观乎许多青年们的尚且生活空虚，意识偏狭，我又何能责备一个老人？

王船山在《读通鉴论》中有一节论管宁，很是公允。我因为把周先生比作管宁了，就将那一节话抄录于此，一以见管宁等人之价值，二则并借其意希望于周先生，望他依然能够爱护青年，加以积极的指导。

> 史称管宁高洁，而熙熙和易，因事而导人以善；善于传君子之心矣。世之乱也，权诈兴于上，偷薄染于下，君不可事，民不可使，而君子仁天下之道几穷，穷于时因穷余心，则将视天下无一可为善之人，而拒绝唯恐不夙：此焦先、孙登、朱桃椎类所以道穷而仁亦穷也。夫君子之视天下，人犹是人也，性犹是性也，知其恶之所自熏，知其善之所自隐。其熏也，非其固然，其隐也，则如宿草霜凋而根荄自润也。无事不可因，无因不可导，无导不可善；喻其习之横流，即乘其天良之未丧，何不可与以同善哉？此则盎然之仁，充满于中，时雨灌注，而宿草荣矣。……呜呼，不得之与君，可得之于友，而又不可得矣；不得之荐绅，可得之于乡党，而又不可得矣；不得之父老，可得之童蒙，而又不可得矣。此则君子之抱志以没身而深其悲悯者也。友之不得，君锢之；乡党之不得，荐绅荧之；童蒙之不得，父老蔽之。故宁之仁终不能善魏之俗。君也，荐绅也，父老也，君子之无可如何者也，吾尽吾仁焉，而道穷于时不穷于己，亦实忍为焦先、孙登、朱桃椎之孤傲哉！

无论老年、青年，老年对于青年，青年对于老年，或青年对于青年，都不要视"天下无一可与为善之人"而拒人太甚，过于苛刻。当此一言不合，即视若仇敌，施行人身攻击，唯恐不恶毒之际，船山的话，是值得注意的。

附志

当《人间世》初出，《自由谈》上即有人加以批评的时候，对于那些批评文字中恶骂周作人先生之处，我觉得不能同意。当时我以为周作人是周作人，林语堂是林语堂，《人间世》是《人间世》，三者不能混为一谈。周作人作两首打油诗和林语堂把这两首诗登在《人间世》上，意义也是两样的。但那时批评者们却老是把各种不同的人和事混在一起当作一个对象而施以攻击，这免不了有所冤枉，譬如将本来该给林语堂的箭也射向周作人的脸上，就株连得不大公平。因此，我曾经写了一篇文章，叫作《关于周作人先生》，是替周先生辩护的。

为什么要替周先生辩护呢？或以为这是《人间世》派的任务，其实不然。我替《人间世》撰稿因而是《人间世》派，这虽已成为不移之论，但我自己是不很相信的，因为我根本不知道《人间世》成一个派，正和不知道《自由谈》成一个派一样。林语堂先生指《自由谈》为左派，这是不大高明的态度，指我为《人间世》派的人们，对于事实也不大清楚。我的一切言行，向来都是由个人的立场出发的，与什么派都无关，为周作人先生辩护，也只是根据我个人对于周先生的理解。而且，我和周先生并不相识，未尝通信，一点关系也不曾有过。

说出事实来，是还有点趣味的。《关于周作人先生》一文做成之后，我便寄给《自由谈》，但编者将它退回了，附信中说，论周先生处固是，但有他种不便发表处。于是我就寄给《人间世》，但也退回了，附信中说，所论很公平，但恐被人疑为有意替周作人捧场，添加是非，不敢登，不过希望能在《自由谈》登出。我笑了一笑，便将原稿藏起来了。后来有一位知道这篇文章的朋友，说是《动向》可以发表，由他拿去了。但《动向》终于也没有发表，原因是没有人做驳论，他们本想和驳论一同刊出的；这之后，我就完全把这篇东西忘却。跟着关于《人间世》的论争的发展，林语堂先生的态度的明显，以及《人世间》的内容的缩限，我的意见日渐和先前的批评者们的接近，不愿为对于周先生的事情而招致他们的误会了。

《动向》的编者把这篇稿子藏了四五个月，直到昨天，不知怎的却寄还给我了。收到之后，自己看看，觉得有些处所还是现在所要说的，因而加一点说明，交给《社会日报》发表。

（《打杂集》）

黄　裳（1919—2012），著名作家、记者、藏书家。早年在南开中学就读，1940 年考入上海交通大学。1943 年至 1946 年，被征调往成都、重庆、昆明、桂林等地担任美军译员。抗战胜利后任《文汇报》驻渝和驻南京特派员，后调回上海编辑部。1946 年出版第一本散文集《锦帆集》。另著有《黄裳书话》《来燕榭读书记》等。

更谈周作人

黄　裳

今年六月中，在重庆读到艾芜先生的《谈周作人》，那时正是周被押解来京的时候，在飞机上还为人题诗，新闻记者们的通讯里也很多描写，很热闹了一阵。长夏无事也就搜索记忆，写了一篇《更谈周作人》，投在《大公晚报》的《小公园》上。我所说的仅限于"七七"以后到我入蜀之前的一段所闻关于周的故事，三十二年春以后的事，就不知道。

后来有一天到上清寺联大教授居住的地方去访问，看见了冯至、姚从吾诸先生。可巧姚先生也看到了那一篇东西，就关心地问讯周的一切。谈了很多时，知道联大教授多人由陈雪屏先生领衔，上书为周缓颊。周也曾经致书蒋梦麟、傅斯年诸先生，有所申说。诸先生的反应不一，有的置之不答，有的大加批注，通斥一番。这当然是非常痛快的事。从《语丝》时代开始《谈虎集》以来，周的散文一共大约有二十本左右，如果有闲翻上一遍，与他后日的行动比较，加以斥责，材料之多，真是取不胜取。不过我觉得这种工作正是检察官的本分，在南京的大成殿上加以责问，周也只有俯首无言、汗出如浆的份儿。正像一出大团圆的喜剧，结尾的地方是奸臣受戮，忠义得伸。不是我所想做的。

这是我当时的感想。不过这感想后来也就变更了。那是从报上读到他在大成殿上自己的辩护的话之后的事。

回家后翻读周最近几年出版的文集，发觉有一点是他所标榜的。几乎在每一本书的序文或后记里都有说及，如《药堂杂文》序中说："在家人也不打谎话，这些文章虽然写得不好，都是经过考虑的。"《书房一角》新序中也说："我所写的于读者或无兴趣，那是当然的，至于强不知以为知地那么说诳话，我想是没有。"从这句标语看他的文集，是做得不差的。日本文化绝口不谈说是不懂，即是一点。不过在大成殿上他为自己辩护说被迫下水，是由于廿八年元旦的一弹，就颇使我觉得满身的不愉快。

廿八年元旦的一弹至今也还是一桩疑案。到底来自何方，没有人能知道。不过看当时的情形，日本人大抵未必想把他打死，这是毫无可疑的事。《苦茶庵打油诗》中有一首云："但思忍过事堪喜，回首冤亲一惘然。饱吃苦茶辨余味，代言找得杜樊川。"即咏此事。

这首诗很可以和《苦茶随笔》中的《半农纪念》中的一首

诗合看，那首诗云："谁云一死恩仇泯，海上微闻有笑声，空向刀山长作揖，阿旁牛首太狰狞。"

时间虽有五年，我看他的意思是一贯的。我想他当时的了解也不能算错。后来似乎也曾听见什么人说过，放枪的人是青年的学生，好像还是一个同学吧？目的在免得这位老作家再去出乖露丑，想在"周公恐惧流言日，王莽谦恭下士时"就结束了他的生命。这种作风虽不免幼稚，用意倒可以说是好的。本来他在文章里也常说起老丑可厌，引徒然草曰："寿则多辱，即使长命，在四十以内死了最为得体。"不算对他不理解，可是这次在大成殿上，他却说这是日本人的诡计，听了真不禁使人发笑，不打诳语的"老和尚"为了自我辩解也说出了这种话，是使我觉得不愉快的第一点。

四年前在《燕京学报》上读到了他的《玄同纪念》，觉得非常好，觉得这是他的文章的巅峰，曾经与一位朋友反复赞叹。文中引《东山谈苑》云："倪元镇为张士信所窘辱，绝口不言。或问之，元镇曰，一说便俗。"

后面又表明他自己的意见曰："这件事我向来很是佩服，在现今无论关于公私的事有所申说，都不免于俗，虽是请玄同也总要说到我自己，不是我所愿意的事。"

这件故事我也是颇为佩服的。时移地变，到了现在的世界，大家好像都习惯了听谎话，好像大人先生们都是背面敷粉的好手，凡所言说，都有皮里阳秋的好处。昆明的暗杀案发生以来，发表声明的人也不少了。有许多也真说得确实有据，然而一般老百姓，大概还是用了读一篇精心结撰的小说的心情来看，真实相信的恐怕很少了。这情势的发展的结果，就是大家再也不肯相信所有的辩解，全部用反面眼光来瞧。在如此情景之下，沉默应当是最好的方法了。不只可以免俗而已。

我猜想他这次在南京受审，应该不多说话。好在照片赫然，言论俱在，法官判断不愁没有根据。要找辩解，这几年来的文集中的许多东西都是好资料。"声明不懂东洋文化"与一些打油诗都可以应用，不过这些都要别人来说，他自己却说不得。好在当今的政府是颇为宽大的。李圣五只判了十年徒刑，周佛海还在重庆跳舞，周作人与他们比起来总还罪孽欠重一点吧？奈何自己大谈其以第三流文化人保存沦陷区的文化，听了简直使人肌肤起栗，这是使我觉得不愉快的第二点。

最近又找到周作人的《破门文件》来看，这是与他的"小徒"沈启无的交涉，正如他自己所说，这是吵架的文章，在看官们看来是很有趣的，不过双方彼此揭发阴私，在他们本身倒是不大合算。周作人自称是沈的恩师，又说："不过觉得徒弟要吃师父，世界各国无此规定。"又说："（沈）在我指导之下任事已有多年，就是有一次出席文学者大会，算是一名代表，也是我派他出去的。"

这些话的丑恶，不用说明也可以感到了吧？周作人过去自己常常声明他的文章并非闲适的一路，"拙文貌似闲适。往往误人，唯一二旧友知其苦味"，这一点我很明了，也能加以欣赏。不过到了这样的地方，就再也不能忍耐，正如把红珊瑚装在手杖顶上，他自己以为极为风雅，我们看来就难免发笑一般。这是使我觉得不愉快的第三点。听说他还有一张穿了军服在检阅什么"童子军"的照片登在报上，幸亏无法找到，否则看了真会使人呕出隔夜的饭菜来也不一定。

三年前在重庆，住在扬子江滨的乡下，找不到一本书看，异常无聊。有一天学校忽然接收了一批图书，是铁路局的藏书撤退下来的。不过收藏得不好，受了潮，就放在广场上来晒。其中有一部分是《四库珍本》，偶然一阵风来，纸灰飞作白蝴蝶，不禁使人非常寂寞。在这里面我检了两部书回去看。其中之一是宋末元初的诗人方回的集子，关于这位诗人，说起来人格是非常卑下的。他曾经逢迎过贾似道，后来贾失势时又加以痛骂。到底投降了元朝。不过他的诗实在是宋诗凄侧的最高的境界，翻读之余，使人悒郁不欢。现在只记得一联云："每重九日例凄苦，垂七十年更乱离。"流离之中得读此书，情怀更是抑塞。不知如何，忽然想起周作人的打油诗来，其中颇多咏七夕的诗，大约共有五首。重九、七夕都是令节，可是他们都没有什么好语。周诗之一云："乌鹊呼号绕树飞，天河暗淡小星稀，不须更读枝巢记，如此秋光已可悲。"

记得原来"暗淡"作"清浅"，"秋光"作"风光"。后来改订如此，就改得愈为悲惨了。周作人闭户读史的结果，对中国的看法是悲观是暗淡，这是他的命定的悲哀。本来中国历代多难，无论南北朝、南宋、南明，亡国之后，短时间内很难再起；这次却是沾了原子弹的光，得以及身而见王师的北定的中原。这话说得未免太灰色了，难免不被斥为"卑怯"；不过看了胜利以来的光景，听了朋友们的意见，觉得却也并非谎言。所不同的，是还不至于悲观得连挣扎的勇气都没有了而已。

过去曾经有不少人以周作人方之陶潜、庾信、吴梅村，引起了争辩。这当然是不会全同的。然而他们的境遇是相类的，心头上也都有一种"啼笑不敢之情"，"好像有虫在心里蛀似的"。自《李陵答苏武书》（姑且认为是真的）开始，这一类文学在中国历史上占了颇大的分量，而周作人则是结末的一个。这正是时势使然，使我们还有心情来欣赏这一套。但愿国家承平，人民安乐，大家去歌诵光明，更没有人再记起这些不愉快的事，那就好了。

八月六日

（《锦帆集外》）

钟敬文（1903—2002），原名钟谭宗。享有"中国民俗学之父"之誉的民俗学家。1927 年任中山大学中文系助教，与顾颉刚等人组织民俗学会。1928 年到杭州任教。1934 年在日本早稻田大学文科研究院学习。1936 年归国后，任浙江民众教育实验学校专职讲师，兼任杭州艺术专科学校文艺导师。1941 年重返中山大学，先后任副教授、教授、文科研究所指导教授等职。1949 年任北京师范大学中文系教授。其作品主要有《荔枝小品》《民俗学概论》等。

陶元庆先生

钟敬文

"老陶卒因心脏乏力，已于六日午后八时，在广济医院去世。"

半个多月前的一天，外面萧骚地下着雨，是个怪沉黯的上午。我和蓬凭着窗，凝神地在望园外的景色。溟濛的烟气，笼被着山峰，使我们再看不到它平日的苍然。

"姓 C 的有信件。"忽然窗前立着一位穿绿衣服的人，不等到我的回答，他已把一束信函抛进来了。中间一封，用的是高级商科中学的信封，一看便知道是钦文兄写的。拆开阅读，原来就是前头第一行所录的两句话。

我们一时都呆住了！

"为什么容易死亡的，总是这些比较有用的人！"在很长的沉默之后，蓬哀涩地这样叹了一声。

我在默默地追想。不到一个星期前，我们第一次进城去，到高级中学看钦文兄。未出去之前三四天，我已从老徐口里知道陶先生卧病在钦文兄处。但以为这不过是平常的感冒吧，过几天就会好了，所以在心里没有多大的牵挂着。到了校里，才知道他病得颇厉害，此刻还须静睡着，不好见客人。

"让他进医院里去，比较可靠而且便当吧。"我说。

"在医院里，不见得比我的房间舒服。况且现在医生说他的危险期已过去，只要静静地休养一下便得了。"他说着匆匆出去找医生了。

我首肯着他的话，接着安心地离开了。这是本月四日的事情。怎么在两天后，他就向这人世永诀了呢? 我不禁惨戚而又肃慄了!

陶先生和钦文兄是一对好朋友，这个介绍，算不到我居占第一次的功劳了。因为记得去年在开明的《艺术》专号上，早就有人这么说过。恰好这一年他们俩都住在杭州，而我又旅食到这里，并且和钦文兄同校共事，因之，就常常有机会和陶先生在一起谈笑，聚会了。

陶先生素常是很沉默的，对人开口的时候可说是很少。也许有人因此要以为他骄傲。其实，他是十分天性地纯挚的，只要稍和他多来往一点的，就可证明这个。他虽然在北京住了许多年，但说起话来，仍然是满口的绍兴土白。说话到高兴时，也会略歪着嘴微笑; 但声音是听不到的。

他很爱惜自己所作的画，虽然我还没有听过他怎样为自己的作品吹牛。他常常静坐着凝视它们。有几回为了我的询问，他破例地滔滔地指说着关于那些作品的意义与表现的方法。他似乎不大高兴批评人家的画，但是人家对于他自己作品的说话，他是很留心着的。《大红袍》是他自己比较满意的一幅画，他说有许多人都称赞它，可是差不多很少能精确地道中它的好处的。他又说，有一次，一个日本人在上海看了某展览会之后，评语说及作品中颇带有飘逸气韵一类的话，他很怀疑这称语是指着自己的创作说的。后来一查询，果然没有错误。他爱画，差不多以画为唯一的生命。但他是不喜欢乱画的，听说有时一幅画费了几个月的思索，尚没有完成。那精神真是超人地深健的了！

陶先生有个很有趣味的惯癖，就是日常爱躺卧在床上。去年寒假，他抛弃了俞楼的寓所，到我们学校里来过冬。我每次踏进房里去，总见他躺在床上的时候多。钦文兄说了一句笑话："阿五（我们校里茶房的名字）每天大约只能见到他两次面，午餐与晚餐。"我也常和他开玩笑。我说："陶先生，假使我像你一样能画画的时候，我一定把你每天躺在床上不同的睡态绘画出来。到寒假完了，总可成一本画册吧。那时我要给它起个名儿，叫作《陶先生冬睡图》呢。"他虽然好躺在床上，却非尽爱酣睡，大概是怕冷和爱耽冥想罢了。

寒假将尽的时候，钦文兄刚写好了他的《西湖之月》，我也把旅杭半年中所写的十几篇散文结集起来，署名《西湖漫拾》，寄沪印刷。自然，我们都要他给我们作封面的图案。一天，是上灯的时候了，我踏进房里去，钦文兄没有在。他说："你的封面画,多几天我可以给你作好;钦文的,我不给他画了。他每出一部书,都要麻烦我;这一次,我想让他找别人绘画去。"如果不是钦文兄先告诉过我,每次要他画封面,是要破脸嘈闹过一回的,我将要为他的话而怪诧不置了。但是,这次他终竟没有给《西湖之月》披上他那手造的怪丽的外衣;而我的《西湖漫拾》的封面,他也只画成了一个稿底放在他的抽屉里而已。倘晓得他是这样快就要和我们分别的,无论如何,我总要请他为我完成了这宗案件的吧。

你如认识陶先生的,那你不会忘记吧,他的头发是怎样蓬松着;衣履的背时、陈旧,怕更要给人疑心作流氓呢。记得他有一张照片,是冬天的时候拍的,你猜他内边穿的是一件什么衬衣?是打球穿的大反领!钦文兄说他从前对于穿着的事情,是非常考究的;后来因为计顾不到,所以变成这样浪漫了。

对于美术,连浅近的常识都感到缺乏的人,自然于陶先生绘画的艺术是不配来信笔批评的。若冒然这样做了,那岂但无益于陶先生,并且裸露了自己本来可以藏晦的丑陋。但是,批评虽不敢,随便来瞎嚼一下蛆,则是我所颇愿意的。好在陶先生的声名,在艺术界里,差不多要成为全国的了,我的话纵如何说,也不至于他大有所增损吧。

他没有怎样具体地发表过对于艺术的主张——至少,我个人没有看到过——但从他零碎的说话,和自己作品的表现上看来,他似乎是要拌合东西旧有的手法,而另创造一种新的独立的艺术的。他是从前学过很久的中国画，后来才改画西洋画的，这且不用细说了。他说中国画的尚气韵（大概是指南派），是颇得艺术三昧的；可惜表现方法和取材都太过偏窄，显然是不能在新时代里占领高大的位置了。他有时也谈及现时一二艺术者的作品，对于在画界里颇享盛名的某君，他曾经说过这样的一句话："某君把西洋的艺术学得太像了！"又据他自己和一些鉴赏者（例如上面所说的那位日本人）的意见合拢来，晓得他的绘画的取材、表现等方法，虽大概属于西方的，但里面却涵容着一种东方的飘逸的气韵。

再，此次全国艺术展览会，有人在会刊上批评到他的图画，原语记不清了，大意似说他的作品，是近于一种纯艺术主义。这个，也可以从他自己的话里，得到一些印证。我看了他的画，常常要愚呆地问画里所表示的是什么意义。他的回答是，没有什么深意，只想谐和地、优美地、饱满地表现一种感兴或境界。这种做法，是否是艺术最高的法门，我自然不能乱说；但陶先生似乎是以这个方法，去写作他的艺品的。我们明白了此点，对于他的艺术，当更容易做深入的理解吧——自然，理解的结果并不一定要是正面的善美的发现。

我在这里，要特别一提到陶先生的散文。这不但多数人要惊奇，连他很相识的朋友，也许要瞪然莫知所谓吧。陶先生的画是听到的，看到的，他的散文的成绩在什么地方呢？怎么值得特别注意呢？这种惊问是不能省免的了。但是，我不喜欢故意撒谎。尤其是在这样纪念新死亡过的朋友的文章里，是不该来尝试这种不情的狂妄的。其实，惊诧自然有他们相当的理由；而我的话，也自信还不至于全是无理取闹的。

还是去年年底吧，确实期数可忘记了，大概，是第三四期的《亚坡罗》。在那上面载有他的一篇字数成万左右的散文，名字叫作《绍兴》。这篇文里是拉杂地记写着作者故乡的风物、人情、世事的。材料是那么东零西碎地杂乱，生疏，但作者却把它如穿珍珠似的，贯缀成一串美妙无瑕的珠圈。在这篇文章里，除安排组织的手腕外，还有一种清淡的"幽默"与讽刺的气味流宕着。这更当归功于作者的情趣的绵渺了。我看后，便对钦文兄说起。他也有同样的感觉。后来，陶先生又连接着发表了几篇这类文字在同刊物和《艺术院周刊》上。以他的文章内容取材的冷僻、繁杂、微细，而外表又那样清癯幽淡，不会被一般粗心的偏见的读者，甚至于很接近的朋侪们所注目激赏，是极自然的事。但是"诗到无人爱处工"，我们聪明的古诗人，早有这样的感叹。陶先生散文之所以不容易邀人鉴赏，也许正因他做到一点工致的地步吧。

陶先生，现在死去了！不要论感情，就是光立在社会功利的观点上，我们的哀悼也是应有的。以中国目下诚挚地把全生命呈献给艺术的学人的稀落，而陶先生竟殂亡得这样早，不是一件很可惜的缺憾吗？我的弱笔，不但不足以介绍先生的学艺，于传达先生行为身世，也不能略尽十一之责。这篇散记，只以一点无足重轻的材素，为借以抒摅悲戚之情而挥写耳。希望钦文兄能于短时期内为他写出一篇详确的传记。至于艺术的批评，则更有所赖于当代高明评鉴家的费神了。

末了，我以最虔挚的友情，敬祝先生在天之灵安愉！

（《湖上散记》）

许钦文（1897—1984），原名许绳尧。1917年毕业于杭州省立第五师范学校，留任母校附小教师。1920年赴北京工读。1922年发表第一篇作品短篇小说《晕》。1926年由鲁迅选校、资助的短篇小说集《故乡》出版，描写的多是浙江家乡的人情世故态，颇受好评，鲁迅将其纳入"乡土作家"之列。1927年离开北京到杭州。历任杭州高级中学、成都美术学校、福建师范、福州协和大学教师，杭州第一中学、浙江师范学院教师。

陶元庆及其绘画

许钦文

陶元庆的绘画，特有一种风格。我对于绘画，不曾有过系统的研究；他的绘画终究怎么样，无从确切地断言。不过很明白，他的绘画富于创造性，一幅有一幅的表现方式，技巧很纯熟的；在艺术史上总可以占到相当的地位。他能够运用西洋的方法，表现出东方的情调来，值得注意。他的作品很可以给从事绘画的人做参考，所以我要凭力保存。艺术是人格的表现；作品上特殊的风格，由于作者特殊的个性。他的个性非常强烈，我同他接近得久，比较熟悉点。他作画的时候，我常在一起。以为把他作画时的情形描写起来，就是说明他的个性，可以给研究他的作品的人做参考。

元庆的作品，可以分为两大类，就是自然画和图案。不过到了后来，他主张自然画图案化，自然画上也写图案性，是难以严格分别的了。

图案大概都是画面，这是为着实用的要求。他曾经宣誓似的向我说过，不再多作画面图案，因为不愿意别人把他算作图案的专门家，他是自认为自然画家的。

自然画中，中国画方面侧重在花卉，西洋画方面是风景来得多。他八九岁时就从事绘画，当初是工笔画；花卉以外也画美女，更喜欢画菊花，署名菊心。线条很细，色彩鲜丽。常常画纺织娘和蝴蝶，衬托着红花绿叶。纺织娘的触角画得比头发还细，蝴蝶是翩翩欲飞的样子。看到他作品的人总很喜欢，往往硬要求他画扇面、横披或者屏。他从不拒绝，可是来不转，让一卷一卷的纸张小山一般叠着。要画的人去催促，他照例笑嘻嘻地回对："明天给你画！"

后来时刻有人要他作画面，更加来不转，他也这样地对付。"明天给你画！"这给他做了一生的口头禅。他的手很小，手掌里没有肉，皮张下面就是骨头。我们的手上，大拇指的下端总有一束筋肉高凸着，他的这个地方反而凹着。一向惯于沉默，老是坐在案桌旁，静静地作画。颜料除几种"元色"，用得并不多，各式各样的色彩都是由他临时调制起来。往往连他的嘴唇也做了调色盘，一幅画成就以后，嘴巴上面也已染满了颜色。

学习了西洋画以后，他就绝对不再作工笔的花卉；中国画的一方面，只有偶然画一点梅花。而且，以前所作的工笔花卉一发现连忙撕破，连谈都不愿意谈到了。

元庆富有创造力，很能攻破传统的见解。他只是顾自创造，对于传统思想的攻击，或者并非由于故意；可是许多传统的见解，都被他于无形中攻破了。他的作品，固然不能归纳到已经成了派别的项目下面去；他的自成一派，就是根本在于活动中，一幅有一幅的特征。而且，每幅作品，究竟是油画、水彩画还是色粉画，也是难以仔细分别的。他会得在水彩画上用点油画颜料，在油画上面加点粉，也会得在水彩画上加些粉。照普通的规则，水彩画上不用黑墨，他却是常常把黑墨用到水彩画上的。

元庆没有"指画家"的名称，也没有正式的指画家产生过。但他常常用手指头作画，尤其是油画。他的手既然很小，手指头自然也小得很；有时已经收束了画笔，可是仔细察看的结果，画幅上面还得补一笔，他总就把手指头用作画具。他的手指头在调色板上面调拌颜料，比用画笔还便当的样子。

他用手指头作画，并不限于收了画笔的时候；有时为着要有同一的大块色彩，也是把手指头用作画具的。他的手指头虽然细小，可是横放起来，就得画出大块的色彩来。照他说，由手指头一下子画成功的大笔触——其实该说是手触了，可比由画笔数次画成的来得有力量。

元庆的画，可比是名家所刻的图章，于应有的作意以外，还很讲究笔触。好手雕刻的图章，细看雕去的地方，一个一个的刀触，显得很是有趣。元庆的画，于远看作意——形状、色彩和所表现的思想——以外，还可以近近地欣赏笔触。

元庆也会把刮刀——就是刮去调色板上的废颜料用的——

当作画笔用，为着要有个大而平和的"笔触"。

元庆的作品，产生得最多的是在北平的几年。当时我在一面做书记，一面听讲；书记只有十八块钱一月，给《晨报》副刊写小说，算是优待的，也只有每千字一元三角钱。图画不能够随时卖钱，经济很困难，他要把手指头和刮刀都当作画笔用，画具不完全也是一种原因。但也不是完全由于这个缘故，有时明明有着相当的用品，他也随便拿别的东西来代替的。对于别的无论什么事情，他总是慢慢地做去，只有关于绘画，一经感想到，马上要实行，连整理画具都来不及，所以总是就近拿得相当的东西来代。图画纸和油布总有相当的准备着，但他往往就在一个信封的背面，或者在纸板上作起画来，因为画兴一到，于实行表达以前，再也不愿意做别的事情，虽然找寻图画纸或油布，费不了多少工夫。因此他的作品，有些只有他自己知道，装在画框里，别人不好去更动，一拆散怕要再也凑不起来了。

一经开手，他总要继续画下去，接连两餐不吃饭，三四天不洗脸是常事。正在作画的时候，他所最怕的是夜的来到。天色一暗就画不好，他只好早早地收场，怕得于稀薄的光线中弄错色彩。——黄色一到晚上就变成白，近似黄的色彩，都要跟着光线变换得很厉害。

"还是像你用文字表现的来得便当，"他曾经一再地向我这样说，"不妨改了又改；到了改得看不清楚的时候，可以另行抄一份。图画是一经改掉，就无法复原的了，所以要很小心地防改坏！"

没有作画的时候，他也会得接连几餐不吃饭，整星期地不洗脸。为着一件事情想不通，他常常一天到晚地躺在床上，摇着两脚，信口唱些诗句——他把读过的诗词歌赋和小说，都记得清清楚楚，能够有头有尾地讲述。在中学校里读书的时候，就出名会得讲故事。有些同学，为着爱听故事，特地设法同他共房间。

看他最感到苦恼的，是在有了一种创意不能够如愿表现出来的时候。理想往往不能够符合事实，尤其是他所特创的理想。但他对于他的理想很固执，一定要画到认为对了才罢手，因此常常坐立不安。除非绝笔，正式开手画了的不曾有过未经完成的一幅。可是过了几年以后。他会得突然认为不对，马上撕得粉碎的。所以遗作并不多。

认为不对了的作品，他不肯送给别人，说是哪里可以故意献丑。认为完美的作品，他也不肯随便送给别人；并非舍不得，是怕得保存不好而变坏；更怕变坏以后，仍然当着他的正式作品陈列着。

在创造时期，元庆总有着个理想在追求。同时限于一种理想，如果新得的理想同他固有的作品发生了冲突，他就要把那老的画幅撕毁了。要认为是最有意思的他才尽力做去；如果不能够彻底，宁可作罢。

他穿衣服也这样，平时喜欢系一个玄色或者紫红大软绸的大领结，西装裤脚很挺。虽然是破旧的衬衫，也折得整整齐齐。可是后来，因为忙碌，老是把他的大领结搁置了；虽然到了冬天，早就穿厚呢大衣，他还是穿大翻领的衬衫，赤露着胸口。

他在江湾立达学园里做艺术科主任的时候，因为印画片，常常在闸北一带来往。当时正在"清党"，马路上检查得很严。因为他的样子太特别，呢大衣和大翻领的衬衫上面，还披着一大蓬乱头发，走路又匆促，屡次为巡捕注意，身上搜得很厉害。怕得发生误会，我很替他担心。但他若无其事，只是被搜索以后，步子跨得格外大点，为着赶时刻。

在西湖"艺术院"的一年，当时杭州西服店还少。因为不满意杭州店铺里所做的式样，又没有去上海的机会，他宁可穿夹衣服过冬。可是新买得件浴衣，很喜欢；一天早上，君陶偕着耀明去给他照相，他还在床上睡着，一起身就只穿得这件薄薄的浴衣到走廊的栏杆旁去站着。俞楼二层楼前面的走廊是没有遮蔽的，当时雪还没有融，他却不管冷。劝他多穿点衣服无效，只好赶快拍成功他的相。——这一张照片，如果没有明白当时的情形，总以为是夏天照的；他还把袖子卷得很高，露出手臂来呢！

并非不怕冷，寒天没有事情的时候，他老是躺在床上的。平常他也喜欢困，可是很少睡熟的时候；即使是半夜三更，总是睁着眼睛醒着的。

他的用心，实在是专一的。他在北京住过许多年，来来去去的好几次，也在天津住过，可是北方话一句也说不来，接电话和雇车子，都要别人代做。他会得在许多人的围看中，从从容容地顾自作画；常常使得一点不认识的人给他当差，舀水或者买个实心馒头来代替软橡皮。在这种时候，他不大开口说话，总是做个手势表明他的意思的。许多人都以为他是很文静的，竟有些人说他女性得厉害。但他的性格，实在很猛烈的；在他作画的时候，往往不管三七二十一地乱干，两眼闪闪，紧张着面孔，动作敏捷，好像是只凶狠的野兽。

在每幅画上，他都注意"调和"和"统一"的条件。将要画成功的时候，总要多方地远看，近看，而且倒捏着看；也从侧面观望，察看是否还有不妥当的地方。

着色注重"对照"强烈，善用好像肮脏的颜料，配合成功鲜明的色彩。他常说，鲜明的颜色同鲜明的颜色配合，结果一定是不鲜明；要不鲜明的颜色同不鲜明的颜色相配，才可以得到鲜明的画面。

构图注意"变化"和"均衡"；不但在绘画上这样，他的实际生活也是这样的：每次搬房间，他总要把几件高大的东西分配好，然后布置小件器物。宁可应用上不便当些，也不肯使得看去不爽快。

元庆的画，有的看去好像很粗糙，其实他是用过细功夫的。譬如鲁迅先生的肖像，只有很大的几笔。但他曾经画好细细的调子，是擦去以后重新画上，才成功这个样子的，为的是求"神似"。

为着"单纯化"——图案化——他的作品上，常常有着一大块同一的色彩，或者竟是空白。有人批评他，根据理论，说即使本体是雪白的墙壁，因为看去，要经过空气，有着阳光的

关系，不会纯白，应该画上点红红绿绿的色彩。他说他早知道
了这种理论，可是画面同眼睛，不是直接碰着的，也要经过空
气，也有着阳光的关系，画面上的空白，何尝不可以当作有着
红红绿绿的色彩看待。

他要注重笔触，一半是为着"状物"。固然画棉或石头，要
明鲜地分别出来；是丝棉还是棉絮，也要各样表现。《卖轻气球
者》中的轻气球是飘飘然的，《鼻涕阿二》的手腕很灵活，也名
《薄日下》的《上海斜桥墓地》，把阳光照在墓地上所显的惨
淡，也表现得很充分。

作品中幅面最大的是《卖轻气球者》，也画得最久，整整地
经过了一个暑假。当时寄寓在西湖旁的一个小旅馆里，房间里
摆上画架以后，就连转个身子都为难了。其次画得长久的是
《处处闻啼鸟》，却只为了背景，斟酌了许多日子。

元庆对于色彩，分别得很仔细，研究得很纯熟。有些地方，
不但颜色不能改变，连深浅的度数，也不能够稍微差一点点。
譬如《卖轻气球者》，曾经由他亲自到印刷工厂里去指挥，连做
三四次的三色板，结果仍然印单色，因为色泽稍稍加重，轻气
球就失去了飘动的性质。可是《蝴蝶》和《若有其事》的书
面，他都并没有画好底子，只是打上轮廓，注明色彩，叫印刷
所去做套版；说是只要大致不弄错，颜色深点淡点都无妨，这
两幅画他都很喜欢，是拿得稳，并不是随便的表示。

在他，好像颜色可以分为两大类：一类是容易出色而不容
易印好的，另一类是容易印好而不容易出色的。但也有把容易

印好的颜色用得很出色的时候。

曾经有个时期，元庆喜欢画动的情形；《若有其事》、《车窗外》、《处处闻啼鸟》、《一瞥》和《巅上舞》，都是表现着动的。其中以《车窗外》为最得意，因为有着动的性态而不露，故意使得动的形式。

从元庆的作画，可见识别力是第一要紧的。他的作品，不一定由于特地创造。譬如《一瞥》，系从失败了的《广安门外》截来。《一角》本是《前门》中的一部分，因为颜料不好，原画变坏了，就截下来了这一部分。这两幅，在展览的时候都得过许多人的好评，实在不错的。但在他，无非废物利用。

1929 年元旦，元庆曾到杭州宝石山的顶尖，在一块岩石上，为一个青年作影像；一失脚就可以跌死，是很冒险的。他又作过一幅《月下谈心图》，是细细的钢笔画，象征着他自己和另一个青年，很富情趣。这画未曾公开陈列过，我也到了他死后才看到。

最先作的画面是《苦闷的象征》。《大红袍》虽然作了《故乡》的画面，可是画的时候，还没有印《故乡》的意思；做画面是后来的事情，原画比《故乡》的封面大得多。当时住在北京的绍兴会馆里，日间到天桥的小戏馆去玩了一回，是故意引起些儿童时代的回忆来的。晚上困到半夜后，他忽然起来，一直到第二天的傍晚，一口气画就了一幅。其中《乌纱帽》和《大红袍》的印象以外，还含着"吊死鬼"的美感。绍兴在演大戏的时候，台上总要出现斜下着眉毛、伸长着红舌头的吊死鬼，这在我和元庆都觉得是很美的。

元庆作图案，从把一连串的牵牛花"便化"为一大群的蝴蝶开始感到兴趣。随即研究日本图案，考察古代的瓷器，又研究印度图案。后来注重原始艺术品和儿童的字画，常常拿着儿童的作品，细细地看个不了。

元庆开始创作的时候，正当托尔斯泰的《艺术论》初次传到中国。元庆对于弱小的生物，不但是人，无论猫狗鸡鸭，都有浓厚的同情。他曾于深夜，在天津的码头上，不顾一切地给一个小扒手解过围。住在绍兴会馆的时候，常常于百忙中煮得白菜叶喂一只病小狗。

每到一个高处，或者风景优美的地方，他总要静静地站立许久时。在这种时候，不能够催促他快走，他是会得因此大发脾气的。可是穷苦人家小孩子的神情，更加使得他注意。在浦镇的时候，他看到了个小姑娘买得一个铜子花生米走回家去的情形，留下很深的印象，过了许多年，还要不时提起来。

"穷苦的人家呀，连耗子都不来一个！"

这是他在他的细砂上写着的一首小诗。

他早说要作相爱前和相爱后的两幅画。相爱前是两个人都笑嘻嘻的，相爱后是四支眉头上都打了结；可是没有实行，因为觉得缺少重大的意义。却作了《父亲负米回来的时候》一类的画，使得许多人都很赞美。因为他对于贫苦的人家，实在怀着热烈的同情。不但是在他自己的画和诗上面所表现的，我的《疯妇》和《印花棉布被》等小说，也都由于他所讲的故事。

陆丹林（1896—1972），报刊名编、美术史家、书画鉴藏家。早年曾加入同盟会，后在上海加入著名诗人团体南社，并先后主编多种报刊，尤以文史和书画刊物而闻名。

全能画家张大千

陆丹林

　　没有和大千相见，已有七年了，去年大千由成都来沪，我们第一次相晤。他劈头第一句便说："你到重庆几年，为什么不到成都来？"这句话，真把我说愣了。是的，二十七年秋间，大千到香港将要回川的前夕，曾替筱丹画了一张《入蜀图》。因为筱丹在那年的十月赴渝，图上大千还题了"戊寅闰七月，写赠筱丹世兄，时同客香澥明日予亦将发桂林归蜀矣。他日当相期于剑阁青城间，出此图共玩，一大笑也"，其后他们果然在四川重晤了。卅三年夏间，教育部在重庆举行大千的临摹敦煌壁画展，他的子侄们到渝照料，事毕，我的家人和他们乘车到成都去，也和大千相晤。独我在渝期间，没有到成都，因此大千便有这句问话，在事实上他是该问的。老实说，我在重庆几年，先后在交通部公路总局和军事委员会战时运输管理局工作，要是想着乘车到成都去，本来非常方便。可是没有特殊的要事，又兼了国立艺专的教课，便不想走动。因此入蜀三年，只是蛰居在山城的一隅之地。

卅四年秋九月，日本降服，我由渝飞返沪上，许多朋友见着，都有问到大千的近况。我入川后，虽然没有和大千见面，但是消息常通，且不时有朋友往来，因之知道他的景况很详。加以抗战以后，大千两次到香港，我们天天都有会面，所以也可以略为说说。

大千去冬到上海，有些刊物，传说些不尽不实的消息，有说他画了几十张老虎，也有说他带了两三个太太来申，也有说他生活很困苦，甚至说他吃大饼油条过生活。这些都是无中生有的事，根本不认识大千的人。大千是不画老虎的，画老虎的是他已经逝世多年的二哥善子。大千到沪只是一个人，家眷还在成都。说是生活困顿，更是违背事实。虽然冯若飞曾戏说大千是"富可敌国，贫无立锥"，但是这是另一方面的话，绝不是指大千生活而言。社会上既然有些人不了解大千，那我站在二十年友谊的关系上，来谈谈大千，也许不至于怎样的隔膜吧。

大千是天姿奇逸、聪慧绝伦的人，不特能书善画，而且能诗能词，能刻图章，真是多才多艺。生平好挥霍，心所好的，千金一掷无吝色，有时身边或者一文都没有存贮，但是遇着名画，虽值最高的巨价，也必先行留下，再行设法筹措交易。因之二十多年来他所得名画，富而且精。估客因他精于鉴别而又豪爽能出高价，得着名迹，多先送他欣赏购置。如去年冬间，他用了五十条金子，买入董源的《江堤晚景》画幅。花这样的巨价来买画，确是轰传艺坛，打破了黄金购画的纪录。大风堂所藏书画精品较多，即由此而来。

他对于饮食也很精研，最推重川粤菜。精于烹饪，逢着嘉客莅止，常常是自己跑入厨房亲自弄菜奉客①。好吃冰淇淋，一年四季，随时一次可以吃十多杯。十多年前，往往为了吃一元多钱的冰淇淋，而花去两三元的汽车费，满不在乎。平时不吃烟，不喝酒，要是碰着好友良会高谈阔论的时候，一碗一碗地连饮几斤，也绝没有一些醉容。逢着旅行，轮船、火车、旅馆，必择头等的来乘用。衣服朴素，终年穿布袜，但享用却极奢侈。戚友们因急需有所求的，莫不尽力饮助，遇着手头紧，那就立即伸纸写画给人去换钱，有时为着朋友求借很急，或是数目较大，便将所藏名迹押去几张取钱给友。这种急人之急，是很难得的。

他作画润例，取消了十多年，平时外间求他绘画，若果没有因缘，虽送丰富的润金，常不肯下笔。即使有人介绍，搁置了一年半载，也是常事。可是啊，他在高兴的时候，往往只须几小时，便可一气绘成好几张。尤其是宾客尽欢、酒酣耳热的场会，口讲手写，山水花鸟，仕女人物，随兴即画，画好即题，真有"手挥五指目送飞鸿"之概。要是他的好友，那就随时找

---

① 江翊云替我题大千绘赵亮生诗卷第二首："海内张髯有盛名，敦煌归后笔尤横；难忘听雨萧斋夜，出网江鳞手自烹。"也是说他亲自弄菜。——原注。

机会请他作画、写字；如果他是空闲的时候，他不拒绝，而送给朋友的，又是精品的居多。以前的朋友中得他画的，首推亡友谢玉岑。我得他的画，卷幅扇册，合起来也有几十件。可惜有一部分，因为沪港战乱的时期散佚了。他常说："人生最可珍贵的是友情，尤其是真正认识得我的作品的友人。金钱有什么宝贵呢？如果金钱是可宝贵，我现在也可以拥着无数的钱做富翁了。"是的，金钱在他的手中放出去，前前后后，真是不可以数计的。

美髯公大千的行动，非常率真洒脱。他本是基督教徒，但他在少年时为着恋爱纠葛，一度在松江的禅定寺做过几个月和尚，现在还用"大千居士"来署款。他好游览，要是他的念头一动，不论什么时候，想着立即就动身。往往在启程前的几个钟头，有时甚至动身后，他的家眷还没有知道。这种独来独往的行动，确是艺术家的自由本色。他的钱，有时虽有短缺（但不是生活艰苦），但对于用钱，又绝没有一点吝啬，真有"千金散尽还复来"的样子。

大千跌宕风流，异常风趣。十多年前，他游高丽，遇着韩女春红，红袖添香，雅人艳事，曾绘画册留念。册尾题云："客舍无俚，春孃日来侍儿砚，意有未达，以画询之，会心处辄相与哑然笑，因缀截句于画末，亦客中一段因缘也。"赠春娘诗云："夷蔡蛮荒语未工，那堪异国诉孤衷！最难猜透寻常话，笔底轻描意已通。"再赠春红云："新来上国语初谙，欲笑佯羞亦太憨。砚角眉纹微蓄愠，厌他俗客乱清谈。"另有一册，每页题着自作的子夜歌一首,诗画皆艳绝。如题红莲云:"欢如芙蓉花,生长湖心里;移湖安侬屋,牵郎伴侬宿。"最后一帧是画晒衣架挂着新洗红素两衣,砧边蹲一个女子,停杵凝眸,思念远人似的,题云:"欢如洗红裳,洗红日日浅;侬心似洗素,洗素素不澹。"当大千把这两本画册给我欣赏时,我问他:"这宗艳事,嫂夫人知道吗?她的玉照怎样?"他就拿出与春娘的合照,一个是雪肤花貌的美人,一个是长髯宽颐的画师,的确是情伴。照片上他还写着寄给凝素夫人的诗两首:"触讳踌躇怕寄书,异乡花草合欢图;不逢薄怒还应笑,我见犹怜况老奴!""依依惜别痴儿女,写入图中未是狂;欲向天孙问消息,银河可许小星藏?"是真名士自风流,也许就是这样!

有一次,在故都的中南海,几位朋友聚着谈天,相约各说一个胡子笑话,上下古今,把留胡子的讥讽得谑而又虐。大千闻着,态度安闲地说:"我也来讲一个胡子笑话:从前读《三国演义》,见关兴、张苞随刘玄德兴师伐吴,替乃父关云长、张翼德复仇,兴和苞争做先锋。刘呢,无法决定,于是说:'你们试各说你父亲的战功,多的当先锋。'张苞年长于兴,因先诉说:'我父当年喝断当阳桥,夜战马超,义释严颜。'历历如数家珍。关兴口吃,气得无话可说,良久才大声疾呼:'我父须长数尺,人多称他美髯公,先锋一席,应由我当。'这时关云长英灵在空中听着,气得凤眼圆睁,大骂:'你这不肖的小子,你父在日,过五关,斩六将,斩颜良,诛文丑,以及水淹七军,单刀赴会,威震华夏;这些都是千秋功业,你全不记得,为什么单单只说老子这一口胡子呢?'"各友闻着,都佩服大千的急才和幽默,相与大笑而散。

现在略谈大千的画吧。记得十年前我在中华书局出版的《大千画集》序里有说:

  大千绘画的成功,固然因他生在四川,环境的山水奇险而雄壮,目相狎接,蕴在胸襟。又富于艺术的天纵才思。兼以不断地用功,才能够有今日的成就。他的大风堂里,珍藏着历代名画千余件,纵览百家,不拘一体一格和什么派别,都下过一番苦功,尤其是画得石涛、八大、石溪、渐江、大风、冬心、新罗各家的奥秘,融会贯通,撷取古人的精华,去掉它的糟粕。一笔一画,无不意在笔先,神与古会用笔纵横,浑厚苍润的气韵,熔合南北宗于一炉,自成蹊径。这是达到神化的高峰,没有一点拘牵迹象的了。加以二十年来,游历国内外名山大川……游踪所到,莫不在那穷山荒谷的断崖绝壁古刹长松的地方,领略风雨晴晦的真趣,采取大自然的景象,来做画材。如石涛所说:"搜尽奇峰打草稿。"所以他的画,一切布局设色,无不匠心独运,简直以造化为师,来自写他心中的宇宙境界。又如恽南田《瓯香馆画跋》所说,"一草一树,一丘一壑,皆灵想所独辟"了……

大千临摹古画的功夫,真是腕中有鬼,所临的青藤、白阳、石涛、八大、石溪、老莲、冬心、新罗各家，确能乱真。尤其是仿作石涛，最负盛名，不特画的笔墨神韵和石涛真迹一样，题字图章、印泥纸质也无一不弄到丝毫逼肖，天衣无缝。但是他当作是游戏的工作，在好友前，绝没一点隐讳。可是一般画商与好古的藏家，得着石涛画本稍精的，莫不诧叹惊讶，发生"这是大千所作的"疑问。然而大千所作的石涛，固已散遍世界，颠倒国内外的鉴藏家了。本来以赝乱真，是艺术家的狡狯手段，朋好谈笑，也可以取乐一时，是不足为训的。但是学习国画必先临古，临古必求他的惟肖惟妙，可以乱真，这是学画必经的阶段，不可忽视，所谓温故而知新。可是近年大千作风变了，以前那些制作古画，在他生命史上，只是游戏人间不可磨灭的一页罢了。

大千的画风怎样转变的呢？那是他万里长征，到敦煌去，在中外艺术交流的总汇，潜心绘画几年。这一个转变，使他的作风，由石涛、八大、石溪、老莲等而转到六朝五代来，如最近他所作的《唐宫按乐图》，设色构图，都费无数心思，突破以前一般画家的常例。画中是宫殿的一角，有类摄影取景的特写。而人物的描绘，更为特异，要是不留心的，骤然看来，只见四五人而已，如果细心地观摩，才知道画中人有八。原来其中有仅露半脸的，有露着一裙的，有只见一脚的。这种构图，在西洋画或美术摄影中，间有见到，而在国画的仕女中，似是创作了。他还有一个特点，就是画的左右两旁画有五彩的图案，这些图案样式，是从敦煌壁画里移植过来绚烂华丽的色素，更加衬托整张画幅的调和美。这种尝试，大千是开创了国画的新纪元。值得我们深长研究的这种崇高伟大的绘作，真是宣威沙漠，驰誉丹青，在中国画史上，除了大千之外，截到现在，还没有第二个人。因为有他的志愿，未必有他的能力，有他的志愿与能力，未必如他的天才思想能够融合去运用。那么，大千之所以为大千，不能不说是当代艺坛的全才了。

有一次，和叶遐翁（恭绰）谈到大千的画，遐翁说："大千今后的作画，最好专向人物方面写作，因为当代找不着人物画的画人。而中国绘画，本来人物画最重要。大千有绘画的天才，有精深的造诣，住在敦煌多年，正宜发挥他的长处，为近代中国画坛放一异彩，为中国艺术接续它的光荣史。"遐翁对于大千相知最深，这番话实是的论，我也同此意见。

（《当代人物志》）

叶恭绰（1881—1968），中国现代书画大师，著名文人、收藏家、政治活动家。出身书香门第，早年毕业于京师大学堂仕学馆，后留学日本。留日时加入孙中山领导的同盟会。曾任北洋政府交通总长、孙中山广州国民政府财政部长、南京国民政府铁道部长。1927 年出任北京大学国学馆馆长。他致力于艺术运动五十余年，至老不倦。著有《退庵诗稿》《退庵清秘录》《退庵词》《退庵谈艺录》《退庵汇稿》《矩园馀墨》《历代藏经考略》《梁代陵墓考》《交通救国论》《叶恭绰书画选集》《叶恭绰画集》等。

高奇峰先生示疾记

叶恭绰

吾国名画家高奇峰先生，今以疾弃此世界而去矣，脱屣此五浊恶世，本无所用其悲伤，第就吾国艺术界言，不能不谓之一大损失，盖以奇峰之学力志愿，当可为我国绘画辟许多境界，惜乎其所抱之未及尽展也。第按其已成就者言之，亦尽足于吾国艺林自树一帜。昔人云，"人不可以无年"，盖形寿一尽，遂不能有新精神之发生，造化弄人，于斯为酷，奇峰固亦不能逃出此圈套者也。

奇峰之来沪也，实缘柏林美术事。始余去岁还乡，寓天风楼，谈及柏林吾国美术展览会事尚未组织，奇峰意颇赞成，商余设法进行。余知政府财匮，势难顾及，乃为策划，以商于汪精卫先生。汪先生以为然，遂在行政会议提出通过，并聘先生为筹委。余意其体弱，未必果行，嗣知其去志甚坚，因约其来沪商一切手续，遂欣然就道，此其至沪之原因也。

先生于十月十三日由香港乘昃臣总统号船北行，十六午至沪。余迎之于新关码头，把握欣然，同至沧州饭店。是行也，实与张坤仪女士同来。女士为先生高弟，从学十余年。为粤中艺苑白眉女士，少孤。先生恩勤教养，女士亦于先生致敬尽礼。先生乃抚之为女，实以师弟而兼父女者也。

女士因告余，途中苦晕船，不可以兴。而先生精神乃极饱满，进食逾恒；且在船中应乘客之请，曾将其师弟诸人赴德作品开展览会一次，虑感辛苦；又在船舷曾小倾跌，不知有伤损否。先生颇欲即面汪先生，余赞其即夕行，女士尼之，谓须少息，余亦谓然，遂别。不意其是夕即感觉头痛不适也。

十七日，先生头痛胃逆，精神疲困，进粤中柯道医生所予常服之药，未效。十八日，乃约费纳煦医生诊视，病稍好，而吐仍时作，乃命女士代表入京见汪先生，旋为先生电促归沪，则病势颇重。余思旅馆诸多不便，乃迎至舍下，越三日，病势有增无减，胃纳益少。张女士乃招先生之侄为素、为绚至，一同商酌看护，延德医米霭礼至，一诊即断为危险。越二日，因舍间诊视不便，乃征得先生同意，迁寓大华医院。医言先生旧有肺疾，虽因加以护膜而暂愈，兹因劳顿感冒食积，将致触发，一发恐不可收拾。余连电先生家属，促其来沪，一面与医商救急之策，使用接血注射强心针种种方法，乃迄不能挽救，至十一月二日下午三时五分遂逝世。先二日，余睹其疾不可为，遂商之为素、为绚、坤仪三女士为备后事，故逝后即时迁至中国殡仪馆装殓。逮五日，先生兄冠天至，始行入棺。入棺时，冠天主行基督教仪式，因招谢牧师来致祷焉。

先生病中神智颇清，恒絮絮言艺术事，十月杪，屡促曾仲鸣、方君璧来沪，将与语身后事。二人未即至，乃属电汪先生，主将天风楼房地设奇峰画苑，为育成艺术人才之用，其平生作品，则分赠国内外博物院图书馆，复处分后事甚悉。其荦荦大者，则平生亲友所欠，一概取消，不再索取。此虽末节，亦足见先生之高节也已。

先生病中，汪先生屡电余询问，并电复先生极赞成画院及赠画主张，谓一切当如尊命。先生既卒，余乃分电其家族及汪先生、曾仲鸣、陈树人先生等，旋得汪、曾诸君电，属余经理先生后事。时方君璧女士先两日已来沪，实亲视先生所命种种。十一月二日，先生复命坤仪女士将遗嘱逐字向其复述，先生点首称是，既见君璧女士与绰在旁，旋举手命坐，称"就咁做好"者再。"就咁做好"者，粤语"如此办法甚好"之谓也。时坤仪女士悲不自胜，余乃对先生略述生顺没宁之旨，以安其心，然其时余亦声颤语咽，酸泪承睫矣。先是一日下午，医生抽去脊髓水少许，精神复振，先生乃命坤仪女士将遗嘱逐字重读，意极欣然，同人佥意可有转机，唯医言无把握。至二日晨，仍极明了，不料过午即忽转变也。

五日大殓，树人先生，仲鸣伉俪，及伍联德、梁得所暨先生知友弟子百十人咸集，遗容尚如生，君璧女士乃为速写一相。殓毕，余与树人及仲鸣、君璧、冠天乃开一会议，决定后事六条而散。至廿三日，又重议于南京，办法加详焉。先生生前曾购一地于广州沙河，备为墓域，亦有主于岭南大学辟一专区营葬者，以先生本执岭南教鞭，前此岭南大学赠地与先生建屋，亦迄未营造故也。先生之兄剑父先生则主葬于西湖，而冠天先生又主归葬广州，现尚未能解决；先生之遗作，除冠天先生此次曾带百数十幅至沪外，余尚分存各处，同人亦拟集中为之展览刊行，并分赠海内外各艺术机关焉。

孙福熙（1898—1962），字春苔，现代散文家、美术家，孙伏园之弟。1912 年考入浙江省立第五师范学校。1920 年到法国勤工俭学，入法国国立里昂美术专科学校学习。1925 年归国后任北新书局编辑，先后出版散文集《归航》、小说集《春城》等。1928 年任国立西湖艺术学院教授。1938 年回家乡中学任教，不久到昆明任友仁难童学校校长。1946 年从昆明回到上海，以卖画为生。1948 年任浙江大学文学院教授。

林风眠先生

孙福熙

今天特别的和煦了，晴空中鸽群的铃声盘旋着，报道春神重临了。

我得在这和乐的气象中认识新到北京的林风眠先生。

昨天，在厂甸的旧书摊旁遇见王代之先生，他说："我正想去看你。林风眠先生昨晚到北京了，他要我先来一说，明天他要去看你同令兄。"

我的眼前立刻浮出我们住的三间破屋。泥炉子，绿钵头，劈柴堆，酱油瓶，这群体中将要插下一位新来的大艺术家，这样虽然未必会使他气恼，也未必会使我羞涩，但他不免要说到艺术，看了这个景象总有点不好，所以我连忙说："我去看他！"王君还屡说他们来看我，真使我着急。

玛瑙的鹦鹉，在古物架上，特别的耀目，还有一段老树雕刻的老人，颜面半掩，神奇莫测地立着，主人王先生引我们兄弟同进此室。

室内三人都起立了，中间笔挺的一位，黑发披下来，一直到肩头，微笑的面貌上留着眉间几条薄薄的皱痕，没有外套的西服上，琥珀色的围巾长条的披下来，腭部收缩向颈，好像在凝视胸膛时的样子，因此我得很清楚地瞻仰他的广额。王先生介绍说："这就是林风眠先生。"

在中国人中，这样的广额，我是第一次见；看了他的额，使我联想大音乐家 Beethoven，然而我绝不在林先生前挂空招牌；这广额包含林先生自己的独有的脑力，岂有什么人可以代表的。

"大家盼望林先生回国已经很久了！"我说。

旁边是萧子昇先生，介绍我们于一位极年轻的法国女子；听到说的是法国话，我的心何等的清快，而且飘飘飞到大陆的西端了。这位尊严秀逸的女子是林夫人。

"我本来就要到孙先生那里去的，"林先生说，"北京的舆论要以艺术家来办艺术学校，我想，我们应该协力谋这事的成功，我还希望提高学生的程度。这里我还没有看过，不晓得；在上海，我看了一看，学生的程度比法国的差得多哩。现在我还没有去过学校，一切问题还不知道。第一个问题当是经费问题。"

我暗暗地想，他不问世事的艺术家竟已晓得了在中国与别处不同，是有所谓经费也者的。倘若在法国，联席会议通过请某人为校长了，就派人到他住宅接洽，如果这位未来校长问到学校的经费，我设想，这一定是一个大笑话了。他不必问每月有几成可领，甚且不必问多少常年经费，教授、讲师、教员们的薪水各自拿了居民证到衙门去取的，你要为学校添买书籍、仪器，每年费用若干，照例规定着，你只要将发票送去，不劳你担忧付不出的；学生应纳的费与学校无涉，各人自会缴到衙门去，没有什么讲义风潮之类的，有什么经费之可成问题呢。林先生拉下他艺术家的身份，抛下他久住外国的习惯，也肯顾到经费问题。然而，林先生，我用什么方法能够告诉你，在中国办学的大问题多哩，经费问题倒不在其内的。我想说，然而说出来好像不恭敬了，你是该做教授的，别有先生早已说中了：中国人总是这样的，因为梅兰芳、杨小楼唱戏好，于是舞台老板非要他们做不可。林先生，愈是大艺术家愈不应该做校长呢。"艺术家办艺术学校"，你听，舆论原以为非艺术家是可以做艺术学校校长的。我所以说大艺术家不该做校长者，因为在中国做校长所必具的技能必非大艺术家所有的。什么技能呢？做校长应该有老板的技能，有刽子手、小热昏①以及买空卖空的洋行买办的技能。倒是艺术的技能是随便的。然而这是题外的话了，暂且不讲。你是西席，东家们的喜怒是不大一定的，这倒要留意些的。你的秀劲的手画得出三五丈大的画幅，描画充塞天地的思想，然而你的手能用什么有力的画刷扫除你周围的浊物呢？

一人进来说，画箱已运来了，请林先生出去检点。"画箱运来很不容易啊！"王先生说。箱子这样长，军人以为是什么军火

---

① 小热昏：语言妄诞、行为荒唐的年轻人。——编者注。

了，一定要检验；税局也觉得奇怪，一定要上税。

画箱已经开了，我们一同去看，大画布在地上展开来，一幅《摸索》，我在 Strasbourg 中国美术展览会里第一次看到的。看过一幅，林先生踏在画上，再放上一幅。他有主权踏自己的画，但我们旁人总是凛凛地害怕。

看画后又回到王君书房中，我问林夫人：

"我想，夫人到中国后不能有好印象吧？"

"为什么呢？"她回答，"静得好，令人觉着这是在乡间呢。"

"街道上很是紊乱呢。不过中国别处很有好景色的。"

"在巴黎烦扰得不能工作。"

"我刚才看了林君的画，又想念法国了。我想就去呢。个人的能力真小，我变到这样了，你们不能看出我曾受法国教育的呢。"

说到这，林君、王君又讲到这问题上去了：

"孙先生一定暂且不要走，请你在帮忙。"

"我是很直捷地可以说的，我的到法国去是必须的；我的不久回浙江一次也是必须的；在未出京以内的几天，我必如我所能的帮助，无论什么时候尽管来叫我，只有自己最能知道自己，我在法所学不过四年，学油画的时间只有一年余，我是不会画油画的。我相信试过几日以后，你们必肯放我走的了。"

我问林君在回来船上画有蔡先生的速写否，他说只有他所画蔡先生的画像。展开画布，一具希腊古琴前，现出蔡先生温雅的面色。欣幸这画像先蔡先生而到，聊慰我们的长想。旁边另一面貌，癯而刚，林君说，这是代表蔡先生的精神的。背景中有 Apllo 与两个 Muses，是表示蔡先生的希腊精神的。

林夫人还雕有蔡先生面像与侧影浅雕，立即去开箱取出，惜已压坏了。

窗子里射进统红的阳光，不久渐渐地淡下去，知是晚边了。

我们起立告辞了。倘若能够，永远在林先生旁边，濡染点艺术滋味，润润我燥烈的心；然而怎么能够呢。

已经到大门口了，伏园二哥说：

"林先生能够早日开一个展览会，大家必是很想望的。"

"我也这样想。"林先生说。

林先生，你究竟还像的是新从法国回来的。在中国是不宜这样说的。礼强制你，不允许你说自己的价值的。你去留心，他们处在你的地位时，必定说，"展览会，这是不敢当的，只是老兄的盛意不好推却"。艺术家自然不怕什么礼的不允许。不过你将尝到种种不同的别的滋味。自然，我何等仰慕你的纯朴。我呢，一年工夫，已磨炼得不是我自己了。

街道上渐渐地昏黑起来的时候，圆月东升了，因为昨夜的迷蒙，今天补偿以特别的皎洁。我祝祷，北京的月呀，永远照临这对新来的艺术家夫妇！

二月二十八日

我恐怕有人会用俗眼来看，说是林先生雇我来捧场的。我呢，我却尽管担忧林先生将气我的瞎说。其实，我的捧场哪里能增艺术家林先生的声价？我的瞎说，哪里能动艺术家林先生之气呢？只有，这一层是大家可以相信的，我捧林先生增些我自己的身价。

熙

施蛰存（1905—2003），中国现代作家、文学翻译家、学者。1922 年考入杭州之江大学，次年入上海大学。1926 年转入震旦大学法文特别班，与同学戴望舒、刘呐鸥等创办《璎珞》旬刊。1928 年后任上海第一线书店和水沫书店编辑，参加《无轨列车》《新文艺》杂志的编辑工作。1929 年创作小说《鸠摩罗什》《将军底头》。1932 年起主编大型文学月刊《现代》。1935 年与阿英合编《中国文学珍本丛书》。1949 年后任教于华东师范大学中文系，1957 年被打成右派。其小说注重心理分析，着重描写人物的意识流动，是中国"新感觉派"主要作家之一。

画师洪野

施蛰存

　　洪野是个并不十分有名的画家，他的死，未必能使中国的画苑感觉到什么损失。但是，近五六年来，我因为与他同事的关系，过往甚勤，因而很能够知道他的一切。我知道他的艺术观，我知道他的人生观，因此，他的死，使我在友谊的哀悼以外，又多了一重对于一个忠实的艺术家的无闻而死的惋惜。

　　我之认识洪野，是在他移家到松江之后。那时他在上海几处艺术大学里当教授，因为要一个经济的生活和一点新鲜的空气，所以不惜每星期在沪杭车上做辛苦的旅客，而把家眷搬到松江这小城市里来了。一个星期日的薄暮，是不是秋季呢，我有些模糊了，总之气候是很冷的，我和一个朋友（他也早已很悲惨地死了，愿上帝祝福他！）走过了一个黑漆的墙门，门右方钉着一块棕色的木板，刻着两个用绿粉填嵌的碗口一样大的字：

"洪野"。我的朋友说："这里住着一位新近搬来的画家,你可以进去看看他的画。"不等我有片刻的踌躇,他早已扯着我的衣袂,把我拽进门内,说着"不要紧的,他欢迎陌生人去拜访他"。

果然,我们立刻就很熟识了。他的殷勤,他的率直,我完全中意了。他展示许多国画及洋画给我看,因为对于此道完全是个门外汉,我只能不停地称赞着。他在逊谢了一阵之后,忽然问道:"你是不是真的以为这些画都很好吗?"

我说:"是的。"

"那么,请教好在什么地方呢?"

呸,有这么不客气的主人!我委实回答不上来了。在我的窘急之中,他却大笑起来道:"这些都不中看,这都是抄袭来的,我给你看我的创作。"

于是他又去房里捧出七八卷画来,展示给我。这些都是以洋画的方法画在中国宣纸上的,题材也不是刚才所看的山水花卉之类,而是《卖花女》《敲石子工人》《驴车夫》这些写实的东西了。他一面舒卷着画幅,一面自夸着他用西洋画法在中国纸上创作新的画题的成绩,但我因为惯看了中国纸上的山水花卉和画布上的人物写生,对于他这种合璧的办法,实在有些不能满意。但最后,有一帧题名《黄昏》的画,却使我和他的意见融合了。《黄昏》虽然仍是用西洋画法画在中国纸上的一个条幅,但因为题材是几羽在初升的月光中飞过屋角上的乌鸦,蓝的天,黄的月,黑的鸦,幽暗的屋角,构成了这一幅朦胧得颇有诗意的画，我大大地赞美了。我说："我还是喜欢这个。"他点点头，微笑道："我懂得你的趣味了。"

后来，我和他在同一个学校里教书了。我曾经偶然地问他为什么不再在上海担任功课，他摇着头道："有名无实的事我不愿意干。"这话，在以后的晤谈里，他给我了一些暗示的解释。大约一则是因为上海的学生对于艺术大都没有忠诚的态度，二则是在上海虽则负了一个艺术教授的美名，但那时的艺术大学都穷得连薪水都发不出，他非但不能领到生活费，反而每星期得赔贴些火车钱。物质上既无获得，精神上又无安慰，倒不如息影江村，教几个天真的中学生，闲时到野外去写生，或在家中喝一盏黄酒之为安乐了。这样的心境自安于淡泊，画家洪野遂终其生不过一个中学教师。

但是他对于艺术，却并没有消极。有一天，他很高兴地对我说："我的画有几件已经被选入全国美术展览会了。"当时我也很替他高兴。在参观全国美展的时候，我果然看见了他的几幅陈列品，而《黄昏》亦是其中之一。全国美展闭幕之后，一日清晨，他挟了一卷画到学校里来，一看见我，就授给我道："这个现在可以送给你了。"我展开一看，竟就是那幅我所中意的《黄昏》。我看画幅背后已经在展览的时候标定了很高的价目，觉得不好意思领受这盛情。正在沉吟之际，他说："不要紧，你收了吧。我早已要送给你了，因为要等它陈列过一次，所以迟到今天。至于我自己，已经不喜欢它了，我的画最近又改变了。"

其时我有几个朋友正在上海经营一个书铺子，出版了许多新兴的艺术理论书。他对于这些书极为注意。我送了他几册，他自己又买了几册，勤奋地阅读着。这些新艺术论使他的艺术观起了一个大大的转变。在先，他的西洋画很喜欢摹拟印象派，他曾画了许多风景和静物，纯然取着印象派的方法。在吸收了新艺术理论之后，他突变而为一个纯粹的革命画家了。他曾经读过易坎人译《石炭王》，很高兴地给这本书画了好几张插图。以后又曾画过几帧反基督教的小品。他的野外写生的对象，不再是小桥流水或疏林茅屋了，他专给浚河的农民或运输砖瓦的匠人们写照了。除了免不掉的应酬敷衍之外，他绝不再画中国画。他曾经招我去看一幅新作，画着一个工头正在机轮旁揪打一个工人。他问我看了觉得怎样，我嘴里答应着"很好"，而心里总觉得这样的画似乎很粗犷。但他已经看透了我的思想，他说："为了要表现我所同情的人物，所以我的画已经不是资产阶级书斋里壁上的装饰品了。"

他在贫困的生活中，一个人寂寞地描绘他所同情的人物，直到死。

我能够了解他，然而不能接受他，这是我至今还抱愧的。现在他死了，除了寡妇孤儿，以及几帧不受人赞美的画幅以外，一点也没有遗留下什么。社会上也绝不会对于他的死感觉到什么缺少，而他生前的孜孜屹屹的工作亦未尝对于社会上有什么贡献。他就只是以一个忠诚的艺术家的身份而死的。在活着的时候，也未必有人会注意他，则死了之后，人们亦不会再长久地纪念他。一个水上的浮沤，乍生乍灭，本来是极平常的事情，但我却从这里感到了异样的悲怆，为了一个友谊，为了一个伟大的人格。

(《灯下集》)

丰子恺（1898—1975），著名漫画家、散文家、文艺理论家和翻译家。1919 年毕业于浙江省立第一师范学校。1921 年获亲友资助赴日留学，10 个月后因经济困难回国。先后在上海、浙江、重庆等地任教，并曾任上海开明书店编辑、《中学生》杂志编辑。1924 年在文艺刊物《我们的七月》上第一次发表漫画《人散后，一钩新月天如水》。1942 年在重庆自建"沙坪小屋"，专事绘画和写作。

访梅兰芳

丰子恺

复员返沪后不久，我托友介绍，登门拜访梅兰芳先生。次日的《申报·自由谈》中曾有人为文记载，并登出我和他合摄的照片来。我久想自己来写一篇访问记，只因意远言深，几次欲说还休。今夕梅雨敲窗，银灯照壁；好个抒情良夜，不免略述予怀。

我平生自动访问素不相识的有名的人，以访梅兰芳为第一次。阔别十年的江南亲友闻知此事，或许以为我到大后方放浪十年，变了一个"戏迷"回来，一到就去捧"伶王"。其实完全不然。我十年流亡，一片冰心，依然是一个艺术和宗教的信徒。我的爱平剧①是艺术心所迫，我的访梅兰芳是宗教心所驱，

---

① 平剧，即京剧。——编者注。

这真是意远言深，不听完这篇文章，是教人不能相信的。

我的爱平剧，始于抗战前几年，缘缘堂初成的时候，我们新造房子，新买一架留声机。唱片多数是西洋音乐，略买几张梅兰芳的唱片点缀。因为"五四"时代，有许多人反对平剧，要打倒它，我读了他们的文章，觉得有理，从此看不起平剧。不料留声机上的平剧音乐，渐渐牵惹人情，使我终于不买西洋音乐片子而专买平剧唱片，尤其是梅兰芳的唱片了。原来"五四"文人所反对的，是平剧的含有封建毒素的陈腐的内容，而我所爱好是平剧的夸张的象征的明快的形式——音乐与扮演。

西洋音乐是"和声的"（harmonic），东洋音乐是"旋律的"（melodic）。平剧的音乐，充分地发挥了"旋律的音乐"的特色。试看：它没有和声，没有伴奏（胡琴是助奏），甚至没有短音阶，没有半音阶，只用长音阶的七个字（独来米法扫拉西），能够单靠旋律的变化来表出青衣、老生、大面等种种个性。所以听戏，虽然不熟悉剧情，又听不懂唱词，也能从音乐中知道其人的身份、性格及剧情的大概。推想当初创作这些西皮二黄的时候，作者对于人生的情味，一定具有异常充分的理解，同时对于描写音乐一定具有异常敏捷的天才，故能抉取世间贤母、良妻、忠臣、孝子、莽夫、奸雄等各种性格的精华，加以音乐的夸张的象征的描写，而造成洗练明快的各种曲调，颠扑不破地沿用到今日。抗战以前，我对平剧的爱好只限于听，即专注于其音乐的方面，故我不上戏馆，而专事收集唱片。缘缘堂收藏的百余张唱片中，多数是梅兰芳唱的。廿六年冬，这些唱片与缘缘堂同归于尽；胜利后重置一套，现已近于齐全了。

我的看戏的爱好，还是流亡后在四川开始的。有一时我旅居涪陵，当地有一平剧院，近在咫尺。我旅居无事，同了我的幼女一吟，每夜去看。起初，对于红袍进、绿袍出不感兴味。后来渐渐觉得，这种扮法与演法，与其音乐的作曲法同出一轨，都是夸张的、象征的表现。例如红面孔一定是好人，白面孔一定是坏人，花面孔一定是武人，旦角的走路像走绳索，净角的走路像拔泥脚……凡此种种扮演法，都是根据事实加以极度的夸张而来的。盖善良正直的人，脸色光明威严，不妨夸张为红；奸邪暴戾的人，脸色冷酷阴惨，不妨夸张为白；好勇斗狠的人，其脸孔峥嵘突厄，不妨夸张为花；窈窕的女人的走相，可以夸张为一直线；堂堂的男子的踏大步，可以夸张得像拔泥足……因为都是根据写实的，所以初看觉得奇怪，后来自会觉得当然。至于骑马只要拿一根鞭子，开门只要装一个手势等，既免噜苏繁冗之弊，又可给观者以想象的余地。我觉得这比写实的明快得多。

从此，我变成了平剧的爱好者；但不是戏迷，不过欢喜听听看看而已。戏迷的倒是我的女孩子们。我的长女陈宝，三女宁馨，幼女一吟，公余课毕都热衷于唱戏。就中一吟迷得最深，竟在学校游艺会中屡次上台扮演青衣，俨然变成了一个票友。因此我家中的平剧空气很浓。复员的时候，我们把这种空气当作行李之一，从四川带回上海。到得上海，适逢蒋主席六十诞辰，梅兰芳演剧祝寿。我们买了三万元一张的戏票，到天蟾舞台去看。抗战前我只看过他一次，那时我不爱京戏，印象早已模糊。抗战中，我得知他在上海沦陷区坚贞不屈，孤芳自赏；又有友人寄到他的留须的照片。我本来仰慕他的技术，至此又赞佩他的人格，就把照片悬之斋壁，遥祝他的健康。那时胜利还渺茫，我对着照片想：无常迅速，人寿几何，不知梅郎有否重上氍毹之日，我生有否重来听赏之福！故我坐在天蟾舞台的包厢里，看到梅兰芳在《龙凤呈祥》中以孙夫人之姿态出场的时候，连忙俯仰顾盼，自拊其背，检验是否做梦。弄得邻座的朋友莫名其妙，怪问"你不欢喜看梅兰芳的？"后来他到中国大戏院续演，我跟去着，一连看了五夜。他演毕之后，我就去访他。

我访梅兰芳的主意，是要看看造物者这个特殊的杰作的本相。上帝创造人，在人类各部门都有杰作，故军政界有英雄，学术界有豪杰。然而他们的法宝，大都全在于精神，而不在于身体。即全在于运筹、指挥、苦心、孤诣的功夫上，而不在于声音笑貌上（所以常有闻名向往，而见面失望的）。只有"伶王"，其法宝全在于身体的本身上。美妙的歌声，艳丽的姿态，都由这架巧妙的机器——身体——上表现出来。这不是造物者的"特殊"的杰作吗？故英雄豪杰不值得拜访，而伶王应该拜访，去看看卸妆后的这架巧妙的机器的本相。

一个阳春的下午，在一间闹中取静的洋楼上，我与梅博士对坐在两只沙发上了。照例寒暄的时候，我一时不能相信这就是舞台上的伶王。只从他的两眼的饱满上，可以依稀仿佛地想见虞姬、桂英的面影。我细看他的面孔，觉得骨子的确生得很好；又看他的身体，修短肥瘠，也恰到好处。西洋的标准人体是希腊的凡奴司（Venus）①，在中国也有她的石膏模型流行。我想：依人体美的标准测验起来，梅郎的身材容貌大概近于凡奴司，是具有东洋标准人体的资格的。他很高兴和我说话，他的本音洪亮而带粘润。由此也可依稀仿佛地想见"云敛晴空，冰轮乍涌"和"孩儿舍不得爹爹"的音调。

从他的很高兴说话的口里，我知道他在沦陷期中如何苦心地逃避，如何从香港脱险。据说，全靠犯香港的敌兵中，有一个军官，自言幼时曾由其母亲带去看梅氏在东京的演戏，对他有好感，因此幸得脱险。又知道他的担负很重，许多梨园子弟都要他赡养，生活并不富裕。这时候他的房东正在对他下逐客令，须得几根金条方可续租。他慨然地对我说："我唱戏挣来的钱，哪里有几根金条呢！"我很惊讶为什么他的话使我特别感动。仔细研究，原来他爱用两手的姿势来帮助说话；而这姿势非常自然，是普通人所做不出的！

然而当时使我感动最深的，不是这种细事，却是人生无常之恸。他的年纪比我大，今年五十六了。无论他身体如何好，今后还有几年能唱戏呢？上帝手造这件精妙无比的杰作十余年后必须坍损失效；而这坍损是绝对无法修缮的！政治家可以奠定万世之基，使自己虽死犹生；文艺家可以把作品传之后世，

---

① 今译维纳斯。——编者注。

使人生短而艺术长。因为他们的法宝不是全在于肉体上的。现在坐在我眼前的这件特殊的杰作，其法宝全在这六尺之躯；而这躯壳比这茶杯还脆弱，比这沙发还不耐用，比这香烟罐头（他请我吸的是三五牌）还不经久！对比之下，使我何等的感慨，何等的惋惜？于是我热忱地劝请他，今后多灌留声片，多拍有声有色的电影，唱片与电影虽然也是必朽之物，但比起这短短的十余年来，永久得多，亦可聊以慰情了。但据他说，似有种种阻难，亦未能畅所欲为。引导我去访的，是摄影家郎静山先生，和身带镜头的陈惊瞆、盛学明两君。两君就在梅氏的院子里替我们留了许多影。摄影毕，我告辞。他和我握手很久。手相家说："男手贵软，女手贵硬。"他的手的软，使我吃惊。

　　与郎先生等分手之后，我独自在归途中想：依宗教的无始无终的大人格看来，艺术本来是昙花泡影，电光石火，霎时幻灭，又何足珍惜！独怪造物者太无算计：既然造得这样精巧，应该延长其保用年限；保用年限既然死不肯延长，则犯不着造得这样精巧，大可马马虎虎草率了事，也可使人间减省许多痴情。

　　唉！恶作剧的造物主啊！忽然黄昏的黑幕沉沉垂下，笼罩了上海市的万千众生。我隐约听得造物主之声："你们保用年限又短一天！"

　　　　　　　　　　　　　　　　卅六年六月二日于杭州作

丰子恺（1898—1975），著名漫画家、散文家、文艺理论家和翻译家。1919 年毕业于浙江省立第一师范学校。1921 年获亲友资助赴日留学，10 个月后因经济困难回国。先后在上海、浙江、重庆等地任教，并曾任上海开明书店编辑、《中学生》杂志编辑。1924 年在文艺刊物《我们的七月》上第一次发表漫画《人散后，一钩新月天如水》。1942 年在重庆自建"沙坪小屋"，专事绘画和写作。

再访梅兰芳

丰子恺

去年梅花时节，我从重庆回上海不久，就去访梅博士，曾有照片及文章刊登《申报》。今年清明过后，我同长女陈宝、四女一吟，两个爱平剧的女儿，到上海看梅博士演剧，深恐在演出期间添他应酬之劳，原想不去访他。但看了一本《洛神》之后，次日到底又去访了。因为陈宝和一吟渴望瞻仰伶王的真面目。预备看过真面目后，再看这天晚上的《贩马记》。

这回不告诉外人，不邀摄影记者同去，但托他的二胡师倪秋平君先去通知，然后于下午四时，同了两女儿悄悄地去访。刚要上车，偏偏会在四马路上遇见我的次女的夫婿宋慕法。他正坐在路旁的藤椅里叫人擦皮鞋，听见我们要去访梅先生，擦了半双就钻进我们的车子里，一同前去了。陈宝和一吟说他，"天外飞来的好运气！"因为他也爱好平剧，不过不及陈宝、一吟之迷。在戏迷者看来，得识伶王的真面目，比"瞻仰天颜"
更为光荣，比"面见如来"更多法悦。所以我们在梅家门前下
车，叩门，门内跑出两只小洋狗来的时候，慕法就取笑她们，
说："你们但愿一人做一只吧？"

坐在去春曾经来坐过的客室里，我看看室中的陈设，与去
春无甚差异。回味我自己的心情，也与去春无甚差异。"青春永
驻"，正好拿这四字来祝福我们所访问的主人。主人尚未下楼，
琴师倪秋平先来相陪。这位琴师也颇不寻常：他在台上用二胡
拉皮黄，在台下却非常爱好西洋音乐，对朔拿大、交响乐的蓄
音片爱逾拱璧①。他的女儿因有此家学，在国立音乐院为高材
生。他的爱好西洋音乐，据他自己说是由于读了我的旧著《音
乐的常识》（亚东图书馆版）。因此他常和我通信，这回方始见
面。我住在天蟾舞台斜对面的振华旅馆里。他每夜拉完二胡，
就抱了琴囊到旅馆来和我谈天，谈到后半夜。谈的半是平剧，
半是西乐。我学西乐而爱好皮黄，他拉皮黄而爱好西乐，形相
反而实相成，所以话谈不完。这下午他先到梅家来等我们。我
白天看见倪秋平，这还是第一次。我和他闲谈了几句，主人就
下来了。

握手寒暄之间，我看见梅博士比去春更加年轻了。脸面更
加丰满，头发更加青黑，态度更加和悦了。又瞥见陈宝、一吟
和慕法目不转睛地注视他，一句话也不说，一动也不动，好像

---

① 朔拿大今译奏鸣曲，蓄音片即唱片。——编者注。

城隍庙里的三个菩萨，我觉得好笑。不料他们的视线忽从主人身上转到我身上，都笑起来。我明白这笑的意思了：我年龄比这位主人小四岁，而苍颜白发，老相十足；比我大四岁的这位老兄，却青发常青，做我的弟弟还不够。何况晚上又能在舞台表演美妙的姿态！上帝如此造人，真是欠通欠通！怎不令人发笑呢？

我提出关于《洛神》的舞台面的话，希望能摄制有声有色的电影，使它永远地普遍地流传。梅先生说有种种困难，一时未能实现。关于制电影，去春我也向他劝请过。我觉得这事在他是最重要的急务。我们弄书画的人，把原稿制版精印，便可永远地普遍地流传；唱戏的人虽有蓄音片，但只能保留唱工；要保留做工，非制电影不可。科学发达到这原子时代，能用萝卜大小的一颗东西来在顷刻之间杀死千万生灵，却不肯替我们的"旷世天才"制几个影片。这又是欠通欠通，怎不令人长叹呢！

话头转入了象征表现的方面。梅先生说起他在莫斯科所见投水的表演：一大块白布，四角叫人扯住，动荡起来，赛是水波；布上开洞，人跳入洞中，又钻出来，赛是投水。他说，我们的《打渔杀家》则不然，不需要布，就用身子的上下表示波浪的起伏。说这话时，他就坐在沙发里穿着西装而略作桂英儿的身段，大家发出特殊的笑声。这使我回想起以前我在某处讲演时，无意中在黑板上画了一个人头而在听众中所引起的笑声。对于平剧的象征的表现，我很赞赏，为的是与我的漫画的省略

的笔法相似之故。我画人像，脸孔上大都只画一只嘴巴，而不
画眉目。或竟连嘴巴都不画，相貌全让看者自己想象出来。（因
此去年有某小报拿我取笑，大字标题曰"丰子恺不要脸"，文章
内容，先把我恭维一顿，末了说，他的画独创一格，寥寥数笔，
神气活现，画人头不画脸孔云云。只看标题而没有工夫看文章
的人，一定以为我做了不要脸的事。这小报真是虐谑！）这正与
平剧的表现相似：开门、骑马、摇船，都没有真的门、马与船，
全让观者自己想象出来。想象出来的门、马与船，比实际的美
丽得多。倘有实际的背景，反而不讨好了。好比我有时偶把眉
目口鼻一一画出；相貌确定了，往往觉得不过如此，一览无余，
反比不画而任人自由想象的笨拙得多。

　　想起他晚上的《贩马记》，我觉得要让他休息，不该多烦扰
他了，就起身告辞。但照一个相是少不得的。我就请他依旧到
外面的空地上去。这空地也与去年一样，不过多了一只小山羊。
这小山羊向人依依，怪可爱的。因为不邀摄影记者，由陈宝、
一吟自己来拍。因为不带三脚架，不能用自动开关，只得由二
人轮流司机，各人分别与伶王合摄一影。这两个戏迷的女孩子，
不能同时与伶王合摄一影，过后她们引为憾事。在辞别出门的
路上，她们絮絮叨叨地说了许多"悔不该"。

　　我却耽入了沉思。我这样想：

　　我去春带了宗教的心情而去访梅兰芳，觉得在无常的人生
中，他的事业是戏里戏，梦中梦，昙花一现，可惜得很！今春
我带了艺术的心情而去访梅兰芳，又觉得他的艺术具有最高的

社会的价值，是最应该提倡的。艺术种类繁多，不下一打：绘画，书法，金石，雕塑，建筑，工艺，音乐，舞蹈，文学，戏剧，电影，照相。这一打艺术之中，最深入民间的，莫如戏剧中的平剧！山农野老，竖子村童，字都不识，画都不懂，电影都没有看见过的，却都会哼几声皮黄，都懂得曹操的奸，关公的忠，三娘的贞，窦娥的冤……而出神地欣赏，热诚地评论。足证平剧（或类似平剧的地方剧）在我国历史悠久，根深柢固，无孔不入，故其社会的效果最高。书画也是具有数千年历史的古艺术，何以远不及平剧的普遍呢？这又足证平剧不但历史悠久，而且在其本质上具有一种吸引人情、深入人心的魔力，故能如此普遍，如此大众化的。只可惜过去流传的平剧，有几出在内容意义上不无含有毒素，例如封建思想、重男轻女、迷信鬼神等。诚能取去这种毒素，而易以增进人心健康的维他命，则平剧的社会的效能，不可限量，拿它来治国平天下，也是容易的事。那时我们的伶王，就成为王天下的明王了！

前面忘记讲了：我去访梅先生的时候，还送他一把亲自书画的扇子。画的是曼殊上人的诗句"满山红叶女郎樵"。写的是弘一上人在俗时赠歌郎金娃娃的《金缕曲》。其词曰：

秋老江南矣。忒匆匆，春余梦影，樽前眉底。陶写中年丝竹耳，走马胭脂队里。怎到眼都成余子？片玉昆山神朗朗，紫樱桃漫把红情系。愁万斛，来收起。

泥他粉墨登场地。领略那英雄气宇，秋娘情味。雏凤

声清清几许，销尽填胸荡气。笑我亦布衣而已。奔走天涯
无一事，问何如声色将情寄？休怒骂，且游戏。

书画都是在一个精神很饱满的清晨用心写成的。因为这个
人对于这样广大普遍的艺术负有这样丰富的天才，又在抗战时
代表示这样高尚的人格——我对他真心的敬爱，不得不"拜倒
石榴裙下"（别人讥笑我的话），我其实应该拜倒。"名满天下"
"妇孺皆知"（别人夸奖我的话）的丰子恺，振华旅馆的茶房和
账房就不认识。直到第二天梅先生到旅馆来还访了我，茶房和
账房们吃惊之下，方始纷纷去买纪念册来求我题字。

卅七年五月二十二日，梅兰芳停演之日，作于杭州

周楞伽（1911—1992），著名作家、中国古典文学学者、书法家。原名周剑庵，有危月燕、周华严、王易庵等多个笔名。6 岁启蒙，先后入私塾、教会学校、私立小学读书。10 岁生病耳聋，因病辍学。1927 年开始从事文学创作，著有长篇小说《炼狱》《轻烟》《风风雨雨》《幽林》等，短篇小说集《饿人》《旱灾》《小姐们》等，儿童文学《哪吒》《岳云》，历史小说《李师师传奇》，回忆录《伤逝与谈往》。

记马彦祥

周楞伽

近人写文章，每喜借他人以自重，如"我的朋友胡适之"之类，到底胡适之是不是这位作者的朋友，除了胡适之本人以外，恐怕只有天晓得。我这里不想采用这种作风，我所要说的只是，我和所谓"戏剧大师"马彦祥，虽曾相处过一时，但他绝对不是我的朋友，因为我们相处时，彼此年纪还轻，我只有十六岁，他也只有十八九岁光景，大家还都在求学时代，他既没有干他的戏剧，我也没有弄我的新文艺，各人对自己的前途都还渺茫得很。那么大家以何因缘而相处在一起呢？说起来读者也许会不相信，但却是千真万确的事实，原来我们那时正都很起劲地在办小报，写小报稿子。

时间是民国十五年，正是国民革命军开始北伐，孙传芳在东南的地位岌岌可危的时期。那时的小报并不像现在一样天天出版，都是三日一刊，只有游戏场的报纸才是天天出版的。数量也比现在多，除了老牌的《晶报》以外，还有施济群编的《金钢钻》，吴微雨编的《福尔摩斯》，朱瘦竹编的《海报》（非现在的海报），贡少芹编的《风人》，郁慕侠编的《沪报》，骆无涯编的《笑报》，蓝剑青编的《钟报》，孙拂尘、王瀛洲编的《光报》，以及《开心报》《窝心报》《花报》《上海花报》《上海滩报》《罗宾汉报》（现在还在出版，但在那时还是初创）等，不下十余种之多。那时的小报，对写作者是毫无报酬的，作者赔贴了心血、纸张、邮票前去投稿，完全是为了兴趣关系，想满足自己的发表欲而已。我那时写得很起劲，最多时竟担任十张小报的特约撰述，而和马彦祥的遇合，则在孙拂尘、王瀛洲所编的《光报》。

王瀛洲是永安公司天韵楼的《天韵报》的编者，孙拂尘则是青岛路上一家元昌印书馆的职员，和我一样喜欢写写小报稿子，彼此因同文关系互相认识，后来他们合编一张《光报》，于是我便被他们拉为写稿的台柱，常常到孙所住的元昌印书馆去，就在那里，遇见了另一位写稿的台柱马彦祥。

马彦祥那时还不叫马彦祥，他在小报上写稿时用的笔名叫"马凡鸟"，"凡鸟"二字是"凤"字的拆字格①，大概他的本名中总有"凤"字什么的吧。他那时正在复旦读书，写小报稿子完全是课余消遣性质，正和我一样，不过我那时对新文艺还是

---

① 指"凤"字的繁体"鳳"。——即编者注。

门外汉，他却已经很熟悉，写的稿子全是谈的新文坛上的事，如《徐诗哲海外得良缘》，写徐志摩与陆小曼结合的经过，非常有趣。他那时对戏剧已经发生了趣味，在学校里努力从事戏剧运动，所以《光报》后来还特地辟出一块戏剧版来，请他主编。

马彦祥给我的印象是很良好的，他的容貌很俊美，完全是一副潇洒风流的公子哥儿派头，这和他后来的享尽人间艳福，恋人如走马灯般去而复来，大概也不无相当关系，而他的待人和气，满面春风，更不容易使人把他忘记。我们当时常常在孙拂尘那里喝酒，酒酣耳热，印刷所里的一个职员拉着一把二胡，马彦祥就高声唱起西皮原板来，此景此情，还恍然如昨。有时也一同到天韵楼上去。天韵楼的文明戏班里有个男演员，名叫张四维，别号大喇叭，也会写文章，脾气很爽直。大家围坐在一张圆桌左右，一面看戏，一面谈笑，倒也很有趣味。可惜为时不久，国民革命军到达上海，《光报》停刊，天韵楼也暂时停业，旧时写小报稿子的同文大都风流云散，我和马彦祥也从此没有再见过面。我们之间只有这短短的一小时期的因缘，所以我绝不敢说马彦祥是我的朋友，因为他此刻说不定早已把我忘记了。

现在要说到马彦祥的家世和他生平所享受的艳福了。马彦祥是浙江宁波人，他的父亲便是故宫博物院的院长马衡。他出身于上海复旦大学文学院，因为爱好戏剧的缘故，和复旦的戏剧教授洪深非常接近。他的出名，也得力于和洪深合译雷马克的《西线无战事》。当洪深在天津任大陆银行秘书长时，马彦祥

恰好也在天津，曾在天津《庸报》上著文大论洪深，备致揄扬，
即此可见他的为人是很能不忘私德的。

马彦祥的成名，得力于他的妻沉樱女士的地方不少。沉樱
女士是一位女作家，民国十八九年商务的《小说月报》上常有
她的创作发表，作品集成单行本的，有北新书局出版的《某少
女》《喜筵之后》等多种。她的真名叫作陈茵，是山东济南人，
虽是齐鲁女儿，但她的温婉多情，却和一个苏州姑娘差不多。
她和马彦祥都是复旦大学的学生，那时"复旦剧社"公演焦菊
隐的《女店主》，沉樱女士担任该剧的主角，便和在学校里自称
戏剧家的马彦祥常有接近的机缘。以马彦祥的风度翩翩，当然
很容易博得女人的欢心，所以为时不久，两人就互相闹起恋爱
来。"有情人终成眷属"，毕业以后，他们就在以前叫西藏路现
在改成虞洽卿路的大上海饭店结了婚。

新婚时期的生活当然是很甜蜜的，不过他们也并没有忘记
他们的事业。两人都开始致力于新文艺活动：马彦祥得到他老
师洪深的提拔，和洪深合译《西线无战事》；沉樱女士则努力写
创作小说，她的小说写得很好，名作家茅盾和她的老师陈望道
对她都寄托着很深的期望，说她是中国很有前途的一位女作家。

马彦祥和沉樱二人，彼此既志同道合，又情意相投，在旁
人的眼光中看来，他们纵使不海枯石烂，也该举案齐眉了。谁
知出人意外的，美满的婚后生活过了不久，当他们旅居在广州
时，两口儿就互相闹起别扭来。

马彦祥到广州去，是应欧阳予倩之召，那时欧阳予倩担任

广东省立戏剧研究所所长，马彦祥也被聘去担任教授。在戏剧
研究所公演实习时，他还曾当过导演，导演的剧本仍是《女店
主》，和唐槐秋导演的《一百四十两的银子》同时演出。唐槐秋
那时是戏剧研究所的剧务主任，认为这后起之秀的马彦祥足以
夺去他的地位，所以对马彦祥很起了一些"刺激"。马彦祥因为
在事业上不很得意，于是就把他一向隐藏着的暴躁的性格都显
露了出来，把他满腔的郁抑都发泄在沉樱女士身上。而这个被
发泄的对象沉樱女士却只有暗地里饮泣，竭力避免正面冲突，
不过同时她也很透澈地觉悟到，她和马彦祥是不能永久相处了。
在广州时，有一次他们两个人闹得很凶。他们的朋友都担心着，
以为这一次他们也许真的要闹翻了，可是结果两口儿仍旧和好
如初，大家总以为男女间的事情是不可究诘的，也就不把他们
的冲突放在心上了。

　　谁知当他们离开广州重返北国时，却真的闹起离婚来！原
来两个人一到北方，便都各自另外有了新的对象：沉樱女士跟
诗人梁宗岱发生了关系，以至于结婚；马彦祥也和中国旅行剧
团的女演员白杨女士闹着初恋，对沉樱女士的和他化离，也就
无所介意。不过他们两方面的结果却大不相同：马彦祥和白杨
同居不久，便告劳燕分飞；沉樱女士和梁宗岱却直到现在还保
持着初恋时的热情。

　　马彦祥在初从广州返北国时，闲着没有事干，借天津《庸
报》姜公伟的力量，进《益世报》馆编副刊《语林》，才得住
下去。不久，唐槐秋也回到北国来了，领导中国旅行剧团出演

于平津，倒亏他能不念旧时的"刺激"，依旧来请马彦祥去导演《女店主》，就从这时起，马彦祥便开始追求起被他称为"名满平津"的白杨女士来。

马彦祥在担任了中国旅行剧团的导演还没有开始追求白杨以前，还有一件为大家所艳称的坐怀不乱的桃色韵事：当时剧团有某女演员，行为颇为浪漫，慕马彦祥的翩翩美男子风度，对他追求甚烈。某一年夏天，马彦祥正在独睡，某女士特意去亲近他，说是要睡觉，随即便脱鞋睡上了他的床，马彦祥想让给她独睡，她又不肯，正在无可如何之际，剧团里的同志们恰好返寓来了，这才把他的重围解开，而马彦祥坐怀不乱的佳话，也就传遍了都下了。

马彦祥和白杨的结合，是一般人所乐于称道的，这因为白杨在当初就"名满平津"，而她南下后不但成为舞台明星，而且成了电影明星。凡是关涉电影明星的私生活和桃色韵事，一般人最喜欢引为谈资。马彦祥和白杨既然有过同居关系，在他们未离开前固然常常被人提及，到他们已离开以后，也因为一班好事之徒和小报的渲染，几乎谈到白杨时总要提及一下马彦祥，而把马彦祥的大名闹得无人不知了。

到底白杨是怎样一个人呢？这里有加以说明的必要。白杨女士并不姓白，而是姓杨，芳名叫杨君莉，母亲是日本人，父亲是日使馆的职员，所以她的容貌也很有一些像日本女性。她的原籍虽是湖南，但却从小就随着父母住在故都，曾在春明女子中学念过几学期书，没有毕业就辍学了。她父母只生她姊妹二人，姊姊名叫杨君荣，就是旧都女名票杨韵琴，以交际花在平津一带著有艳誉。白杨从小就失去了父亲，母亲不能守节抚孤，撇下她们姊妹两人下帷归三岛去了。白杨全靠她姊姊抚育，才得长成，到她姊姊嫁德士古公司的经理某君时，白杨已婷婷秀发，圆姿替月，嫩脔羞花，和她姊姊一样，以交际花的姿态出没于平津社交界了。

凡是看过白杨主演的影片的人，对于她的容貌大概早有相当的认识了，用不着我再来多说。她身上最引人注意的地方，是那一对眼睛，大家都说像两颗白果。马彦祥所以那样热烈地恋爱她，十分之八可以说是为了欢喜她那一对眼睛；真的，她那一对眼睛具有极大的诱人的魔力，仿佛有牛奶冰淇淋似的爱情要从她的眼睛里漏出来似的。此外还有那嗡嗡的鼻音，尤足以撩人春意。北方人的身材往往比南方人高，女性的成熟期也比南方为早，白杨在十五六岁时，就已长成为一个早熟的姑娘了，肌肤霜雪一般的"白"，纤腰像"杨"柳一般的软，她的取名白杨，可说名副其实的。

白杨在没有和马彦祥发生同居关系以前，还曾有过两个男性朋友，第一个是她在交际场中认识的美使馆的美国人贺士，当时情好甚笃，在恋爱过程中，两人常把臂出游，差不多要结成一桩异国姻缘，但不久便伯劳飞燕，各自东西。第二个据说便是后来供职于中央摄影场的戴涯，不过他们的恋爱经过则不详。所以她的和马彦祥发生关系，已经是第三次了。

凡是常常在交际场中出现的女子，虚荣心一定很重，渴望能获得一个所谓"明星"的头衔；白杨的所以不能在春明女中完成她的学业，未尝不种因于此。那时，上海的联华影片公司正在全盛时代，上海的分厂设有三所，并于北平也设有分厂，白杨见猎心喜，便放弃了学业投考联华北平分厂，经联华当局批准录用为学习生，在《故都春梦》中也有过她的镜头，不过她那时还处于不重要的配角地位，这是她在银幕上的初次露脸。

不久，唐槐秋领导的中国旅行剧团出演于北平，张榜招考演员。白杨因为在联华北平分厂郁郁不得志，正觉侘傺无聊，便也前往加入，开始度她的舞台生活，白杨的名字就是在这个时候开始用的。在中旅，她相当的活跃，唐槐秋很器重她，一般同事对她的感情也都很好，因为和男演员多所接触的缘故，就和马彦祥闹出了桃色事件，展开了爱的一幕。

马彦祥当时正在百无聊赖的时期，他的应唐槐秋之邀，代中旅导演《女店主》，也完全是消遣性质，却不料导演一个剧本的代价，竟会带走一个名满平津的交际花白杨女士，这在他完全是出于意外的。至今中国旅行剧团的老演员，还常常把马彦祥拿来和剧团的保姆陈绵博士比较，意思自然是讥刺他没有什么好处给过中旅。

当马彦祥和白杨二人感情打得火一般热，正要开始正式宣告同居的时期，他的朋友都曾劝过他，说白杨是一个不祥人物，娶她无益，不如放弃了她的好。马彦祥却执意不听，自然，要他放弃这样一个娇艳的丽姝，他是不肯甘心的。不过他也防到良缘天妒，而且以白杨那样的天姿国色，要是听凭她和外界接触，难保别人不会有染指的野心，更难保她会不见异思迁，所以他便把她当作他个人的禁脔看待，像小鸟儿一样的关在笼子里，使她不能和外界接触。这计划，对于马彦祥当然是有益的，但在白杨，凭空失去了人生的自由，当然难免伤心。所以在他们结合以后，为时不久，他们间的感情就渐趋恶化而有了裂痕，不过还没有明显地呈露出来。

这期间，马彦祥仍旧努力干他的戏剧运动，过他的教书、编辑、写作生活。他曾担任济南齐鲁大学的教授，当王泊生在济南山东省立剧院做院长时，他也曾应聘在剧院所办的戏剧实验学校教过书。编辑工作方面，除了在广东时曾代欧阳予倩编过《戏剧周刊》和《戏剧月刊》，在天津时编过《益世报》副刊《语林》外，还代上海光华书局编过《现代戏剧月刊》，后来屡经人们公演的剧本《寄生草》，就是在那刊物上面发表的。此外《中央日报》的《戏剧周刊》，最初也由他编，后来改为国立戏剧学校主编，才交给毛秋白去负责。当他编《中央日报》的《戏剧周刊》时，曾闹过很多笑话。据说有一次闹起稿荒来，他竟把一位朋友的论文拿来炒冷饭，而改了朋友的太太的名字，这样，既不写名，也不负友，可谓滑天下之大稽。至于他的著作，那却并不多，除了常给人公演的剧本《寄生草》外，只有现代书局出版的一本《戏剧讲座》和光华书局出版的一本《戏剧概论》，此外好像还有一本《秦腔考》，却不知道是哪家书店出版的了。

民国五年担任国立戏剧学校的教授，捐着"联合剧社"的招牌，一手拉住中国戏剧学会，在首都戏剧界红极一时，可说是马彦祥一生中的全盛时代，然而同时也是他最伤心的时代，因为他的由恋爱而结合、同居的爱人白杨，志在献身银幕，不甘于永久做他的禁脔，度那槛花笼羽的生活，终于就在这一年，和他宣告分离了。

马彦祥和白杨同居在南京时，闺房之乐，还是有逾画眉。当田汉主持的中国舞台协会公演《回春之曲》，白杨也曾被邀粉墨登场，戏虽不多，但她的音容色艺，却不易使人忘怀。后来明星影片公司的巨头周剑云到南京去，看见了白杨，仿佛发现了一颗新星一样，认为继胡蝶之后而起的人非白杨莫属，于是有心提拔，不惜以厚币聘白杨加入明星影片公司。白杨本来是醉心于电影生活的，觉得加入了明星影片公司，不论是从名上说，从利上说，都远较闺房生活为佳，所以白杨对周剑云的要求很有允意。这消息给马彦祥知道了，颇不赞成，他的意思，以为近年来影坛上的红星，差不多都要从剧坛上招来，戏剧指导者几年的苦功，无异代他人作嫁，完全费在影片公司身上，长此以往，剧坛将难见活气。他这一番话表面上固然理直气壮，其实也不脱私心作用，因为白杨是他的情妇，心里自然不愿意她舍他远去，所以想拉住了她不放。

为了想拉住白杨，马彦祥确实也曾经过一番努力，他想由他所主持的联合剧社排三出戏，都由白杨主演，使白杨忙不过来，就可以长伴在他身边，不生异志了。然而这一番努力结果徒劳无功，因为白杨醉心电影生活已久，厌倦马彦祥把她关在金丝笼里的生活则更久，所以坚决要求进电影界，而马彦祥却执意不允，两下意见相左，于是各走极端，终于白杨毅然决然地效娜拉式的出走，和马彦祥脱离了有三年历史的同居的关系。虽然彼此仍旧保持着友谊，并未以仇人看待，但在马彦祥的生命史上，却无疑地已受了重大的创伤。

实在，白杨的那一副甜劲儿，是很不容易使马彦祥忘怀的，她的那一对眼睛，那一张嘴，那一个鼻子，那一副笑靥，都有着动人热情的吸引力；和她有过三年"夫妇"关系的马彦祥，一朝为了一点小小的冲突而互相判袂，怎么就能够把往日的欢情忘怀了呢？据说有一次，田汉的母亲做寿，马彦祥也去祝贺，寿筵上以羊肉为盛馔，当羊肉上来时，有人指羊肉问马彦祥道："你可还想羊吗？"意盖以"羊"喻"杨"，马彦祥闻言，立刻答道："哪有不想的道理，愿唱两句倒板以表心迹。"当即有人为他配弦子，过门拉过后，他略一思索，便高声唱道："一见白羊心肠断，令我老马泪不干？"音高调激，好像蕴蓄着无限悲痛似的，一时席上诸人，都为之黯然不欢。由此可见马彦祥是如何地不能忘情于白杨了。

白杨自从加入了明星影片公司以后，第一部戏就被派任为沈西苓导演的《十字街头》女主角。周剑云对她非常优待，当时因为白杨所寄寓的地方居停主人是一位白俄，所以外间便有白杨与俄人同居的谣传，周剑云以众口铄金，深恐使白杨难堪，所以便叫她迁居到明星二厂里去，对她也真可说是爱护周至的了。

当白杨决定加入明星公司以前，为了要增加形态上的美感，特地请教一位著名的美容医生来改造她的鼻子。因为她平时说话多走鼻音，在舞台上虽因此给人一个美妙的听觉，但是一旦踏上银幕，拍起有声电影来，恐怕不甚悦耳，所以她要求医生替她纠正发音的机钮。医生对于她的请求，虽认为可行，但须把鼻子开刀，从内部改造起，恐怕很费手术，同时她的朋友都劝告她，说鼻音就是她最动人的地方，如果把它改变，未免太傻。白杨接受了朋友们的劝告，便打断了改造鼻子的念头，仅把眼皮改造了一下，单眼皮改成了双眼皮，又增加了她几分妩媚。

有人说，白杨和马彦祥分离，还有另外一个原因，是她嫌马彦祥太不够劲；因为白杨是一个热情洋溢的姑娘，要克服她只有一个法宝，就是放出无限的激情。据潘子农所探得的原由也是这样，他说："白杨是喜欢愈热愈好，高占非像杀胚一样厉害，白杨不是在重庆和她打得像火一样热吗？这是什么道理呢？大概是因为高占非够劲的道理。"这话是不是厚诬白杨，我们却不敢断定。

至于马彦祥，他自从和白杨分离以后，不久便又获得了一个新爱人；有人说他是失之东隅，收之桑榆。这新爱人名叫李萱，就是现在还在上海和银幕上有名小生余光结婚了的电影女明星李红小姐。她出身于中央摄影场，当时马彦祥和中央摄影场的戴涯等组织中国戏剧学会，排演《雷雨》《日出》等剧，因戴涯的延誉，而聘李红加入为女演员，马彦祥因为常常和她接近，两人就渐渐有了超乎友谊以上的关系。

李红原名叫作李可苒，当时戏剧学会的人以为"苒"字人都不识，拟改名"可男"，而李又不同意，所以改为李萱。因她茕茕孤立，只有一位老母相依为命，以"萱"字来纪念她的母亲，是很确切的。后来她到了上海，经黄嘉谟的介绍，加入艺华影片公司，并由刘呐鸥替她改名李红。这有两种涵意，因为"萱"字不很通俗，改了"红"字，既通俗，又象征着她将来一定可以在电影界大红而特红。这说法虽不免有些歪曲，但改名的原意确是如此的。

李红是广东人，生长在北京，平时却说的上海话。她到过的地方委实多得很，杭州、天津、安徽、南京都曾有过她的足迹，她爸爸是一个银行的行长，后来虽然亡故了，但她仍不失为一位贵族化的小姐，所以她跑东跑西地读书，很是自由。当她在南京金陵大学二年级读书的时候，她对于戏剧像着了迷一样的有兴趣，天天想找一个机会能够跨上舞台。果然有志者事竟成，终于给她加入了中国戏剧学会，开始了她的舞台生活，也开始了她和马彦祥的超乎友谊以上的关系。

但她和马彦祥的关系刚开始不久，便又突然宣告破裂了。这因为马彦祥始终不能忘情于白杨，而李红的醋劲又忒嫌大了点儿，因此一决裂便无法挽回。事情的起因是这样的：当时中国戏剧学会假座世界大戏院公演《梅罗香》一剧，马彦祥因为这出戏是白杨最擅长的杰作，同时自然也有些想念白杨，于是特地请白杨前去参加演出。白杨因为她在明星的处女电影作

《十字街头》已告完成，也很想到南京去换一下空气，于是就答应了马彦祥的函请，赴京主演《梅罗香》，而马彦祥则饰男主角白森卿。当演到梅罗香重又回来的一场，马彦祥很热情地对白杨说："你愿意回来吗?"白杨回答说："我很愿意回来!"这两句对话原是戏中应有的，但那时给李红听见了，却深知马彦祥对于白杨始终旧情未断，如今又在台上这般演出，认为他们也许因此真将恢复旧好，不禁发生了酸素作用，对马彦祥大起反感。虽经马彦祥事后多方解释，但李红绝不肯予以原谅，终于因此而与马彦祥宣告决裂，退出了中国戏剧学会。当时李红还曾有信给她上海的朋友，否认她和马彦祥爱好，并说："像马彦祥先生那样的人，要做我的情人，那实在不大敢当。"看她的语气，似乎有些瞧不起马彦祥，但在他们没有决裂以前，大家却都知道她和马彦祥委实不是泛泛之交。

马彦祥和李红决裂以后，又得了一位新爱人。这新爱人并且是他的高足，和他有师生关系；那便是国立戏剧学校二年级女学生林飞宇小姐。他们因为是师生，所以时常接近，林小姐乘李红去上海艺华电影公司之际，对马彦祥十分表示好感，不惜移樽就教，促马彦祥另迁一新居，屋内一切陈设均由林小姐代为筹备。觅得新屋后，即由林小姐前往布置，与以前屋内设备完全两样，其用意在使马彦祥忘记以前烦闷的事，免得他触景生情，忧郁不乐，也真可说是体贴备至的了。当时京中盛传，他们师生两人有进一步的合作的消息，后来到底合作了没有，因为"八一三"战事发生，不得而知。不过在马彦祥这短短的

生命史中，恋人如走马灯般去而复来，川流不息，并且有些是
女作家，有些是电影明星、舞台明星，也真可说是艳福无边，
桃花运十足的了。

马彦祥一生最大的缺点，是心地浅狭，不忘旧怨，这可以
从他在南京和唐槐秋所领导的中国旅行剧团大唱对台戏一事上
看将出来。这事发生于民国廿五年夏季，唐槐秋率领中旅全班
人马到达南京，原拟于五月三十日上演于世界大戏院，后来因
为国立戏剧学校的第五次公演《群鸦》适于此时在公余联欢社
露面，为避免唱对台戏扎台型的嫌疑，乃自动延至六月四日登
台。谁知六月五日起，马彦祥所领导的联合剧社竟继《群鸦》
之后公演于公余联欢社，于是有剧坛闻人数名，认马彦祥的行
动为失当。盖因中旅开码头到南京来，为整个剧运计，居京同
道弟兄正宜竭力捧场，如今马彦祥非但不尽地主之谊，而且伺
机相抗，实非同道弟兄间所应有。何况从前中国舞台协会首次
公演时，唐槐秋自故都兼程来京，于马彦祥所导演的《洪水》
中充任一角，以言朋友交情，实在够而又够，现在马彦祥竟如
此对待，实在是剧坛的不幸事件。

马彦祥听到了这消息，连忙向各方奔走解释，据他自称：
"初，予知中旅来京，系在六月中旬，故联合剧社乃定于五日起
公演，其后槐秋翩然莅临，知中旅演期业已提早，予虽有暂缓
公演之意，奈何剧场已签约订定，欲延而不可得。且予此次公
演，即非求名，更非图利，实欲为中国舞台协会拔还陈账也。
盖公演《复活》时，经济胥由予负责，事后个人经手之预约券

资未能如数缴到，而服装布景诸费咸在予之两肩，无奈只得演一次戏而偿宿欠矣。虽然予无操必胜券之把握，唯一切布景都假之中舞，开支极微，似有盈余若干之可能也。查未缴之预约券资中，槐秋经手者亦有三百元左右，是予此次公演，亦可谓帮槐秋之忙也。至于槐秋于我，诚有‘对不起’者，如去年予离平南下时，彼虽闲居平市，而并不赴站相送，又如此次来京，亦不来看看老友，然联合之公演，要非为捣蛋耳！"

他的话是否实情，我们局外人不得而知，不过看他悻悻然地怪唐槐秋在他离平时不来送他的行，到京后又不来拜他的客，即此已可见出他的为人心地是如何的浅狭了。

陆丹林（1896—1972），报刊名编、美术史家、书画鉴藏家。早年曾加入同盟会，后在上海加入著名诗人团体南社，并先后主编多种报刊，尤以文史和书画刊物而闻名。

诗言志的叶恭绰

八年蠖屈与鸿冥，上室危巢共此情；
留得此身无诟在，严霜毒雾不须惊。

举头忧患尚如山，涧底黄花分耐寒；
晚节秋容都莫论，且将贞白与人看。

竹松影里小禅斋，叶落归根好自埋；
齿冷邯郸多一梦，地炉芋火早成灰。

豹皮留处虚增业，雁影沉时亦落空；
好把多生诸结习，一齐收拾劫尘中。

这是叶遐庵（恭绰）在病中闻着日本投降消息所感写的诗句。

当卅四年九月八日，我因公由重庆飞到上海，第二天的上午，我就去拜访叶氏。我们在香港分袂了三年多，关山万里，行居无定，彼此没有机缘通消息，现在能够有机会在上海旧地重逢，在颠沛流离暂得安息之后，思今念往，感事抚时，自然谈了半天，还不能够说个详尽。我临告辞的时候，承他写示《病呻》诗给我。在这四首诗中，他在八年来（从南京沦陷后到香港，而至香港陷敌后，被逼移居上海的期间）的环境恶劣，空气秽浊，精神苦闷，与坚强意志的刚贞劲节，也可知了。

叶氏近年来的起居，许多人都异常关怀，尤其是寄居在后方的人们，因着交通梗塞，消息隔膜，便有许多似是而非、不尽不实的传说，有说他到北平去做和尚，也有说他还是羁留在九龙，甚至有传他如"东坡海外"之谣。传说纷纷，莫衷一是。唯是有一点最可告慰的，就是始终没有人说他当了什么伪官，那是千真万确的事实，不致给人们猜三度四，这是凡是熟识他的，或是平日知道他的生平言行的，都可欣慰的了。

记得民国三十一年春间，我由香港脱身入内地，当我悄悄地跑去告诉他马上便要离开香港的时候，我问他有什么话要转告内地的知友，他就把写好的《点绛唇》调词四阙给我。小序云："高斋杜鹃甲香海，今春盛发，不减曩时。幽居末由存临赏，且知主人因有所避，已都攀折。闻之泫然，赋此志慨。"词云：

　　锦样芳菲，不同吟赏从抛掷。似曾相识。何计相怜惜。
月榭风亭，今日浑如客。今非昔。旧巢空觅。归去如何得！

　　强说春归，漫天花事何人管？娇云满眼。转觉东风懒。
划却珍丛，免惹游蜂攒。肠真断。千般缱绻。博得芳筵散。

　　风雨高楼，百年离别须臾事。珠沉玉碎。一晌真如醉。
不道凄清，香泪犹凝臂。盟空缔。回文锦字。剩得供憔悴。

　　绝代婵娟，瑶台自惜千金价。风姿林下。顾影真如画。
几度飘蓬，苗涧都堪怕。拼衰榭。寸莲尘麝。任逐鹃红化。

　　这是他蛰居九龙的海防道时，四周驻有日军监视，行动失
掉自由，忧愤苦闷，交织在心头，便借杜鹃花做填词对象，来
宣泄心中的忧幽孤愤。词末并有跋语，略云："苌弘之碧耶？正
则之骚耶？渊明之菊耶？宏景之松耶？开府之赋枯树耶？东坡
之咏直桂耶？抑为我佛所拈之花耶？老人所结之草耶？听之而
已。有所托？无所托？抑不足计也。"
　　满腔孤愤，充分在字里行间表露着，也可以见到他那时的
心境是怎样的了。民国廿九年的春天，他是住在香港干德道的
高斋，当着后园的杜鹃花盛开、怒发如锦的时候，他一时兴到，
作了几首诗，又画了杜鹃花手卷，约些文友吟侣雅集，赏花分
韵，品茗畅谈，极一时之乐事。三十一年春间，他早已移居九

龙，杜鹃花节，感着环境空气今非昔比，处在惹人愁思的暮春
季节，也就借取杜鹃花来寄托，凄音苦调，像江上的琵琶，似
月下的洞箫，如怨如慕，如泣如诉，使人读了，寄予无限的同
情之中，又夹着异常的钦佩崇敬。

　　记得民国廿六年冬间，国军在南京撤退的第二天，他就静
悄悄地仓促间收拾简单行李，乘邮船到香港去，避免敌伪的威
胁，或那些无耻之徒冒名招摇。到港以后，协助中央海外的文
化宣传事业，做了很多工作。这几年间，港九的文化事业空前
地活跃蓬勃、广大开展，固是留港文化人的通力合作，而叶氏
的贡献擘划，实有他的相当业绩。然而一个抱负非凡，满腹经
纶的志切中原的热心爱国者，屈居香岛，万分苦闷，是必然性。
他的心志怎样呢？我们在他几年间的诗词里，当可深切地领会
着，"言为心声"，是确切不磨的。

　　　　秋将至矣，万籁方鸣，写此示诸友："静观久悟浮云
　　　态，倦旅宁期恶木阴，岂有鹓雏饮乳鼠，却怜孔雀是家禽。
　　　居贞已分歌长恨，枉尺何缘枉直寻。惆怅鱼龙空曼衍，好
　　　倾东海洗余心。"

　　　　《竹石写贻丹林》："肯随风柳弄柔条，知伴苍松策后
　　　凋。节苦未防顽石共，心虚无虑俗尘销。寻芳漫逐春前屐，
　　　写韵偏宜月下箫。笑指烟霄容啸傲，干云直上不辞遥。"

　　　　《为丹林画松》："人间何地着潜龙？风雨犹存过客踪。
　　　节遒未须阶寸土，心枯宁耐迫穷冬！空山顾影身堪隐，夜

月高吟意亦佣。剩有闲情销未得，独携孤鹤听霜钟。"

丹林以赵尧老诗卷属题，余与尧老别将三十载矣，适行严寄示和余年前至港诗，因用原韵赋此，借呈尧老，并示翊云、禺生、履川、伯鹰、蜀中："玉貌依然澹荡人，一闲天放苦吟身。便耽丘壑文宁丧，长往江湖梦欲尘。旧事半迷燕市月，新阴知满锦城春。清诗随地成行纪，无羡还应号顺民"。（列子：不逆命，何羡寿；不矜贵，何羡名；不要势，何羡位；不贪货，何羡富；此之谓顺民。）

前诗意未尽，再赋一首："天空一鹤今犹昔（尧老三十年前赠余诗有句云："世有群蛙沸，天空一鹤闲。"），说与丹山老凤知。出处偶闻风一咮，收身翻虑道多歧。劳生只自惭衔石，知止何须待得坻。稍喜德星明井络，排空频寄草堂诗。"

《题自画竹》："独立群芳外，何云贱似蓬。盘根艰寸土，苦节耐西风。短梦三生石，清阴一亩宫。韬精贤可念。沉饮不须同。"

《五月廿夕大雷雨》："忧愤炎蒸若是班，霄来雷雨破阴屏。藏林雾气都连海，伏涧泉声俨在山。变极每为斯世惧，寇深弥念此身闲。绳床皂帽成何事，虚拟辽东管幼安。"

右任书来，念余近况，以清高相许，辄答一首："平生志本非温饱，守约方惭畏友知。堕梦已怜天共老，同尘宁惜世能遗。搴荑孰挽颓波急，息驾翻惊大道歧。谁识秋来霜菊好，岁寒篱落自忘机。"

《六十初度志感》："劳生销尽儿殊乡，空睨千秋并八方。入地终须存面目，违时谁与寄肝肠？学荒愧不年俱进，世短宁知劫正长。差喜冷吟成独觉，餐风微抱岭梅香。"

《眼儿媚·送饶伯子归潮阳》："笛声吹断念家山，去住两都难，举头天外，愁烟惨雾，那是长安。　仙都路阻同心远。谁与解连环？乡关何处，巢林悴鸟，忍说知还。"

以上的诗词，都是他违难香港时的作品。那一年秋间到上海，敌伪威胁比住在九龙的时候来得加紧。可是他闭门养病，严为拒绝，永葆着他的刚贞劲节的气概与精神。他回到了上海以后的诗词，现在也选录几首：

《中秋前五日题自画兰》："岂有心期似所南，孤香寒韵总虚谈；空余几笔灵均怨，点缀残年闷极庵。"

《秋晓偶题》："剩有孤花照海湄，凄然吾土独怀思。梦中陵谷寻常变，矗外星辰历乱移。万念烬灰犹未下，九原可作定谁师。古人来者都难遇，来日茫茫只自疑。"

《浣溪沙·民国三十二年重阳》："镇日秋风只自忙，吟蛩哀雁费平章。新来萸菊也都荒。　久别残年无笑口，更堪佳景触愁肠。人生销得几重阳。"

"老懒新诗一字无。宁缘败兴为催租。秋风病骨几曾苏。　多难登临将甚地，闭户歌哭只如愚。不须菊酒慰潜夫。"

我们看了叶氏这些诗词佳句，便可以明白他在抗战期中的心志，尤其是将松、竹、兰来自况的话。民二十九年冬间，他六十生日，杨云史写诗奉祝，诗中提到他的先德。他的谢函有说："大作述及先严，惟增永慕，孤儿垂老，于家国两无所补，遂作流民，如何如何！"家国之恨，身世之痛，意在言外，无限隐忧。在他本人三十多年的经历政潮宦海，文章事业有特殊的建树，彰彰在人耳目，而在国家多难的时候，竟致有所为而不能为，违难海外，羁留孤岛，苦心挣扎，和敌伪搏斗，感慨自然很多。回忆他十五岁时，《咏蚕诗》有说，第一首云："衣被满天下，谁能识其恩？一朝功成去，飘然遗蜕存。"第二首云："作茧忘躯命，辛劳冀少功。丝丝虽自缚，未是可怜虫。"

"诗者持也，所以持人之情性。"那么，叶氏生平的抱负和能够预料得到的是怎样，他在少年时期，已经吐露不凡的了。

（《当代人物志》）

周楞伽（1911—1992），原名周剑箫，有危月燕、周华严、王易庵等多个笔名。著名作家、中国古典文学学者、书法家。6岁启蒙，先后入私塾、教会学校、私立小学读书。10岁生病耳聋，因病辍学。1927年开始从事文学创作，著有长篇小说《炼狱》《轻烟》《风风雨雨》《幽林》等，短篇小说集《饿人》《旱灾》《小姐们》等，儿童文学《哪吒》《岳云》，历史小说《李师师传奇》，回忆录《伤逝与谈往》。

记阿英

周楞伽

　　我认识阿英先生，是在民国廿七年夏天从广州返沪以后，当时施蛰存刚巧也从昆明转道来沪，有一位朋友设宴于法租界麦赛而带罗路的洁而精川菜馆，为他接风，我也被邀作陪，席上便幸会了这位多方面的作家兼编书家阿英（钱杏邨）先生。因为阿英和施蛰存交谊颇笃，他们在民国廿四年曾一同代上海杂志公司老板张静庐编过《中国文学珍本丛书》，所以在这接风宴上，当然不会没有他的大驾。

　　宽广的额角，剪着平顶的头，嘴上留着两撇小胡子，这是我和阿英先生第一面的印象，要不是朋友从中介绍，我几乎疑心是什么地方跑来了一位小政客。实在，看阿英先生的外表，绝对不像一位文人，倘若剃去了他的胡子，可以安置在钱庄里充一名当手，倘若叫他戴上仁丹广告上那样的帽子，则又俨然是一位官僚。

我对于阿英先生，真可说是久仰大名的了，虽然在和他见面时，他在文坛上出现了也只不过十年光景。他最初大概也是写小说的，我曾在创造社出版的《洪水》半月刊上读过他的创作，好像他还曾在泰东图书局出过一本短篇小说集《义冢》，但他的小说写得并不成功，远不如他的批评文章来得精彩。他的出名也是由于他的犀利泼辣的批评，有人曾把他和创造社的文艺批评家成仿吾及语丝社的批评家韩侍桁相提并论，称之为现代中国的三大批评家。

在当时，他还不曾用过"阿英"这个笔名，他的以文艺批评家的姿态出现，还是用他的本名"钱杏邨"三字，阿英乃是他在文坛上由左翼批评家转变到极右倾的古书收藏家以后所用的笔名；自从他用了这个笔名以后，就不曾再用"钱杏邨"三字写过文章，而且从此也搁笔不再写批评了，大概他也有些懊悔青年时代的鲁莽灭裂，以致陷入左倾幼稚病的错误，而深自韬晦的吧。

但当他的批评初出现时，却无异在中国的新文坛上投下一颗猛烈的炸弹，使得大家都相顾失色。他虽然也起自创造社，和创造社的小伙计周全平、叶灵凤、潘汉年等地位相等，但后来却成为太阳社的中坚。太阳社是由蒋光赤所发起的，他和钱杏邨都是安徽绩溪人，当时因为看到创造社的受青年欢迎，所以在经过数度集议以后，便决定在民国十七年一月成立太阳社，出版《太阳》月刊，提倡普罗列塔利亚①文学。钱杏邨的第一篇批评文章就发表在《太阳》月刊的创刊号上，一开始就对当时思想界的权威、文坛的领袖鲁迅先生下总攻击令，批评他的小说集《呐喊》中的《阿Q正传》，而以《死去了的阿Q时代》题其篇名，响应着成仿吾，把鲁迅骂得体无完肤。其实他这批评犯着极大的错误，因为一篇伟大的作品是不受时间和空间的限制的，但他当时那种大胆泼辣的作风，确实曾经轰动一时，并得着多数青年的拥护。

接着他又批评了刚发表《幻灭》《动摇》《追求》三部曲不久的茅盾，批评了《诗人郭沫若》和郁达夫的《达夫全集》。每一篇批评，都为青年们所热心阅读着，从此他在文坛上的地位算是奠定基础了。有许多作家，甚至以得到他的批评为荣，例如早死的青年作家顾仲起，就曾在他的小说集《残骸》的后记里，表白他愿意得到钱杏邨的批评的希望，这希望，在他死后，钱杏邨是曾使他满足了的。

这些哄动一时的批评文章，后来钱杏邨曾把它们集合起来，在泰东书局出了两册《现代中国文学作家》，这两册书现在不用说是早已绝版了。

钱杏邨当时不但对现代中国的权威作家逐个予以批判，而且对现代的世界作家也同样的予以批判，在商务印书馆出版的第十九卷《小说月报》上，他曾先后批评介绍了十个现代有名

---

① 指无产阶级。——编者注。

的世界作家，他的观察的透彻，笔锋的犀利，简直可以和丹麦著名批评家勃兰克斯并驾齐驱。这十篇批评文章，后来他也曾集合起来，出了一册单行本，名为《力的文艺》。

由于钱杏邨的批评的传诵一时，骎骎乎几欲夺成仿吾之席，泰东图书局的老板赵南公便特地请他编了一份《海燕周刊》，格式仿《创造周报》，撰稿者完全是太阳社的一批人物，如蒋光赤、孟超、迅雷、杨邨人等，此外便是钱杏邨自己的批评文章。这一本《太阳月刊》的姊妹刊物，随着《太阳月刊》的被禁止发行、太阳社的无形解散而同时宣告停刊，仅仅出了十七期。

民国十八年，是左翼文化运动遭受挫折的时期，随着创造社的被封，各种色彩比较鲜明的刊物都绝迹于文坛，仅存了《小说月报》《大众文艺》《现代小说》《奔流》《语丝》等数种，钱杏邨的锋芒毕露的文艺批评一时也就失去了发表的地盘。这一年中，人们几乎没有看见过他一篇文章，但他并没有放弃文字生涯，原来他这时已开始了另一种工作，代书店去编辑青年参考书和学生课外补充读物去了。这时新创了几家小书店，如光明书局、文艺书局等。大凡一家书店初创，最要紧的是赶造货物应市，而不问货物内容的良窳，钱杏邨便以戴叔清的笔名代光明书局和文艺书局各编了一套青年课外补充读物，内容并不完全属于文艺，也有生物、理化等类的东西，这真可说是"能者无所不能"了。而他的能混进书业商人中间去活动，代他们编书，借以增益自己的收入，不像其他文人一样，只会写稿、投稿，对自己的稿子的命运都无从决定，更可见他的手腕确实高于其他文人一等。

在杂志上发表作品的收入是零星的，编书的收入则是整批的；而且编书可以利用现成材料，只须加以剪贴既可，不必费力，写批评却要绞着脑汁一个字一个字地写出来。两两相较，自然是以编书为进益多而又不吃力了。钱杏邨自从吃着编书的甜头以后，时刻不忘，从此就开始成为文艺界的两栖动物——市侩式的文人。每逢写作碰壁的时候，就摇身一变，钻到编书的路上去。所以蒋光赤潦倒至死，而他却得以在上海社会立定脚跟。同一从事左翼文化运动的人物，却有如此两种相反的结果，亦可见人生之不可执一，而必须从事多方面的活动。并且就是他后来的拼命买书、藏书，也未尝不是受了当时编书的启发，感觉到这些故纸的可以变作黄金呢。

然而当时的左翼文艺运动虽受挫折，却并未消灭，正如鲁迅在《野草》中所说的那样，"地火在底下运行"，终有一天要爆发出来；到民国十九年的春天，这一文艺运动又抬头了，而且较第一次的声势尤为浩大。第一次运动中为左翼文艺作家所围剿的鲁迅，在第二次运动中，却由冯雪峰和姚蓬子二人的拉拢，成为左翼文坛的盟主，把在北新书局出版的《奔流》月刊停刊，改到光华书局去主编《萌芽》月刊，提倡起普罗列塔利亚文学来。现代书局所出的《大众文艺》和《现代小说》两种刊物，态度原本是很温和的，这时都开始转变，篇幅加厚，色彩也日渐鲜明了，而且另外还出了一本《拓荒者》月刊，就由蒋光赤主编，尽量容纳当初太阳社的一批人马，钱杏邨不用说也就乘此机会卷土重来了。《拓荒者》也是一本月刊，但篇幅却较同时所出的各种杂志为厚，定价五角，也较其他杂志为高。钱杏邨按期在《拓荒者》上面写一月来的创作批评，戴着有色眼镜去批评作品的题材和内容，自然凡以无产阶级为主的皆是佳作，不管它内容如何空虚或者充满了标语口号，而那些内容充实、生活经验丰富、技巧也相当优秀的作品，只要不宣扬普罗列塔利亚，在钱杏邨眼里，也就够不上称一声好了。

也许因为这一次左翼文化运动闹得相当厉害，所以仅仅不过半年，就遭受了当局的高压。《萌芽》《拓荒者》《现代小说》《大众文艺》都被禁止出版，发行左翼文艺刊物最多的现代书局几乎遭受封闭的处分。后来经老板洪雪帆竭力疏通，才免被封，不过有一交换条件，就是要他改出民族主义的文艺刊物，并且由官方派人来主持编辑部。因为这一次当局也学了乖，深知自己如果没有货色，仅做消极的禁止，则过了一时，难保不卷土重来，所以要提倡民族主义的文学，以与无产阶级的文学相对抗，借以收罗人心。这结果，便是左翼作家完全被逐出现代书局，而由民族主义文艺作家出而代替；刊物方面，也由《前锋》月刊代替了《拓荒者》，《现代文艺》代替了《现代小说》，《现代文学评论》代替了《大众文艺》。

这一次高压的结果，是胡也频、柔石、冯铿等七个作家的被杀和蒋光赤的病死，至于钱杏邨，他是最善见风使篷的，一看形势不对，早已回过头去，弹他编书的老调了。他在这一时期编的书籍相当多，有以钱谦吾笔名代乐华图书公司编的《语

体模范文选》《语体文学读本》，又有以阮无①名笔名代南强书
局编的《中国新文坛秘录》，更有以张若英笔名代光明书局编的
《中国新文学运动史资料》。一方面，他仍不忘以左翼文艺批评
家的姿态，攻击嘲骂所谓民族主义文学，一直到民国廿一年，
他还在丁玲主编的《北斗》月刊上，写《一九三二年文坛的回
顾》，大骂民族主义文艺作家。不过这也是他从事文艺批评的最
后一篇文章了，以后就不曾见他再写过批评。

　　作为文艺批评家的钱杏邨的功罪，是很难下定论的。要说
他的功，那便是他代新生的中国文学的文艺批评这一部门做了
一番开辟草莱的工作，使得大家对文艺批评和其他文艺部门同
样的重视；并且，对于一个作家的系统的批评，也是由他开始
的，现在我们已很难见到这种系统化的作家论了。要说他的过，
那便是他戴着有色眼镜，大刀阔斧地抹煞一切，党同伐异，使
大家心里都存一个左翼文坛横暴的面影，虽然这也是当时的左
翼政党所持的幼稚错误的盲动政策所造成的恶果，但在他，毕
竟也是功不掩过的。

　　当时政府当局的高压左翼文化运动，杀戮左翼作家，并没
有使所有的左翼文化人屈服，反使他们仇视之念愈深，同时国
际方面若干团体也纷纷联名向当时的政府当局提出抗议，这使
政府当局不敢再用残杀的手段，而想改用通缉和招抚的方法来
怀柔左翼作家了。他们的办法是很巧妙的，那就是一方面下令

---

　　① 无，音jǐ。——编者注。

通缉，一方面挽人个别劝告他们改变宗旨，同为贯彻三民主义而努力。钱杏邨当时就是既被通缉又受劝告的一个，那时上海的教育局长是潘公展。他曾这样托人劝告钱杏邨说，要是他肯改变宗旨，归化当局，可以请他来担任上海市教育局编译室正主任一席，并且只要他肯答应就这个职务，就是不到局工作也不妨，每月照样送他薪水三百元。那时三百元薪水已经可说是很高的待遇了，像顾凤城等就去之唯恐不速，可是钱杏邨对于思想信仰却是有着不变的坚贞的，他仍旧固执地不肯答应。

钱杏邨既然不肯归化当局，通缉令当然不会取消，而且只有较前益紧，甚至署着他的真姓名的文章也已不能再在刊物上露面了，于是他便改了个笔名叫阿英。这阿英的笔名的第一次出现，是在施蛰存主编的《现代月刊》上，当时几乎很少有人注意，现在却已无人不知，甚至竟有知阿英而不知钱杏邨为谁的了，所以我这里也就改称阿英而不再称钱杏邨。

阿英在当局的通缉令之下，不能在家里容身，只好托庇在英美人的势力下，住在租界上的一家小旅馆里，闲来无事，便在城隍庙的旧书肆里徜徉，买了不少旧书，特别注重晚清学术文艺作品的搜集，因为关于这一时期的文献，还未有人注意过，正是一宗"冷门货"，足可供他做"生发"的资料。他的注意及此，也正可见他的聪明。因为在城隍庙的旧书肆中跑得熟了，他还曾在《现代月刊》上写了篇《城隍庙的书市》，后来收在他的散文集《夜航集》里。

从民国廿二年到廿四年，可说是阿英一生中的黄金时代。

这倒不是他在文坛上的地位的增高，而是他的进益的丰富。当时出版界正因屡受政治压迫，书籍大部分被禁止发行，几有无书可出之苦，于是竞出杂志，竞相翻印古书，"杂志年"之后，又来了个"翻印古书年"。阿英为人圆通，与各杂志的编者都有交情，他的作品在杂志上发表当然不成问题，而翻印古书的风气更使他交进了一步红运，几乎所有从冷摊上几毛钱收来的旧书，都成了无价至宝，只要标点一下，售给出版商，一转手间，就可以坐收每本数百元的利益。他和施蛰存在上海杂志公司主编"中国文学珍本丛书"，着实给他赚了很大的一笔钱。此外，他还代良友图书公司编"新文学大系"第十集《史料·索引》，把由民国六年至民国十五年十年间文坛上的史料收集编目，所得的报酬也很丰；又把在旧书肆里买来的一册李伯元著《庚子国变弹词》让给良友图书公司去翻印，也得了数百元。

但自"一二·九"学生运动起来以后，出版界的风气为之一变，古书已不再受读者的欢迎，也没有一个出版商肯加以翻印了，这就使阿英的生活缺如起来。幸亏他的眼光锐利，看出中国的话剧运动虽还在萌芽时期，却有着远大的前途，北方唐槐秋所领导的中国旅行剧团，南方田汉、马彦祥等人主持的中国舞台协会和联合剧社，历次公演，莫不吸引了不少观众。就是上海，业余剧团演出的《钦差大臣》，卖座也颇不恶。可见这条路很可一走。恰好这时话剧界正闹着剧本荒，而曹禺刚发表了他的哄动一时的《雷雨》，话剧界里公演《雷雨》的那种热烈情形，也着实使阿英羡慕，于是他又摇身一变，钻进戏剧圈里活动起来，先后撰了两个剧本——《满城风雨》和《群莺乱飞》。这两个剧本虽曾经几个剧团上演过，但似乎因为内容过分罗曼蒂克化了，并未引起剧坛怎样注意，一般的评价也不很高。

"八一三"战事发生，阿英曾销声匿迹了一时，但到民国廿七年，他又开始活跃起来了。先在《文汇报》的副刊《世纪风》上发表散文随笔，接着又在复刊后的申报副刊《春秋》上发表剧本《桃花源》，署的笔名是"鹰隼"。

这时，在香港注册的英商大学图书公司和好华图书公司先后成立，利用洋商招牌做掩护，阿英活跃得更为厉害了。他先编了一册《文献》月刊，专门转载内地书报杂志上所登载过的东西，厚厚的一册，编的倒也相当精彩，销路很不错；后来还印行别册附刊，如《妇女文献》之类。另外还印了几本小册子，并且把《痛史》《风洞山传奇》等类的旧书也翻印了出来。仍旧不失他过去的一贯作风。自然，对于这一类书籍的翻印，他又有另外一种说词的。

当时他还有两个雄伟的企图，第一是搜集"七七"以来所有的文献，按着年月排列，出齐一套《文献》月刊，以成全璧。这一个计划如果实现，则直接《文摘》之后，对于文化上的功绩确实不浅。第二是出版《瞿秋白全集》，原来他家中所藏的瞿秋白的作品最为丰富，《乱弹》一书的材料，差不多完全是由他供给的，在《海上述林》以外别树一帜。这虽仍不外乎旧书的翻印，但其意义却较翻印什么《文学珍本》或《痛史》之类要有价值得多，因为瞿秋白这人，不论在政治上，在文艺上，都有他不可磨灭的地位，他的全集的出版，在文化上是有很大的贡献的。

可惜好景不长，到了民国二十八年四月十九日，英国大使馆对所有英商报纸和英商图书公司都拒绝发给执照，使得它们都不能再继续出版下去，阿英的两个雄伟的企图不但都未能实现，甚至连原有的《文献》月刊也受了影响，不得不宣告寿终了。

在这一时期内，阿英还曾接王任叔的后队，主编《每日译报》的副刊《大家谈》，因为王任叔由胡仲持介绍去编复刊后的《申报》副刊《自由谈》，遗缺便由阿英来代替。他一接手，就把前编者王任叔骂了个狗血淋头，王任叔气得要命，连忙也在《自由谈》上反攻，彼此对开笔战约有一月之久，结果竟使王任叔连《自由谈》的编辑室座也不能坐牢，所以后来王任叔在人前提起阿英来，还是恨得牙痒痒的。

当时的英商大学图书公司和好华图书公司虽然挂着洋商招牌，但出面的发行人英人孙特司·斐士和拿门·鲍纳等，不但毫无资本经营出版事业，甚至还要向出版人支薪水，阿英出了这样许多书，到底他的资本是从哪里来的呢？这却言人人殊，莫衷一是，有的说他是走柳亚子的路线，有的又说是孔祥熙的儿子供给的经费，究竟如何，我们局外人不得而知。不过他自有他的活动手腕，他的向内地拿津贴，在出版界已经成了公开的秘密，就是他当时不时地到香港去与夏衍会晤，也未尝不与他的出版事业有关呢。

说阿英和柳亚子有关，这话大概是可信的，因为柳亚子当时正在研究南明史实，想完成杨秋室、钱映江、戴子高、傅节子、李慈铭诸人所没有完成的大事业，恰好阿英也有创造南明四部历史剧——《碧血花》《海国英雄》《杨娥传》《悬岙神猿》的计划，彼此便接连不断地通起信来。到了民国廿八年秋间，这四部史剧的第一部《碧血花》（即《明末遗恨》，亦即《葛嫩娘》）完成，十月，由上海剧艺社演出，获得空前好评，连演两月有余，场场满座。他发表这部剧本时，是用的"魏如晦"笔名，取"风雨如晦"之意，演出后轰动一时，声誉鹊起，几乎把他的阿英的笔名都压下去了。

阿英的兴趣之重又移到话剧方面来，和他的朋友尤兢也有几分关系。尤兢是阿英一手提拔起来的剧作家之一，当时正以"于伶"的笔名发表了两部剧本——《女子公寓》和《花溅泪》，在舞台上博得盛誉，阿英见猎心喜，并且觉得这时上海话剧界的情形正等于"蜀中无大将"，便开始着手写起《碧血花》来，果然一演就红，这在他也正可说是求仁得仁呢。

《碧血花》奠定了阿英在剧坛上的地位以后，他对创作剧本的兴趣更加浓厚了，接着第二部历史剧《海国英雄》在璇宫剧院公演，舆论也一致推崇；再接着第三部历史剧《杨娥传》在辣斐剧场演出，卖座也是经久不衰。

这时期的阿英，真可说是踌躇满志了。他的剧本在舞台上公演，可以拿上演税；在书店里出单行本，可以拿版税；但他仍旧不稍满足，还是要编书，要把自己收买下来的旧书稗贩给书商去翻印。在此期内，他曾代潮锋出版社编了一部《现代世界名剧精选》和一部《近代国难史丛钞》，另外还把他的一部旧剧本《夜上海》改编为《不夜城》。不料霹雳一声，新"一·二八"事变发生，使他终于不得不忍痛抛下了满架图书，而悄然出走。

　　纵观阿英的一生，由左翼文艺批评家而转变为编书家，更由编书家一跃而为红透一时的戏剧家，也真可说是极尽"君子豹变"的能事了。

文载道（1916—2007），原名金性尧，著名古典文学家，一代文史大家，资深出版人。幼年就读于阮氏家塾，1934 年和 1935 年曾在《舟报》副刊上撰稿发表文章。抗战爆发后，全家迁至上海，主编《鲁迅风》《萧萧》《文史》，并出版《星屋小文》《风土小记》《文钞》。著有《伸脚录》《清代笔祸录》《清代宫廷政变录》《饮河录》《不殇录》《土中录》《闲关录》《六宫幽灵》《奸佞春秋》《亡国之君》《清宫掌故》《三国谈心录》等。

忆若英

文载道

今年春天，在报上看到若英先生（以下略去称呼）在某地遇到不测，心里倒又添了一点怅触，未尝不想写篇小文纪念一下。继而又觉得这消息既非得诸目击，报上也说事情的虚实一时无从证明，深恐误于传闻，故而复掩卷作罢，唯有默祝其为海外东坡之谣。后来果然知道英公无恙，犹在人间，于是也就把此事搁在脑后了。

数月前晤到亢德先生，闲谈间曾说起我有几篇文章可以写一写，其中之一篇即指此文，盖我与若英的交谊实非泛泛也。我当时答说现在写这类文早，一方面固然平凡而容易，人人可得而为，另一方面又不无踌躇。但他的卓见，以为只要我们不趁此做恶意渲染，似也无伤大雅吧。经他这样的一鼓励，才把兴趣重复提起。渔洋山人诗云：姑妄言之姑听之，豆棚瓜架雨如丝。此文目的虽然不在谈狐说鬼，但是乘着夏天才只到了尽头，而暑意犹未全消，那也何妨将它看作豆棚瓜架下的乡愿道故，老农聊天，喜爱者驻足而听或有会意，否则也可掉首而去，原是悉听尊便也。

但继而又想到，在过去的本刊中，似乎也有一篇记此公的文章，这倒有点珠玉在前之感了。此刻印象虽已模糊，只有一点却记得很分明，是说该文作者王君与若英相见仅有席间一二面而已。然则这所记的殆为若英学问事业方面，为世人共知者。而我所说的皆侧重于私人的往还，取其细而小者，间或涉及收搜书籍与日常生活，纯以自我为中心，以回忆为主题，无格局，无层次，为文务期平铺直叙，但求征信，忆则书之，以不超过七千字为限，虽然实际还不止此，但我想也就够了。

若英的原来姓氏是钱，在文苑中则杏邨其名，籍贯安徽。清党后文纲森严，才连姓带名易为张凤吾。这是有一时期的风气，不止他一人。其他笔名很多，最著者似为阿英，是与林语堂先生等介绍明末小品的时候。再后是写《碧血花》一名《明末遗恨》剧本，则又改名魏如晦，直至离沪。此为识者所熟稔，不过提到他时不能不有所交待，此外的生平事迹我也不甚了了，且非为他做传，故亦无此必要。

首先，我要衷诚感谢的，我今日得能与文字对面的渊源，固然原因很多，但若英勉励汲引之力，实在还得推第一人，因而也就以他为最了（其他的师友我同样不敢忘记）。而在过去的有一期间，我和他的友谊，也占掉了我生活的一大部分，其介绍者为吾家且同兄。认识的年代约在民国二十五年，正值中国鼎沸之秋，出版界则显出相当的蓬勃。至月日则查了旧日日记，在二月十七日中有云：

> （前略）至中国书店，遇金且同、卫聚贤、陈志良三君，相与研讨明代之买地券，顾未有要领。适爱好晚明文学之阿英君亦在。年约三十外，身材略低，外表望之稍落拓，有些名士气，香烟卷老是衔在嘴上不息地呼着，发披而斜分，犹如希特勒式，与郭经理絮絮谈买书。然未与寒暄。

这还在认识以前，故如是云云，唯以与此之后交往很有牵联，所以也录了出来。越二日，遇且同，他有意为我介绍，乃同至其 H 路 S 坊拜访，但未得见，日记云：

> 五时余，与金君共至 H 路访钱杏邨君，未值。金君引为抱歉，我亦觉怅然，何其缘之悭也。金君极推崇钱先生，谓其无作家的臭架子，如×××、×××辈，则只有令人却步了。

于是到了十三日上午，才始得见：

> 与且同乘车至 H 路，访阿英君。随便谈谈。并示我以

旧小说数本，皆极名贵稀见，此亦为其年来致力通俗文学
之一证也。十一时半，三人同往大世界后面青梅居，系教
门馆子，召菜四，不饮酒。结果吃了一元六角，理应由我
做东道也……

这里有几点回忆中的琐事可补说。

我自小就喜欢买书，乡间交通不便，到上海方时时出入于
文化区一带，然所买者多属洋装的新文艺书，古书只家藏扫叶
山房的石印本，大约四史之外还有二三种绝书文集，再加上自
己所买的几种，合前后所得新旧二类，凡藤制的书笥四架，玻
璃的一二架，离"藏"字自然是远哉遥遥。然而井蛙之见，俨
然以为很丰富了。待到在若英家里，看了他的那些新旧藏书之
后，才有愕然的小巫大巫之感，忆龚定庵赠人诗云：曾游五岳
东道主，拥书百城南面王。若把若英所藏的围接起来，倒确可
以喻作一座书城。他住的是一幢二层楼的房子，楼下除放一榻
一桌及椅子数事外，西北两壁都叠着木制的书箱。箱面镂着原
主的室名，似乎是一家破落户所售出来的。箱顶上面再放着香
艳丛书、笔记小说大观等的小型书箱，中有几种得之于扬州、
苏州各地。二楼亭子间起初只供卧宿，后来则命木工缘两壁另
制书架，不设门，与普通图书馆相同，而髹以黑漆，藏的皆是
新文艺部分。前楼则放儿童读物二架，曰"小小图书馆"，由几
位儿子主持。大儿子钱毅，曾在《碧血花》中饰一少年角色，
后复在电影中露脸；次子也能演话剧。夫人即与胡蝶等合演

《三姊妹》之 LL 女士也。但这些藏书布置，是我根据后来的印象而记，最初的渐归遗忘；记得最牢的，要算是他当时因无多处放书，只得将洋装的竖起了脊梁，一排一排地平躺在地上，仿佛门下面的"地狱"一点，现在回想还很有情趣。这一面显出上海确是寸金地，一面也见得他藏书之繁殊。其他的空间，也多为其图书所占据。

我见了之下，再想到寒斋历年之所得，即有蹄涔之与江海之感。我父亲等平日最讨厌这些白纸黑字，以为这几架书已经了不得了，所以那天回得家去，我就说我们的眼光不要太小，观于海者难为水，别人所藏的就不知要比我多出几倍！这不仅指量而言，即在质方面，较之他的几种不易获读的精刻本，愈益感到自己的伧俗浅陋。尤其是这些扫叶山房蓝布套石印本，且同兄对之毫无好感，说是偶然地买几部工具书固自不妨，如做收藏看那就还是省省吧，教我赶快移去。我虽然有此心愿，可是限于实力，每过书林唯有望望然而去之，一直到了今天，才始逐渐将石印的掉去。一方面，也幸亏由若英及且同的关系，得以在中国书店做账，每逢一年三大节结账付偿，虽然还是一五一十地拿出去，但毕竟给我一道方便之门，到了节上，再来千方百计地想办法再说。这中间确有很大的进出，如有时看到了心爱的踏破铁鞋的书，而一时限于没有现款，只得眼巴巴地看着良书易主，假如能够暂且地写在流水账上，就有一个转圜余地了。从此以后，我的眼界也从铅印本、石印本到了木刻本及抄本之类，而兴趣也跟着提高了，懂得了此中的一二诀窍，树下我日后买书的根基。有时彼此买着心爱的书，就互相在灯火高楼，随着窗外的雨声，汩汩地互道着此中的甘苦哀乐。

说到若英所收的书，约言之有下列几类。其一是晚清文学，包括俗文学在内。如有关辛亥革命的文献掌故，在国内实在可得而数。二年前开明书店出版的《学林》×辑上，即有他手编的家藏清末革命时的期刊、小说、论著、译作等目录，且其后期收藏的目标，大部分即注重这点。本拟刊百年来的国难史料，手稿曾藏寒斋多日，惜因于"战时"不及印行，而其计划中有关这类题目的似颇不少，然则唯有期诸升平的他日矣。至所藏图书，则多为学者假借做参考之资，如夏衍的《赛金花》剧本，述庚子八国联军入京事，即为其一手资借者，后又有演秋瑾事的《自由魂》，则材料更不易得，也由若英全部供给。其中有一部叫《六月霜》的，凡二编十二面，静观子著，改良小说社一九一一年印。手头恰巧有若英著赠的《晚清小说史》，在第八章《种族革命运动》中云：

> 《六月霜》在当时共有两种，一即小说，一为嬴宗季女之传奇。小说即据传奇作成。小说《六月霜》从秋瑾很小的时候，一直写到她在绍兴就义，以及她和徐锡麟关系的始末。这部小说，写在她死后不久，所引用的诗词文字，全都是她的原作，书名所以题《六月霜》，是由古书上的"邹衍下狱，六月飞霜，齐妇含冤，三年不雨"的前半而来。意思是说秋瑾之死实在是冤枉的，再则，就是秋瑾就

义也在六月。全书写得并不怎样的优秀，但也算不得水平
线下的著作。

这些书的搜罗，代价或不甚贵，唯时间精力之所耗，则不
无可观。其次，如民国二十六年七月生活书店出版的《晚清文
选》，编者郑西谛先生，在序言之末也云："阿英先生和吴文祺
先生的帮助，我永远不会忘记。阿英先生收藏晚清的作品最多。
很难得的《民报》全份《国闻报汇编》《黄帝魂》等等，都是
从他家里搬来的。"总之，凡是认识他的朋友，无不知道他所藏
晚清文学之弘富，凡有参考查引的时候，也无不向他那边去商
借。至于俗文学，虽弹词、传奇甚至宝卷等都有庋藏，然究以
小说部门为多而且精，也同样在意于最发达的晚清时期。如上
述《晚清小说史》，可算这一部分业绩的代表。

若英在文化界认识的人很多，除知己外，有时往往被其
"挡驾"。其所以不装电话的理由，据云即是为了怕烦闹缘故，
省得别人打电话来扰他。著这本小说史时，则另外向同里某号
中借得一间客堂，租费与且同各负一半。这时的生活指数很低，
大约每星期由友人 A 君凑助若干，故得以摒绝写作，专意写去，
心无他属，且同则研究其甲骨学。我这时正在忻老师处读书，
散学后，辄驱车往新居坐谈，无分宾主，也不招待，如逢其构
思执笔，则随意向壁间取书浏览，有时即在其寓所进午餐。而
《晚清小说史》的原稿还是由内人誊清，由 C 先生转交商务。其
中最末（第十四章）"翻译小说"一章，商务未将他的版税算

入，故出版前曾在《大晚报·火炬》上全章刊载。待到全稿告成，校样来日，约我在大东茶室晤面，据云拟作一序文，欲用文言体写，恐自己没有把握，托我照原文加以斟酌，但最后不知为什么却未见刊出。沿着小说史这一路的发展，进而又欲提倡通俗文学，遂于每星期三日在《火炬》上辟一园地。这最初提议的地方写出来倒也有趣，记得好像是在恩派亚看白玉霜《马寡妇开店》座上，这时蹦蹦戏在上海很红，作家中欣赏的也很多，洪深教授且誉之为东方的梅蕙丝，而若英考证、点缀尤起劲（但是我却不大赞同那种做法）。那天他大约从蹦蹦戏上面联想到了戏曲小说，随即和且同说，"何妨跟万秋（崔）去说说看呢"。到了第二天，先和崔先生说妥，再经曾虚白先生的同意，由西谛先生作一《发刊缘起》，《通俗文学》周刊便这样出版了。于是他一面鼓励我写歌谣，一面再借我以郑西谛先生的《中国文学论集》，鲁迅先生的《中国小说史》，以及日本铃木虎雄著、汪馥泉译的《中国文学研究论丛》。可惜我始终有名无实滥竽充数，除那些不成气候的歌谣外，于俗文学一道至今依然一无所得也。

除了《晚清小说史》外，还有一本必须提到的，就是良友版的《小说闲谈》。这册书当作专门的著作看，或者显得不够精深，但对小说研究者的查索、参考不无好处。其中所记录的，有为世间不可多得之书。记得他曾借给我看一部《玉妃媚史》，当时以数十元钱买进，似乎算得相当昂贵了。然而直白地说来，除版本少见外，别无意义，而唯一的"名贵"处不过是"淫

书"而已。《小说闲谈》一四一中有云:

> 《中国通俗小说书目》《媚史》条云:"未见。在园杂
> 志卷二引丁日昌禁书目有《玉妃媚史》,不知是此书否?"
> 按《玉妃媚史》确系猥亵小说,凡二卷,古杭艳艳生著,
> 古杭清痴生批,刊于乾隆。艳艳生不知为谁,即《昭阳趣
> 史》之作者。
>
> 书中也写贵妃之荒淫,除序所说"私其叔,私其兄,
> 私其继子"外,更写其为窃笛私宁王。安禄山献春乐,明
> 皇与杨氏三妹日夜宣淫,以高力士作宣淫垫褥甚至私力士,
> 写得穷形极至。艳艳生笔墨尚有可观,但专向此方面发展,
> 大概也是穷极无聊,以应市场的要求吧。
>
> 媚史材料的根据,大半是敷衍《太平广记》中所记之
> 杨贵妃故事,及《绿窗新语》中所载者而成。……所征引
> 诗歌,大都从李杜等唐人集中来。书凡三万余言,近百十
> 页。余所得者,讹误极多,当系翻印,然即此现亦极难
> 得矣。

末后并附有原书的序,兹不录。其中略有残缺,但在坊间
却不易得,即藏者也不多。如周越然先生于此类书之庋藏向负
盛名,我曾经询他有无此书,却以茫然答之。其他的章回小说,
凡在著《闲谈》之前而又经若英认为名贵者,大抵已在《闲
谈》中有交待的了。

　　还有一点，则是他的收藏以及提倡晚明小品。但这以晚明文学白热化的时代为限——自《人间世》而至上海杂志公司出"珍本丛书"的一个过程中，因为自这窝风吹过后，他似乎不再有兴趣了。这里要说的是，若英在其学问的努力方面，无论文艺理论、通俗文学、晚清史料、剧本等等，深浅是另一回事，但都有其特色。不过于晚明小品方面，依我的管窥，恐要算成就最少了。其实，那时提倡晚明文学的人，除知堂先生等一二人确有其心得外，其余的用忠恕一点说法，或者都是为了应付生计吧。所以，他到后来便将钟袁的著述卖去了几种。有一次，他欲往浙东访书，用费无所出，曾将一部明文卖给一位谢君。谢是银行界前辈，每日必至中国书店或来青阁，唯识力不甚精锐，凡有人转卖给他的书，必待中国书店的郭经理一言始作定夺，如郭认为可买，即不还价、不赊账如数付讫。若英遇窘迫或欲购新书时，往往托郭持书乞灵于谢君云。

　　至此我就记起杂志公司校印晚明小品时，有几种集子的标点还是我和且同所作。标点的法子很好：将要断句的一部集子先拆散线脚，复以玻璃纸套在每页上面而标点之，事毕再由书匠装订复原。这方法似乎知者不多，因为我曾经在襟霞阁看到有几部很好的刻本，由章衣萍先生标句，却在原书上抹得很糊涂，看了倒代为痛惜不置。

　　后来因为写《碧血花》而享了盛名，于是又把兴趣放在南明史料方面，络续地收了不少，再加以羿楼主人之所赠。依我看，这比他之收晚明小品的意义要高出得多了。

　　在这些以外，自"五四运动"以来的新文艺一门，若英搜藏的也可观。他在上海时，我们两人都想把"五四"后创作及翻译的作品搜集完备。大概因若英和文坛接触较早，故"九一八"以前的以他为多，尤其是初期一些绝版的书籍、期刊之类。但"九一八"以后的恐以我为多。他本来打算将其《家藏目录》编完，新文艺方面统统割爱于我，合起来就可把"五四"以来的书籍得到一个相当丰富的数目了，然后再致力于"史"的工作。这计划虽然终未实行，但我从他手里已经获得不鲜优惠。例如我在沪西一家旧书摊上，曾买得全部的《语丝》合订本，但独缺第一卷，补配多日，没有结果。这时忽然想到他那边常常有重复的本子发现，便跑了去向他询问，过了几日，果然有了好消息给我。这种愉快和宝贵，非纸舌所能递传，而只有爱书如命的人才能理解其妙处。原来他为了编排《史料索引》《中国新文坛秘录》《名家日记》及其他有关新文艺部分的掌故、文选之故，有时不能不多买几种重复的本子，或者在外面看到了这本书，忘记自己是否藏有此书，这时因书价低廉，索性将它买了回来，久而久之，也就多出不少重复本了。后来他看到我所藏适巧没有其中某几本书，便送了我以补所缺，而将我已有的售诸冷摊。他并且告诉我，一样的一本新文艺书，也有讲究版本之必要，如鲁迅的《呐喊》，在后出本子上已删去了《不周山》，其令弟知堂的《自己的园地》，今出的也未见原版时《阿Q正传》之评文，以及郭沫若的《橄榄》等，当作文坛的史料看，皆很可重视。鄙见以为在这方面，举凡关于"五四"

以来掌故文献的搜罗之勤，用力之深，到目前为止，在私人方面，殆以他为最多。其用"阮无名"笔名所编，南强书局出版的《中国新文坛秘录》一书，对于新文坛的故实佚闻，尤其钩稽甚详，后来的要想参考研究的人，多得之于其资助，如前述晚清文学一般。

他除了为我配全《语丝》合订本和几本新文艺书之外，还有一种，也是寒斋藏书中所未敢忘却的，即世界名著《十日谈》，意大利薄伽丘著，中国由黄石、胡簪云译出，开明书店出版。因为我很喜欢散文随笔一类书，所以搜罗的范围不但限于国内，而且旁及海外。我先将生活书店《全国总书目》中"西洋散文"一栏查出，复一一设法收藏。这本《十日谈》也曾向开明询问，答云已售完了，而且又在沪战后，各书店正感于排印添纸之不易，像这样八百余页的书一时自不会再印了。没有办法，只好老着脸向若英乞取，私意未必允许，不料第二天果然将《十日谈》送给我了。当时我在书的封里上写了一段小记：

> 近来家居寂寞，欲搜求"五四"以来中西文学作品。此书虽为西洋名著，唯绝版已久，遂付阙如矣。此次承杏邨先生将家藏一册转以贶我，其慷慨割爱之忱，自与纸墨同芳。外此，先生又惠我文艺读物、期刊及《四部丛刊》另本多种，云情稠叠，将永为寒斋之光也。廿九年七月七日，星屋记于灯下。

　　这所说的自信绝非浮泛的门面话，且衷心感谢者尤不足以语什一。现在，我和他不相见已二年许，最令我惦记的，实在还是他的这大批藏书。虽然中间曾卖去了一部分（听说离沪前的川资即取之于此），但许多名贵的刻本史料，总还存在吧。尤其是他的小说、弹词等俗文学，其物质的代价即慢论，精力与心血的所耗已至可观矣。

　　我为什么絮絮叨叨地于藏书一事，记了一大堆呢？实在的，我和他友谊的进展，于此事不无联系；而且复是彼之所好，我之所爱，同样地想于此中追求一点摩挲欣赏的趣味者，虽为某些人所憎厌，然兴之所在，也不遑他顾了。

　　至于其他的"身边琐事"，尤非片纸所能缕述，只就记忆所及略书数事。

　　那时的物价跟今天真有隔世之感。写作之暇，非上茶馆闲谈，即往大世界、大新公司等被目为低级趣味的游戏场，目的不在听歌看戏，实在还只是消此草草劳生罢了。或者据歌场一隅，谈点文坛动态、人事沧桑，至于偶有酒食，总多数是往青梅居。这一来是取其价廉，二则如有且同在旁，即非往那边去不可，因为是摩罕默德①的信徒之故，盖小酌上青梅居、大宴往春华楼，几为回教徒的定律，而于中国书店的同人尤然。据日记上说"结果吃了一元六角"，我仿佛记得其中有一味"拜白菜"，以奶油烹之，有土膏露气之致，余则为羊肉鲫鱼等，开了

―――――――――

　　① 今译穆罕默德。——编者注。

我从此上教门馆之先例，而当时菜价的低廉也于此可见。今日旧事重提虽未免寒酸，但小楼一角，至友二三，煮酒烹羊，脱略形迹，或琐琐家常，或滔滔当世，而又各有自己要做的梦，既毕则"惠而不费"，一揖而散，此景此情，求之今日长安何可再得？

说到脱略形迹一方面，若英倒是当之而无愧。他终年老是那么的一袭蓝袍，自头到脚，从来没有半点"绅士气"。高兴起来，也会代书店老板坐上大半天柜台。有一次，有家店主因事被捉进警察局，须罚锾①几十元，适值他自己囊橐不多，无处张罗，忽然瞥见书架上放着十部李小池的《思痛记》，便抱了去到另一家大书店，以每部三元钱卖脱，后以此款将店主救出。他收藏罕见书的来源，一半即因与书店联络得法，在卖买之外别有友朋之谊，所以人家一有好书即留下来给他，有时未必拿到现款，而书店也不有所介介。还有一次，我和且同与他，深夜路过牛肉面摊，彼此腹中都很饥饿，但他恐怕我不肯坐了下来，故意地激我说："你有此勇气在这里吃面吗？"实则就我个人论，高攀一点，也可谓一介书生，与贩夫走卒围而嚼之，自有一种情调。《儒林外史》所谓金陵菜佣酒保都有六朝烟水气，特十里洋场，时见扑鼻的"上海气"耳。但是我究竟还是坐下了狂嚼了。大约这时我和他限于新交，不甚知道彼此个性。不过从上面两事看来，若英的风趣洒脱也不难见到一斑。我想，一个人

---

① 锾，音 huán，旧有"金钱"之义。——编者注。

能够庄严正经，固然是做人之一道，但这庄严，不是头巾气重的伪道学的庄严，而正经也不是从淫佚发生出来的假正经。只要顺其自然，看得平凡，而又不悖情理，庶乎可矣。有许多人在很小的一件动作上，纵使大家皆明知其为游戏的，但也一定要有许多冠冕堂皇的解释，好比纳妾宿娼，一定要缠到什么不孝有三大题目上去也。

《忆若英》到这里，已经超出了预定字数，自信不尽则有之，不实则未也。江枫先生希望我能对他的藏书多加记叙，故而全文所说的几乎多侧重于此，且若英为人自有识者的明鉴，只是拙文的拉扯拖沓，虽然出以二度改削，还是情文无文，则是一大惭愧。时光真是毫不慈悲地溜了过去，偶有记忆，也不堪与现实相对。海上秋风已与日俱深，回首前尘，诚不胜旧朋云散之悲也。

卅二年八月十九日，夜记于灯下

（《风土小记》）

文载道（1916—2007），原名金性尧，著名古典文学家，一代文史大家，资深出版人。幼年就读于阮氏家塾，1934 年和 1935 年曾在《舟报》副刊上撰稿发表文章。抗战爆发后，全家迁至上海，主编《鲁迅风》《萧萧》《文史》，并出版《星屋小文》《风土小记》《文钞》。著有《伸脚录》《清代笔祸录》《清代宫廷政变录》《饮河录》《不殇录》《土中录》《闲关录》《六宫幽灵》《奸佞春秋》《亡国之君》《清宫掌故》《三国谈心录》等。

忆家槐

文载道

豫才先生诗云："旧朋云散尽，余等亦轻尘。"每念此诗，辄为惘然，而一年容易，又是帘卷西风矣。在这样的境地中，时时有几个千百里外旧朋影子，浮上我的心头，仿佛声音笑貌如在眼前，把自己的幻想凝而为一。明知逼取便逝，却也难得忘却。倘要具体地说出原因来可又无法解释，但这正是前人笔下的"无可奈何花落去，似曾相识燕归来"也。而且这种笔墨近乎浪费，虽不吃力也难讨好，或者，还不免遭到挨骂，不合于目前惊心动魄的"大时代"吧。

但即使不计一切地厚颜写去，若要找可怀忆的材料，却又如沙里之淘金。这并非是说我不敢写、不屑写、不应写，实在大半还是为了不易写。何以见得呢，我想，这至少得具备一个条件，就是彼此间比较的有了解认识，方才于"私"的一面有可说的地方。若是交本泛泛，缘只数面，则所说自不外在其学问、事业及品德上，就未免煞费踌躇了。何况时当此时，地当此地，有所评隲，总还是以无关宏诣的部分为最适合。

我认识家槐的时间并不如何长。不过如其偶然地写上几千字，似也不患无辞。其次，手头尚有旧日记在，必要时据以参阅，可补记忆之不足。此文用一句成语来说，纯以自我为中心；换言之，就是杂而无当的"身边琐事"。信手拉来，忆则书之，并以六千字为限。

家槐一名永修，浙江金华义乌人，与陈望道师同乡，年龄较我稍大。身材颀长，两眼盱而细，左眼角好像还有一个疤，说话则如一般人的蓝青官话，但不若望道师之多乡音耳。只是和妹妹说时，我们便不能懂了，如吃饭叫"才服"。谈话到兴酣淋漓，语尾往往拖句"他妈的"国骂。有时也喜欢哼几句昆曲，京戏则不爱听，也不善饮酒，但有一次大约吃得多了几杯，自告奋勇地哼起"六才"来，引得座客都吃吃作声，因为他唱得并不高明，然而也可见出他的天真风趣——不错，他确是很天真的人。而在我的朋友中，也正是最诚恳忠挚的一个。有时为了言不投机，辄令彼此面红耳赤，尤其碰着我这个著名的不懂世故、不谙人情的孟浪汉。现在我的脾气依然未改，而家槐却已远离海上了。语云，江山好改，本性难移，在今天真觉得有一字不移之确。

我和家槐是几时开始相识的呢？

似乎是民国二十六年的三月。我正在忻老师处读《毛诗》《春秋》，但一面却更爱读新文艺书和这方面的作者。这时每星期六，我家例有一次不成气候的音乐会。指示者如钢鸣，如张庚，如孙慎诸先生。恰巧寒斋还置有一座披霞娜①，而地点又在闹市中心。一时琴声嘹亮，歌喉婉转，有时还由同人填制曲谱，其中有一首名作《××歌》，即为钢鸣与立成（孙慎）所撰填。这中间，最无成绩的要算我和家槐了。别人听几遍后即可朗朗上诵，我们两人却无论如何唱不像样。

家槐的加入，是钢鸣所介绍，而钢鸣则由表兄甘君所介绍。钢鸣为人热情有余，较之家槐则就精深不足，其学问亦然。因此我虽然和钢鸣认识在先，但后来的友谊却还是以家槐为深。

于此有可以补述的：当时上海出版界非常蓬勃。杂志如《光明》《文学》《妇女生活》《新学识》等都由生活书店印行，光明出面为洪深及沈起予二君主编，但洪深不常在沪，故一部分阅稿工作由夏衍、家槐等分任。此外光明又组织了一个读者会，也为家槐所襄助。甘兄嘱我加入，曾先致信给家槐征示同意，旋因家槐返乡，此事遂单身搁置下来。至民国二十六年三月一日，旧日记中有云：

"夜，八时，周钢鸣、何家槐、孙慎来，谈至十时去。"

不知道这是否见面第一次？越数日，又有记云：

"夜，八时，何家槐、周钢鸣、孙慎等来，十一时去。何君并赠其所著《寒夜集》一册，北新书局出版。计短篇小说十四篇，虽为旧作而却仍新刊。俱有上下款。并为三弟题纪念册。"

---

① 即钢琴。——编者注。

这时因彼此觌面无多，故其来也必与周孙二君偕。所赠的《寒夜集》，中间有几篇的材料，有以他自身生平为底子的。如《回乡记》中描写一个年老的父亲，日夕渴望旅外的儿子回乡，其致儿子的书云：

"吾儿不念家乡，视血族如陌路，最可痛心：弟妹等均望儿回，余与汝母尤为焦念，日夜盼祷，寝食皆废；倚门望闾，风雨无间。儿年已弱冠，岂犹不能体贴此中苦味耶……"

情词迫切，口吻宛然。遂只得回乡一行。终于以乡间及家庭的现状，都未能如儿子的理想完美，且父母复不断以婚事相缠，"因此本已感到沉闷了的我，决定第三天下午走了"。虽经父母竭力劝阻，"但我的决心，是不能动摇的"。可是路上却又忏悔起来，以为行色如此匆匆，仿佛"打了一个圈子，不但没有给他们一点愉快，给自己一点安慰，反而使大家都很难受"。

这确写出父与子的矛盾冲突，一方面虽爱之甚切，一方面却依然不能理会接受，可以概括一般青年的苦闷，使我到今天还是印象分明也。

以后的友谊，便循此日渐地进展，如同至新亚饭店听中华基督教的圣乐团，上卡尔登观话剧，讨论文艺的写作等等。如五月二十二日记有云：

"暮返家，见家槐已在斋。今日特为圭之文稿而来。谈至十时许始去。"

他以诚恳坦白的襟怀，对我等拳拳诱掖。并谓我之生活应加以改变，古书不妨读，但做人方法及必修书籍亦不可废。我等聆此乃大感动，甚愿长以为好也。

　　这里有须略为说明的，他对我们的劝勉，完全站在私人的友谊立场，绝对不摆出半点青年导师气派，以居高而临下。如同时的一位友人，他的学识根底不及家槐远甚，居然亦不时地滔滔训诲，且态度尤不甚诚挚，如说我们是小资产阶级，而彼则无疑为标准战士，虽然用心未尝不望我们的向上，但看到他那种谈吐气概，便使人可望而不可即。至于他所有的学问呢，大抵为浮而不实的道听途说，再加上极力地夸张，觉得他口中所说的人个个都是远离尘土的神。如说《乱弹及其他》作者的生平事迹，其实多是报屁股上的佚闻故实，而他却视同信史一般的随手拾来。后来他为自己办的那家学校写一篇宣言，想托家槐送给 L 报去登，不禁使家槐大为摇头，觉得他不唯离挤墨汁做作家犹远，就是真正地想干教育恐怕还须挤点汗汁上去。这篇宣言结果自然未被家槐送去，且对之亦甚失望焉。

　　从这些小事情上对照起来，很可以看出家槐的特色，不可不说。其写作除少数的散文，和一本英国福克斯著《小说与民众》的译本外，自以小说为最。但不幸说到小说，难免要联想到这件使他不愉快的旧事上去，虽然两方面要负点责。他在沪的时候，不时以这件事情深自慨悔。不过反转来也是一种好处，他并不像某些人那样的一受刺激便对人生冷淡起来，而却是更坚决硬朗地踏实地走去，思想也益趋积极凝练，最后即用行动来贯彻实践，故离沪后遂有覆车之祸，据其女弟来信，创伤虽已医好，短时内右腿恐不能恢复原状云。这里我们希望故人无悉之外，对此更感到惶恐悚然。闻家槐所过的生活甚为艰苦，一月内须奔走几次，但接下去也便是"卓绝"两字了。且其精神生活反极平稳，体重时有增加。以此再和前述的旧事并论，我觉得一时的毁誉究竟不甚重要，纵使这是他无可讳饰的缺点，但只要看到一个人能努力为后来打算，便像新肉重生，所见者不过痕迹罢了，倒是我的这段话之为多余。虽然世上不乏狭隘之徒，捉住一点永不放松，但这先要看一看他本人是否真乃毫无疮疤，假如属于眼前的我们，似乎更可免开尊口了。

家槐的小说集，最早好像是良友版的《暧昧》。这部书是出卖版权的。不过他很懊悔，因为后来销路相当好，不如抽版税之合算。另外有一册黎明书局的《竹布衫》，北新书局的《寒夜集》《稻粱集》。后面的一部是他离沪后才出，恐本人尚未见面。本来还有一本文艺论集，归上海杂志公司出版，原稿已送去审定，因战事作而停止。他曾经托我将其所有著述都寄去，误于我的因循至今未有交待。其他未收集的部分想必很多，原想代他雇人抄写寄去，后来以他地址已变动，新址不清楚，只好作罢了。

散文《稻粱集》刊于 1937 年 8 月。版式略小，北新创作新刊之一。最末有一篇是《怀志摩》。

他似是徐氏的学生，赠他的立轴中上款为"家槐我弟"，今尚存寒斋。徐氏对家槐颇爱护，彼亦甚钦敬。《暧昧》中有一篇提到"猫"的即是取材于徐氏家中。其文曰："我每每幻想一个大冻的寒夜，一炉熊熊的白火，前面坐了我们两个人，像师生，又像兄弟；旁边蹲着他最疼的猫——那纯粹的诗人。"最后则说：

"但在这荒歉的中国文坛，这寂寞的人间，他的早逝却始终是无法补偿的……我想他那不散的诗魂，也是一定会在泰山的极巅，当着万籁俱寂的五更天，恨绵绵的，怅望着故乡的天涯！"

这不难见出家槐与这位诗哲的交谊。不过他在文末的后作的补记里，却又表示这篇东西应看作他五年前的旧作，"我的文章实在太浮太偏了"。大约因徐志摩身后的毁誉颇不一致，不应说得过偏，只是其内心自然还是敬爱感谢，而其实倒是顾虑太甚。一个人岂能做到四平八稳，一无棱角——要是这样，恐怕也难得令人放胆接近。临到朋友的纪念评论，只要其目的不在标榜高捧，若是笔锋常带好感，似也不失人情之常，正如我写此小文的意义一样。

经过这样几个月的往还切磋，和家槐的关系更日趋密切。如六月七日所记："晚上九时余，何周二君来，被雨阻，俱下榻书斋后面，畅谈甚久。"

其时上海文化异常热烈，剧坛又盛极一时，有四大话剧团的先后献演。这一天我正和圭在看业余实验剧团的《罗蜜欧与朱丽叶》①，几场斗剑尤其精彩。其他的各方面空气，也大有山雨欲来风满楼之势。家槐遂时时地来为我们谈论朝野动乱，比及夜深，或上小酒馆买醉，归来则为我留宿，非至丑后不睡。凡此琐碎者不必悉记，要记的是和他在故乡的一段日子。

先是，家槐读英国福克斯文艺论集曰《小说与民众》，心窃

---

① 今译《罗密欧与朱丽叶》。——编者注。

好之。旋复知福氏曾在西班牙内战中佐政府军力战捐躯，益坚其歆敬，得书店同意，拟加以移译。唯以沪居嘈杂，友朋日有周旋，颇思易地而潜心作"媒婆"。适逢我有故乡之行，恐只身嫌太枯寂，乃以此意与家槐商，引为大快。时交通尚方便，二人遂欣然就道，鼓棹浙东，于1937年7月既望动身，舟行一昼夜，翌日即抵故乡。家槐往外或返乡皆乘火车，这次还是他初度与海对面，听着夜来哗啦哗啦的浪花冲击之声，仿佛扣弦而歌，不禁顾而乐之，以致一夜无眠。

跳上码头，我们唤了两辆洋车绕道抵家。车辆在石子小街上掠过，一路辘辘有声，并呈颠簸之状，或者是尘世坎坷的象征吧。在惯于平滑的柏油道上行走的人，对此亦别有一种情调，尤其是那些十九世纪低陋的平房，曲折阴暗的羊肠小道，常常引起一种思古之幽情来。幸喜风景不殊，城郭依然，碧水潾潾，鸡犬相闻。我因几年不返故乡了，这时真有五柳先生笔下的"乃瞻衡宇，载欣载奔"之快，虽无稚子候门，差有老仆相迎。吾乡屹立海中，素以鱼介著声东南，临近便是佛国的普陀，夏季避暑最为相宜。我和家槐的原定计划，是想把他的译著完毕后，再到普陀去游玩，终以战事而未果，此后不知这个志愿能否实现？

寒家乡下旧宅，始建于先祖之手，至父亲而重加修葺，别建起坐之所数楹。乡间的房屋多数是很宽敞，再加上郊外吹来的习习清风，所以虽当炎夏，亦复幽凉了。

说到我对故乡的怀念，说来原是平凡得很，因为它究竟占据了我"过去的生命"之一角。世上固多名区胜迹，但儿时游钓之地也未尝不为凡夫所依依。古人有云，富贵不归故乡，如锦衣夜行。又如《昼锦堂记》所说，仕宦而至将相，富贵而归故乡云云，少时颇觉其气势浩大，今天则又嫌其暴发气太重，虚荣自大，去读书人的理想远矣。只有晋书所载，张季鹰见秋风起而思及故乡的莼菜鲈鱼，及陶公归去来辞所述，才觉得魏晋人之不可及，虽然对前者也许为了自己是老饕的缘故。魏志记曹孟德诏令中有述原来的志愿云："故以四时归乡里，于谯东五十里筑精舍，欲秋夏读书，冬春射猎，求底下之地，欲以泥水自蔽，绝宾客之往来，然终不能得如意。"结果虽是事与愿违，却也可窥到曹公的气度志向，而其不能得如意的原因，实在还是为了世局的过于混沌，只得"思遂更欲为国家讨贼立功"矣。这次读《朴园随谭》，有同样的及早远乡读书的想望，尤其先获我心，但也不免要默然无言了。

我的文字到这里忽然又拉扯开去，大有喧宾夺主之概，但文思也将到了枯竭了；那么，就此再记一点赶快结束吧。

我们在乡间的日常生活，大约是早晨七时前起身。家槐很讲究卫生，还硬拉我同行深呼吸，如此十分钟即进晨餐。有时叫佣人往街上买刚入市的黄鱼来，金鳞赤口，非水乡百姓不易得，而乡间则视为寻常。先用水蒸沸，再去其骨，命灶佣制羹作面，面上则浮着碧绿的嫩葱，令人想到唐人"夜雨剪春韭"的句来，于色、香、味三面皆显出一种新鲜而丰腴的特色，盖以其得土膏露气之真，较之沪上吃的市气甚重的"黄鱼面"，真"不可以道里计"了。餐罢遂相偕出城郭，看着野渡无人，杨柳依依，或过竹院逢老僧闲话，步麦陇听牧童歌唱，几乎令人忘去身外的一切。以上云云，并非我刻意地在纸墨上渲染点缀，凡是在乡间消磨几年的人，都可以俯拾皆是，不烦跋涉，此正所谓风月无边也。沈尹默先生诗云：江边终日水车鸣，我自平生爱此声。就是一幅最素朴的江村浮世绘。而古今来最享盛名的诗，也莫非在于白描的自然的贴切。这样地过了片晌，我们才回家工作。家槐埋头在书斋中翻译，我躺在北窗下读中外小说，如《夏伯阳》《伊特拉共和国》《死魂灵》《子夜》《密尔格拉得》……或重读，或初读。午饭时菜肴多为水族动物，但家槐则只要求青菜豆腐，谓其中维他命甚富。这很使我乏味扫兴。我因他初次到鱼虾之乡来，还特地四出设法拣最新鲜壮实的东西，亲友中有送我以肥大青蟹的，即在乡间已视为异味，有时出重价也不能得，不料他竟远而避之，说是细菌太多云。这真令人有煮鹤焚琴之感。后来看到生食的咸蟹，甚至连看都不敢看一眼。大约这些东西在离海过远者，确乎不肯轻于下箸。如我曾与卫聚贤先生说及蟹时，他居然引为闻所未闻。后来经我强迫家槐的尝试，不料第二天果然有点泄泻，其实还是为了他夜半的食凉受风之故。

午餐既毕，照例是手抛倦书午梦长。醒来或饮冰，或剖瓜，然后各人又去译作、阅读，待至薄暮，即往教育馆的体育场上拍篮球。拍毕，必由馆后的一座小山迂径回家。山上有亭翼然，可供游人饮食，因山麓有一酒家，晚上如有星月，亦可就石桌小酌，听松枝随风作响，但总究觉得太黝暗了，以致不能辨物。

一日，友人曾宴我们于亭上，家槐于漆黑间竟误食了一匹蜘蛛，主人虽努力道歉，而家槐则因此通常不能成寐，亦此行之趣话。

教育馆中职员钱君，曾读其小说集，经我介绍后必闲日来夜谈，并有小说稿托家槐修改，希望能在上海杂志中刊载。后钱君患肺病死，而原稿犹至今存放寒斋。

如此前后的住了二十天光景——自七月十六至八月七日——因卢沟桥事件发生，而上海又有风声鹤唳之势，母亲们已有几封信来催我们动身了。我们只得打消游普陀的念头。但这时交通已有点混乱，乃从乡间乘轮到穿山，乘公共汽车到宁波，再以高价买通轮船茶役到达上海。而家槐的这本译著也终于没有完成，后来在上海再寄寓我家时始告蒇事。故在译后琐记中，曾说到当全国情形异常严重时，"我却还是蛰居在定海的载道家里赶着译事，那种焦急、苦痛、难堪的滋味，真是难以形容的。因此没有译完就和载道一道赶回上海"。他本想再加点注解引证，以时间心绪故也不及补进了。至民国二十七年三月，此书始由生活出版，定价四角。然家槐已不在沪。由我自己往书店购买，故至今未有上下款，今恐亦"绝版"了。

总之，在我的过去生活中，恐以这一年乡居时为最宽畅、自由与安逸了；而我的朋友中，也以家槐为最诚挚、坦白的一个。形诸笔墨，或尚不为多事吧？惜今未知家槐漂泊何处，如得读此文，亦能鉴而怜之否。

八月廿七日夜三鼓，灯下

（《风土小记》）

文载道（1916—2007），原名金性尧，著名古典文学家，一代文史大家，资深出版人。幼年就读于阮氏家塾，1934 年和 1935 年曾在《舟报》副刊上撰稿发表文章。抗战爆发后，全家迁至上海，主编《鲁迅风》《萧萧》《文史》，并出版《星屋小文》《风土小记》《文钞》。著有《伸脚录》《清代笔祸录》《清代宫廷政变录》《饮河录》《不殇录》《土中录》《闭关录》《六宫幽灵》《奸佞春秋》《亡国之君》《清宫掌故》《三国谈心录》等。

忆望道先生

文载道

《忆若英》刚才于月前缴稿，现在又须重换了一个题目，不过内容恐怕还是一样的平淡无奇吧。

我和望道师的认识并不深，大约开始于战后，在附设沪江大学的社会科学研究所的"文艺思潮"上。似乎是民国二十九年春初吧。有一天，我忽然在报上看到一段广告，说是有一家补习社会科学的夜校在招生，看科目和教授，都是最合我的兴趣。至于入学的资格，则只须高中以上或具有同等学力就可以，这尤其适合我的条件了。因为我自小误于家长的顽固——自然也可说是爱护：自束发受书以来即在乡间的私塾摇头摆脑，过三家村生活；后来到了上海，要想进中学及大学，即无论如何没法跨进这"学府"的高门槛，便此一直因循下来。这时忽然看见有这样一家补习学校，而且有史学及文艺的科目，而且又非出于滑头性质的"学店"，于是真有"一见倾心"之喜，连忙按着地址前去报名。先碰到梁士纯先生，是前北平燕京大学的教授，约略地询我几句话就算及格了。

我记得选的科目有：中国外交史，戴葆鎏先生教；中国史，周予同先生教；时事研究，胡愈之先生教；以及望道先生的文艺思潮。地址在圆明园路的沪大内，每晚六七时开课。其中听讲最多的为梁士纯先生的时事研究，这当然受了那时的环境影响，无不想于时局方面得到点了解和探讨。这一科本为胡愈之先生教授，时尚在港未返，由士纯先生代授。学生最少的似乎要算文艺思潮了，起初约有六七人，最后则只剩两三人。大约这个科目比较的专门，侧重于思潮的分析批判，除了对文艺特殊的爱好者外，不免稍觉沉闷，至于同学，正如这研究所的命名一样，其中心原在于"社会科学"，故而听讲的人有职业青年，有教师，有大中学生，有新闻记者等。

查旧日记廿九年二月廿五日云：

"……四时许，饮泡饭少许，至沪大社会科学研究所，上文艺思潮，陈望道先生教。语多幽默意味，而语调则不脱乡音。我闻陈氏之名甚久，今日得坐春风，亦一快事也。七时余落课，即继上时事问题。本由胡愈之氏教，因赴港未回申，由本所主任梁先生代，题为'最近政局的演进'；并嘱我等作一文，曰'我对于最近时局的意见'。"

这便是上课的第一天。因为有时适在薄暮至晚上，往往晚炊犹未热，只好胡乱用了泡饭而去，或怀中带点面包之类的干粮充饥。不过这也是学生时代的普遍情形，可以不必多说。这里就回忆所及，随手记些望道先生的印象吧。望道师和何家槐兄是同乡，浙江金华义乌人。但较家槐的乡音更多。所以有的时候，必须仗着粉笔来仔细说明。说起来倒也有趣，他还是一位国内有数的语音学者，正如推行国语运动者只能说得蓝青官话一样。身材适中，年龄已经有五十岁左右了。查 1932 年出版的顾凤城编的《中外文学家辞典》上有云：

"现代中国文学家，社会科学家。浙江省义乌县分水塘村人，现年四十二岁。

曾留学日本早稻田大学，中央大学，东洋大学，专攻文学及社会科学……"

据此，今年该是五十二岁了，夫人即蔡慕晖女士。原配某夫人生有一子，旋夭折，后来好像还不曾听说有过孩子。他的门墙满天下，著名的如祝秀侠、夏征农诸君，都得力于他的造就甚力。凡是跟他接近的友人、学生，和他闲谈时候，都觉得有种从容而亲切的快感，虽然在我们这一方面，却深深地表示诚敬与尊重。正如《论语》记颜渊赞誉孔子的话"仰之弥高，钻之弥坚，瞻之在前，忽焉在后，夫子循循然善夸人，博我以文，约我以礼"那样的感觉。这比起和别的某几位学者晤对之际，便有一种局促而压迫之感，使人不敢放言高论。当时他的寓所在福煦路 S 村，和一位熟人同住。我因为听过他几次课以后，有一天曾要求到他的寓所，去当面请教几个问题。他当即在校中将地址抄了给我，不过希望我不要转告给别人，这一半也为了他是一位凝静的学者，不喜欢别人的打扰。隔了一天，我就按址前去拜访，畅谈了半天光景。临行复赠我《修辞学发凡》一册，原为大江书局出版，后归开明，为学术界誉为力作者也。这本书在中国的修辞学一门，的确有其不可磨灭的特长，其搜罗的广博，论断的精详，迥非一些一知半解者所可企及。照他的历史地位而论，庶几也可称得上一声著作等身了。然而以留在目前的记录而论，实在并不能说是怎样的多，即此就不难看出他治学的谨严之一斑，而且译的较作的为多。至其性质，则皆限于文艺的理论。我曾经在地摊上买到一册他译的日本冈泽秀夫著《苏俄文艺论战》，厚厚的有几百页，但背面却盖有"中国国民党查禁反动刊物之章"。我买这书的动机，一半固为了是望道师所译，一半也是有这枚图章之故。因为我是一个讲究趣味的人，觉得这正如买清代的禁书一般，说不定于将来的文网史中也多少占重一笔。况且现在已有人如阿英先生等在编著了，如《中国新文坛秘录》中《文字之狱的黑影》一文，已有提到初期禁书之所在。后以买此书经过与望道先生说及，不禁为之莞然。

此外，则有《望道文辑》一书，为其门弟子夏（征农）、祝（秀侠）二君所编，民国二十五年六月初版，读者书房出版。在编后小记中有云：

"望道先生，是当代的学者，也是文坛的战士，在新文学运动的过程中，从'五四'到现在，他始终是站在思想的最前线。但是，因为先生勤于专门的研究，不曾把那些战绩保存下来，致使文学青年们无从窥见先生过去精神的一斑。现在我们就视线所及，将先生近两年来，尤其在建设大众语文学的论争中，在报章杂志上所发表的文章，集成这第一本集子，这，对于读者们，或许可算是一点贡献吧。"

这一段话，我觉得并不十分恭维。盖自"五四运动"以来，望道先生就一直地"站在思想的最前线"，其间所研究与工作的业绩，无不彰彰于后生的耳目。至其思想的特色，可以引用一句知堂老人称蔡孑民先生的话，叫作唯理主义。仿佛至大而无所不容，却又有自己的中心，采取的是稳扎稳打的战术，有时候还不惜绕着圈子地转战着，这在语文的论战中最可显见。在表面上看不出他坚强的精神，而内容上却有他的精深、结实之处。这在学术的论战中最需要这样的人，比起一般虚浮嚣闹、取快一时之辈，就非可同日而语了。

这里附带的可以说这本《望道文辑》。内容共分三辑，一曰语言文学辑，一曰杂论辑，末附有译文辑。而我最欢喜的自然还是这杂论一辑。如《关于胡适批判》《对于读经的意见》《用脑子论》《明年又是什么年》等的短论，皆足以反映时代的动态，与暴露政局的混沌。中有《镜花缘和妇女问题》《关于恋爱》《恋爱的新生》之类，则因他向来是研究妇女问题之故，对这方面也就关心良多了。后来我编《鲁迅风》时，经我好几番地拉稿，即用"齐明"的笔名，以《因花溅泪的演出说到新女性》一文付我。其早年且曾编过《妇女评论》。如在《镜花缘和妇女问题》中劈头云：

"《镜花缘》虽然是小说，其实大半是杂谈，杂谈中国本来也被称为小说，如记鬼怪人精的笔记小说后来称为'丛残小语'的就全然是这一类。这类小说，篇身都是很短，各篇自为起讫，不相连属，很易看完，内容又多奇奇幻幻，可助谈兴。向来也颇有人爱看，说是看了可以多识多知。《镜花缘》的作者李汝珍似乎就从这类小说里培养出来。"

这所说的很有识力，有判断。又在《恋爱的新生》末云：

"新人的恋爱，只是一般生活的一环，在一般生活的规律之外，并没有什么恋爱的特殊规律。在新人之间，固然不会有那些超常的迂腐行径，实际也不会有那些越格的狂荡体态。他们对于一切都是自自然然的。自自然然地待自己，也自自然然地待别人。艳奇妖异，不在他们眼里。对于恋爱，便都看作各个个人寻寻常常的私事，不再给以特别的注意，更没有人借此来敲诈，造谣中伤。一切全像专向垃圾箱里捡取垃圾似的三面新闻记事，他们的光亮到了，就将立地消失，好像影子一样。"

这一段话更其有意思，可以给新时代的恋爱观念下一个惬切健全的诠释。临末之攻击那些黄色新闻记事，益加令人痛快，大约也是有感而发吧。对于本书的推崇，我还可以举出一个代表来，那便是亡友周木斋先生在《作家》月刊第五号上，有《关于〈望道文辑〉》的批评。中云：

"这辑里的文章，既不是专家文集而有意地写的，所以有专家的实际而没有专家的名义，因而避免讲义式的呆板和架空，所讨论的都是现实的生动问题。因为是语言学者，所以是努力地实践；因为又是文法学者，所以文字还是谨严；因为又是修辞学者，并且是口语的，所以刻划得切实的新鲜。"

这可以补拙见不及。他并以为望道先生与中国语文学的关系，"这从陈先生离沪后，中国语言学会便告无形停顿可以得到说明"。即此数语，已不难看出望道先生之于语言文学，是怎样的给人以深切鲜明的印象了。他研究的学问虽然包括部分很多，但对语文一门，却始终不曾稍懈。如在授课时，还替译报编《语文周刊》，主持新文字的推行都是他毅力之表现。《语文周刊》的作者，多数是特约的，如傅东华、张世禄、方光焘诸氏。可惜我对这方面是百分之百的外行，虽经几次的不弃，殷殷以文事相勉，而我却连一得之愚的贡献也没有。

至于对拉丁化文字的推行，他更是最起劲的一员，在研究几个月后，居然就能得心应手地很自由地写读了。这种精神，尤值得我们后学的惭愧佩服。同时，他对于一切旧势力旧思想的抗争，也并非一意地用偏激过火的手段，想把历史一蹴而就。如他一面进行新文字，一面却也不抹煞汉字在目前中国的实际效力。这正如他的治学一般，有层次，有逻辑，严谨密切，按照时代的步伐而进此。此正所谓务其大而远者，而士论乃亦翕然归焉。

这样的经过几次往返之后，和他的情谊也视前增加了。如三十日日记云：

"往望道先生许谈语文问题，彼谓鲁迅先生汉字不死、大祸不止之说，殊有可以商榷的余地。因汉字在实际上尚有其传统之影响，目的虽必在废止，然步骤不可不安排也。语极中肯，畅谈良久而出。望道先生毫无学者名流的架子，亦无严肃的绅士气，对后辈的提拔尤深且力，故应对之间，一无不自然感觉也。"

三月七日云：

"午后，往陈先生寓，谈'五四'时代情形颇详备。陈即过来人也。予生也晚，不及见当时诸先驱大声疾呼之状，今得娓娓款谈，仿佛年光倒驶矣。旋又涉及妇女问题，亦足开我茅塞不少。陈氏谈吐迟缓，语调从容不迫，有时必杂以风趣之语。曾谈起猥亵的小说，谓周越然君藏此道书极多，如欲浏览可代借云。"

大约因第二天是三八节的缘故，所以中间的舌锋曾经触到了妇女问题，而对"五四"时代所亲知灼见的情状，这一天特别说得详细，隐约之间，复以某些人的消沉没落之可悲。至廿三日则曾请他往研究所附设的座谈会上演讲。这是课外的一种组织，讲师另外义务的聘请，有本所的教授，也有校外的学者，而这一天所讲的似为言志与载道吧。还有一次，是我陪一个副刊编者 K 先生到他家里索稿，谈起了过去政治与文化，于是翌日遂用一介笔名，以《从一个人谈到一本书》为题交给 K 先生。内容讲的是某一时期政治上一个重要的人，以及他著的书，为外界所罕知者，至少也可以当佚闻看也。

这些细事记起来太多太琐碎了，还是拣一个重要的项目来说一下，以为本文之殿。

那就是他发起的上海语文展览会的大略情形。

年月已经不可记得了，总之非廿九年的秋冬即卅年的春间。有一天，望道师亲自跑到寒斋来，说是最近将举行一次语文展览会，叫我到那边去任招待，经过我的答应，便自开会那天起，每日下午去会中招待照料。这次展览会参加的名人很广泛，其中尤以丁福保先生及佛学书局同人帮助为多。此外还有一二个金融界人物。场券分好几种，用的推销制。事先，我商得《浅草》编者K先生同意，出了一个特刊，有望道先生及周木斋先生等小文，而在别的新闻期刊上鼓吹尤力。这是唯恐大会的成绩不好，亏融过巨，因为语文的事情究竟较为专门，至少也得是知识界对之方有兴趣。不料后来的成绩却出乎意外地热烈遍布，以致展期了好几天。对于望道先生，自然得到很大的慰藉了。这原因，一来是文字上宣传的勤力，二来是主持的人能够想出别开新面的花样，迎合上海人好奇的胃口。例如午后的声盲学校学生的手势表演、摸字表演，都非平时所能看到。至于展览的材料，更其广事搜罗，只要和语文有连带关系的，无不陈诸会场，自释氏贝叶以至甲骨钟鼎。最有趣的，还得推"姬佛陀"的一些千奇百挂的笔杆了。有铜质的，有金质的，有竹制的，而每一种又分出大大小小的如高曾祖考一般。还有如扫帚式的，鱼竿式的，龙珠式的……莫不极尽异想天开之能事！而且有几支铜或金的笔，完全实心制的，像我这样的力气凭怎么也举不起，这真不愧为拔山扛鼎的了。所以那天到哈同洋行搬运的时候，就足足载了好几卡车。据说还费了干事某君的不少唇舌，方才能借出来呢。同时，还派了哈同洋行的几位仆役，像保护他们主人一样的在会场中寸步不舍地注视着，到了夜里，则有专差的值班过夜。又有一幅硕大无朋的"寿"字椴幛，纵横可占两间客厅，上面有十八学士的题字。上款书迦陵仁姊，下款则自称义弟云。写的时候，还须出以脚踢和奔跑，否则无论如何无法成此大手笔。还有，是几幅"百体千字文"。何谓"百体"，便是每句四字以鼠、猫、梅、竹等拼合而成。当时有一位小学生看了，无意地给它一个名词，叫"动植物字体"。我觉得很惬适，比百体云云要好得多。此外，有两本名曰《玄珠笔阵》的集子，每一页皆影印着这位主人公佛陀——他有一个法名叫作什么阿那尊者——"临池"的姿态，如用雪茄烟作字之类……足占一百余页之多，而每页的背面则必有一位太史公的赋得，这真够得上一声书苑的奇葩了。总之，我们不必再加什么按语，就可看到这位主人公的气度、旨趣与胸襟了，无怪某书家见而大呼"妖气腾腾"矣。

这固然是题外的话，但想到了都不能不带上一笔。平心地说，这次观众的踊跃与这些"珍品"未尝没有关系。不过我却表示反对的。但望道先生以为单依纯粹的语文作品，恐怕不够号召，而为了造成语文空气的紧张和广大，就只好暂且利用一下，反正与语文运动并无什么大损。这也可以代表他一贯的周密、稳健的作风，处处能从大处落墨。

自从这次展览会以后，他对于语文的提倡关切，不待说是更深入了。而对外界的来往反而比较疏远，一心埋头著述，以学术的华衮掩其热烈之心。后在离沪之前，又特地到我处来通知，这也是令我永不敢忘的风义，当时我就约了两三个朋友，在华龙路一家食肆中草草地饯了一次行。本来我们定的是午餐或晚餐，因已被其他的友人约定了，只得改为点心，匆匆地谈了半晌，实不尽其依依话别之感也。

自离沪后，却不曾接到他的片楮只字，颇为我所遐想。听说现仍在蜀中教书。海上秋深，怀人千里，因风起意，唯有祝其平安健康，为中国的学术文化继续放大光明而已。

三十二年九月中旬

（《风土小记》）

黄果夫（生卒年月不详），上海作家。

记茅盾

黄果夫

我认识茅盾，还是八年以前的事情。

在一间狭窄的亭子间里，朋友 C 为我介绍："这就是茅盾先生！"

我抬起头来凝视着他：瘦小的身材，像芦草一样风洒而又坚实，两颗细小的眼睛，射着逼人的慈祥的光芒。

我紧握住他的手，叫了一声："茅盾先生！"一刹那，我不知道被什么力量吸引住了，我说不出话来。他的有力的手，火一样地温暖了我的心。他是那样慈祥、和蔼、详尽而又亲切地询问着我的一切。

我感动了，一丝人间的温情，流进了我的心胸。我要求他，希望他以后能多多地给我以指示。

一、 闭门写 《子夜》

我开始读着他更多的作品，除了三部曲——《幻灭》《动摇》《追求》之外，我又读了他的长篇小说《虹》，短篇小说《野蔷薇》《宿莽》等，那种流畅而生动的文笔，深深地打动了我的心，每一篇作品中的人物，差不多都有着我的缩影，我把我自己的命运与他们的命运联系起来，我在他们之中得到了伙伴，得到了慰藉，更得着了温暖……

对于一些不了解的人物，个性，境遇，我老是要求了解，我仔细地向他探索着一切，他也老是不惮烦向我解释着一切，有时要到深夜。

那时，茅盾先生正在埋头写他的长篇小说《子夜》，整日夜地不大出外，有时出去，也要在夜深人静之后。我瞧着他穿着一件庞大的棉袍子，戴着一顶赭色的皮帽子，在已经达到几百度的近视眼镜上，还要加上一副墨色的眼镜，急忙忙地走出去。我瞧着他在黑暗中逝去了的背影，仿佛已经得到了莫大的安慰，我这才兴冲冲地，回到我的狭窄的亭子间中，很安静地睡去了。

有时，我被一些不能解决的问题缠绕住了，我想跟着他的背影，追上前去，和他谈一个痛快，但我又怕惊动了或耽误了他的要事。

在这种时候，我独个儿徘徊在他的寓所的门口，或者弄堂门外，已经不知有多少次了。

在一天下午，他突然跑来找我，他兴奋地拍着我的肩膀说：

"我有半个月的空时间，我打算做一件事情，你能不能陪着我一起去做?"

我毫不犹豫地答应了，也不管那是一件怎样的事情。

二、 实地的观察

原来他那时所写的长篇小说《子夜》中需要明白交易所中的情形，他打算花半个月的工夫去实地调查一番，然后才执笔写作。

以后，我们每天出现在各个交易所中，瞧着那些骚动着的人们，疯狂地嚷着"空头""多头"的买卖。我们冷视着，一直要到交易所收息时，才蹒跚地踏了出来。

有时，茅盾先生更活跃得像一个商人，挤在生意买卖的人丛中去打听行情，他表现得是那样的认真，又是那样的老练。

每天晚上归来时，他独自地关在他的书室里，埋头写作了。

每晚我从弄堂外面，瞧见他书室中的灯火扭开着，一直到第二天清晨我又出现在他的寓所的弄堂里时，他书室中的灯光仍旧是明亮的，差不多每晚都是这样。

我开始被一个人的努力深深地感动了，我开始知道一个作家的成功，是经过了怎样坚忍的努力。

这以后，我们有五个月没有见面，我为了怕耽误了他的工作，一直没有去找过他。后来，据说他将他的家暂时搬回故乡浙江桐乡去了，也是为了《子夜》的写作。

五个月以后的一天下午，我们在北四川路的上海大戏院的门口碰着了。那时，上海大戏院正在开映苏联的片子《金山》，上海的文化人差不多都争先恐后地去看这一张片子。

这时，虽则是春天，他仍旧穿着那件宽大的棉袍子，一顶皮帽子更戴得下了，差不多齐了他的眼睛角。他的态度仍旧是那样从容和精明的，他一看见我便握着我两只手，把我拖到上海大戏院的楼梯的后面，热心地问着我五个月来的近况。这五个月来，我的内心正沉浸在秋天的境域中，有着一种说不出的酸痛，多少朋友离开了，多少面貌改观了。多少……一长串的悲愤和凄凉。

他照例给我许多安慰和鼓励。

因为时间的匆促，我们没有谈到更多的话。戏散后，也不能允许我们谈更多的话。在黑暗的戏院中，我们紧握着手，互道一声"再会"，便分别了。

三、 严谨的工作者

这以后，便一直没有见面，只是知道他仍旧是在上海，他仍旧靠着卖文来度活，他仍旧是……内心算是得到了些微的安慰。

一直到事变的前一年，我才在一个欢迎会上碰着了他。我们离别只是有短短的几个月工夫，但是，茅盾先生变了，他变得是那样的冷静与沉着，仿佛一言一笑，都可以震天地、撼山岳似的，他的表面冷静得就像一块寒光闪闪的钢铁，而他的内心却潜伏着无限的热和力。

那时期，他正是旧病复发的当儿，胃病和心脏衰弱症紧紧地追随着，不愿放松他一步，然而，他便在这整日夜病魔缠扰中，进行他的工作。有时，他为了生活，也是为了工作，一天要写上将近万字的文章；有时，他又得冒着风和雨，深更夜半去出席各式各类的座谈会，没有怨言，更不感到丝毫的疲乏，仿佛像一只跋涉在沙漠中的骆驼似的，默默地工作着。

"八一三"事变后，虽在各种座谈会中不时地遇着他，但也无言可说，好像一切谈话都是多余的了。

上海战事西移后，他决心带着他的太太和三个孩子到内地去，临走的前几天，我碰着了他，他紧握我的手，他问我要不要到内地去，他说，他能够帮助我解决到内地的路费与工作问题……

他是那样地热心与兴奋。

不知怎样，我变得那样冷淡，我摇摇头，毫无意识地答复他："我不愿离开上海！"

这一别，不想就是五年多了。这期间，我曾经从各方面和报章杂志上设法去打听他的行踪与他的生活工作状况，只要是一点点，我也心满意足了。

四、 在新疆和香港

在汉口时，据说，他对于当局的军事、政治、经济各种政策不满，又曾经带着他的全家跑到辽远的新疆去，准备开辟新的天地，但不久又为了政治见解的不同，而不容于新疆当局，几乎送了他的性命。

从新疆出来，又回到重庆，结果又为了对渝府不满，而不得不重新带着他的全家，跑到香港去，仍旧度着他的卖文生活。

颠沛、流浪、挣扎，这是他的半生。

在香港，他写了一篇日记体似的中篇小说，题名《腐蚀》。

他在《腐蚀》的开场中这样写道：

这一束断续不全的日记，发现于陪都（重庆）某公共防空洞，日记的主人不知为谁氏，存亡亦未卜。该防空洞最深处岩壁上，有一纵深尺许的小洞，日记即藏在这里。是特意藏在那里的呢，抑或偶然被遗忘——再不然，就是日记的主人已经遭遇不幸，这都无从究明了。日记本中，且夹有两张照片，一男一女，都是青年，男的是否即为日记中常常提到的K，女的是否即为日记主人所欲"得而甘心"，且为K之女友所谓"萍妹"，这也是无法究明了。不过，从日记本之纸张精美，且以印花洋布包面，且还夹有玫瑰花瓣，等等而观，可知主人是很宝爱他这一片段的生活记录的。

所记，大都缀有月日，人名都用简写或暗记，字迹有时工整有时潦草，并无涂抹之处，唯有三数页行间常有空白，不知何意。又有一处，墨痕溶化，若为泪水所渍，点点斑驳，文义遂不能联贯，然大意尚可推求，现在移写，悉仍其旧。

　　呜呼，尘海茫茫，狐鬼满路，青年男女为环境所迫，既未能不淫不屈，遂招致莫大的精神痛苦，然大都默然饮恨，无可申诉。我现在斗胆披露这一束不知谁氏的日记，无非想借此告诉关心青年幸福的社会人士，今天的青年们在生活压迫与知识饥荒之外，还有如此这般的难言之痛，请大家多加注意罢了……

　　《腐蚀》的内容，可以说是茅盾整个的心情流露与对重庆不满的呼声！我默默地读着《腐蚀》，我怀念着茅盾！

孔另境（1904—1972），原名令俊，笔名东方曦。茅盾夫人孔德沚之弟。1922 年就读嘉兴二中，同年入上海大学中文系读书，与施蛰存、戴望舒同学，1925 年毕业。1929 年到天津南开中学任教，不久转至河北省立女子师范学校，任出版部主任兼《好报》编辑。1935 年任上海华华中学教导主任。1939 年，将华光业余中学戏剧科改办成华光戏剧专科学校，培养影剧人才。其代表作品有《齐声集》《秋窗集》《孔另境散文选》《现代作家书简》《中国小说史料》等。

怀茅盾

孔另境

茅盾率全家离沪，是在"八一三"以后的第二年，到现在已经近八年了。在这七八年里，我因为和他有些亲戚的关系，所以还间续地维持着书信的往还。然而这数千里的相隔，仅仅凭这几次疏落的通讯是无法明了彼此生活实况的，因此，我们仿佛变成渐渐陌生起来了，有时我连这种"报平安"的信也懒写，因了半年一往还的长时间，那些信就成了毫无意义的"明日黄花"。我宁可凭着头脑中的想象来怀念他和他的家属们，我宁可把一切留待日后做面诉的资料吧。

然而我为着拉住那些快被遗忘的往事，我愿意用这支笔杆来重温一次旧梦。

茅盾是出身在浙北临近江苏的一个小镇上，这个小镇的范围相当大，市面也热闹，镇中有一市河，将镇划分为二，河东和河西分属于两个县份，茅盾的家是在河东，在前清是属于嘉兴府的桐乡县，民国废府以后，它就是桐乡县所属的一个最大市镇，地名青镇。这是一个复杂的处所，但也是一个富裕的鱼米之乡，历次的兵灾并没有影响到这镇上，所以人口就天天增加起来，从各处逃荒来的难民，都把这小镇作为安乐窝，远至湖南、四川的人也大群地寄居在这镇上，所以到这次战前为止，该镇人口几达五万。茅盾就是生长在这个富裕的小镇上，他的祖上也是书香门第，到他父亲的时候，才改业儒医，可是不幸他早岁就丧失了父亲，只剩他的寡母和一位胞弟，家产既非富裕，那生活的情形可想而知了。

茅盾之能从小学读到大学，茅盾之能在文坛上出人头地，半得力于他的母亲的教诲和影响。我从前曾写过一篇关于他母亲的文章，但只不过是一鳞一爪，在这里，我还必须加以补充。

茅盾的母亲陈氏，出身在一个诗礼望族，她知书达礼，平日家事而外，就以看书作为唯一的消遣。但是她的个性异常倔强，观察事物的眼光也较常人远大和锐利。自丈夫去世以后，她就负担了支持这个家庭的责任。她把丈夫剩下来的极有限的财产，几乎是全部地供给了她的两个儿子的受教育。那个时候，在这个小镇上还没有出外求学的人，然而她偏偏把她的儿子们送到外埠去读书，等到他们中学毕业以后，还把他们送上了大学去，这在镇上不但是破天荒的举动，有些人还认为是不可理解的荒谬举动。她不管人家背后的议论，她也不理族中人的劝阻，这种大胆的作为，简直可说是镇上的第一人。听说当她的儿子们寒暑假回家来的时候，一方面督责他们温习功课，同时又琐琐地告诉他们家计的情形；她的意思要她的儿子了解家庭经济的状况，使他们更能刻苦自勉。等到茅盾在北京大学三年预科毕业的时候，她觉得实在支持不下去了，于是只好命她的大儿子——茅盾——休学就业，这样茅盾就进了商务印书馆当小编辑，每月获得二十四元的收入；茅盾的弟弟沈泽民，则仍在南京河海工程学校求学。

我之认识茅盾，就在他大学预科毕业，回家完婚，接着就进商务的时候。

茅盾进商务以后，就把家庭接到了上海来住，老太太也同了来，租的是宝山路鸿兴坊一幢带过街楼的房子。不久，茅盾就担任了《小说月报》的编辑，不久又和几位文艺同好者组织文学研究会，那时他又秘密地参加了政治活动，他的家也搬在商务的贴邻顺泰里。

我那时在上海大学读书，茅盾也是该校中国文学系的教师。他教的是"小说研究"和"神话研究"。每天一早他和我同着步行赴校（那时我是寄居在他家里，上大是在闸北青云路），上完课他就到商务去办公。

茅盾的口才不及他文章的流利，所以他的教课并没有教得怎样出色，那时学生中比较和他接近的有施蛰存和戴望舒，他们经常到他家来谈天或讨教问题。

1925年上海发生"五卅"事件，茅盾是参加着活动的。这运动的大本营是上海大学的教师和学生。但不久就受到了压迫，茅盾也受官厅的注意。那时广州国民政府已经成立了，同时国民革命军正预备出师北伐，茅盾也于此时离沪赴粤，担任国民党中央执行委员会宣传部的秘书，部长是汪精卫，后来代理部长是毛泽东。1926 年 3 月 20 日中山舰事件发生，茅盾就在事件的第二天离广州回到上海，他在上海是担任着国民通讯社（是国民党的通讯社）的主编。

到 1927 年初（或 1926 年冬），他和他的夫人到了武昌，住在省议会旁边的一所房子里，和他们同住的还有李达，那时他似乎没有担任什么工作。不久之后，他们搬到汉口民国日报馆里去，他担任了该报的主笔。

是年七月，又被"欢送"回到了上海。

他在离开汉口以后，先在牯岭住了一下。那时时局动荡不定，他似乎也还没有决定行止，后来时局急转直下，他既不想跋涉南行，于是只好东下一途。他那时的意志仿佛有些消沉，他似乎已厌弃了政治的文化生涯，而愿意专心于文艺的本位工作了。

就在那时——在牯岭时代——他开始了创作的活动，他开始写他的三部曲之一的《幻灭》。

上海的空气压抑得他不能呼吸，他于是东渡赴日。他写了《从牯岭到东京》，满纸充满着感伤的气氛。然而他是遗传了他的母亲的倔强的意志的，所以他虽感伤但不消极，他不管人家的谩骂，继续埋头写出他的《动摇》和《追求》。

在日本大约住一二年，又回到了上海，那时他仿佛已经过了易地疗养的功效，他又毅然地走向了乐观的道路上来。他写了许多的短篇小说，如《春蚕》《秋收》及未完的长篇的《虹》。

他又参加了左翼文艺运动的指导部，和鲁迅先生同负了伟大而繁重的任务。

他从此到"八一三"战事发生为止，一直在半公开的活动中，但他所活动的只限于文艺的部门，一方面他又不忘记一个文艺家本位的工作，他写出了许多的短篇、中篇和长篇，《子夜》就是那时的产品。

之后战事发生了，他的创作活动也停顿了起来，战事西移以后就率领全家（妻子和一女一男）南走香港，他在港为《立报》编副刊，并替生活书店主编《文艺阵地》。

他又到过一次新疆，在新疆学院任文学院长。不久，该省政治变动，杜重远被捕，他和他的夫人回到了桂林。最近两年则住定在重庆，并未离开过一步。

据说他已写好了一个长篇，题名《霜叶红于二月花》，我们在此地无法看到这书的内容。

茅盾是一位理智胜于情感的人，所以他能理智地分析现象，把握事实，他应付一切生活的遭遇几乎是不大动感情的。但这并不是说他没有感情，他也具备一个文艺家所必须具备的热烈、丰富的情怀，不过他不是外烁而是内蕴罢了，否则他是写不出这许多有血有肉的著作来的。

茅盾的学识相当丰富，他不但于自己本位的知识有深湛的研究，他还对于社会科学下过一番研究的功夫，他懂得历史发展的轨路，他能把握住前进的方向，他之所以能够在文艺运动中起领导的作用，一半就得力于他从社会科学研究而来的前进思想和意识。

茅盾在文艺领域中的理解也非常广泛，他对中国的旧学问也有过研究。他注释过《庄子》《墨子》等书，同时他对西洋文学也十分爱好。他在未去日本以前，他的工作成绩几乎全部是翻译，他译过许多的外国作家的文艺理论和作品，而且译笔异常的流利生动，几乎看不出是译品。他后来写创作的所以能一举成功，我怕一半是得力于他长期从事翻译的修养。

茅盾不愧是一位多才多艺的作家。在这次战事中他又走遍了半个中国，增广了许许多多实地的见闻，这是任何作家所不及的幸运。但愿他永享健康，定卜他年吐给中国文坛以无限的光辉。

1944 年 11 月

赵景深（1902—1985），现代作家、文学史家、文学翻译家。生于浙江丽水，少年时在安徽芜湖读书。酷爱文学，1922 年从天津棉业专门学校毕业后，任天津《新民意报》文学副刊编辑，并任文学团体绿波社社长。1925 年任上海大学教授；1927 年任开明书局编辑；1930 年起任复旦大学中文系教授，同时兼任北新书局总编辑。其著作和译作数量多、范围广，在学术界和教育界颇有影响。

苏雪林和她的创作

赵景深

水初流到石边时，还是不经意地涎着脸撒娇撒痴地要求石头放行。但石头却像没有耳朵似的，板着冷静的面孔，一点儿不理。于是水开始娇嗔起来，拼命向石头冲突过去。冲突激烈时，浅碧的衣裳裥开了，露出雪白的胸臂，肺叶收放，呼吸极其急促，吐出怒吼的声音来，缕缕银丝头发，四散飞起。

噼噼啪啪，温柔的巴掌，尽打在石头皱纹深陋的颊边——她真的怒了，不是儿戏。

谁说石头是始终顽固的呢？巴掌来得狠了，也不得不低头躲避。

她虽然得胜了，然而弄得异常疲倦，曳了浅碧的衣裳去时，我们还听见她断续的喘息声。

《鸽儿的通信》之二

神经质的我忽发一念，以为这穿着浅碧衣裳的水便是"绿漪"（即苏雪林）她自己的象征。碧即绿也，水即沦漪或涟漪也。或许"绿漪"与"碧衿"一样，即由此得名；也许别有原因，是由于她与她的建中是住在"绿天"的园子里吧？

一部《棘心》的主旨，便是情感与理性的争斗。杜醒秋为了母亲，她所至爱的母亲，替她订了婚，要她将来嫁给一个工程师，便拒绝了许多向她求爱的人，要把一颗贞洁的心和一个洁白的身体献给她母亲替她订婚的人，而他只是对她冷淡。她再也不能忍受这种侮辱，便与他绝交。终于因了母亲在病危中要她嫁给他，她便顺从母亲的意旨了。可是，她"没有宣布家庭革命，没有强迫她父母向夫家解除婚约"，实在用去了很大的力量，虽是已经"战胜自己"，她自己"也已弄得疲乏不振"（《棘心》）了。屡次向顽石冲激的水，不是像她自己母爱与"私心"相战一样的吗？

《绿天》里的《小小银翅蝴蝶的故事》就是《棘心》的缩写，不过《棘心》是长篇写实小说，《小小银翅蝴蝶的故事》是短篇寓言罢了。主人公小小银翅蝴蝶大约是杜醒秋，即《棘心》的女主人公，蝉和蠹鱼之类大约就是"某某几个同学了。他们都是很有学问的青年。为了母亲，她一点不接受他们输来的情款"（《棘心》）。蜜蜂自然就是叔健，银翅蝴蝶说："我们的婚约，是母亲代定的，我爱我的母亲，所以也爱他。"（《绿天》）这样的话在《棘心》里常可看到：

> 我是订了婚的人。
>
> 恋爱，无论肉体和精神，都应当有一种贞操；而精神贞操之重要，更在肉体之上。她已经有一个未婚夫了，她将来是不免要和他结婚的，她是应当将全部的爱情交给他的。如果她现在将心给了他人，将来拿什么给她的丈夫呢？
>
> 我们是旧家庭代定的婚约。
>
> 我终不能为一己的幸福而害了母亲！我终不能为一己的幸福而害了母亲！

蛾儿就是《棘心》第三章《光荣的胜仗》中的秦风，这一章几乎成了他的"列传"。蛾的事当是秦风与"年轻美丽的姑娘"恋爱的故事。蛾儿追逐蝴蝶，当是秦风追逐醒秋。可比较下列两节：

> 说也奇怪，以后蝴蝶每到湖上去，飞蛾就在湖边等她，好像有成约似的。也不知他有什么法术，能够如此。（《绿天》）
>
> 他天天伏在楼窗上窥探醒秋的行踪，一见她下楼，便赶过来同她说话。甚至醒秋一天做了些什么事，一餐吃了多少饭，几时起身，几时睡觉，他都知道。……醒秋真有些害怕起来，疑心他是一个巫者，懂得什么魔术的。（《棘心》）

但是，蝴蝶终于不能爱蛾儿，犹之醒秋终于不能爱秦风。蝴蝶爱的是蜜蜂，也犹之醒秋爱的是叔健。试再比较下列两句：

> 听说在山那边学习工艺呢。(《绿天》)
> 他那时正在美国学习工程。(《棘心》)

后来蝴蝶或醒秋受了一个刺激：

> 蝴蝶想，只要写一封信去，就可以将蜜蜂叫来。她写信之后，就忙着收拾妆奁，以为结婚的预备。她榨取紫堇金花的香水，扫下牡丹的花粉；用灿烂的朝阳光线，将露珠穿成项圈；借春水的碧色，染成铺地的苔衣。朋友们见她整日喜孜孜地忙东忙西，都觉得奇怪，逼问理由。蝴蝶瞒不过，只得实说："我不久要结婚了。"蝴蝶没有忙完，蜜蜂的回信已来了，里面只这样寥寥的几句："我现在工艺还未学毕，不能到你这里来，而且现在也不是我们讲爱情的时候。"蝴蝶读完那封信，羞愤交并。她恨蜜蜂不该拿这样不委婉的话拒绝她，贬损了她女儿的高傲。而且园里的昆虫都知道蜜蜂是要来的，现在人家再问，用什么话回答呢？她自到湖的西边以来，抛掷多少机会，拒绝多少诱惑，方得保全了自己的爱情。她要将这神圣芳洁的爱情郑重地赠给蜜蜂，谁知他竟视同无物，未见面就给她一针，直扎穿了她的心！(《绿天》)

　　她立刻写了一封快信给他，劝他回国时，取道欧洲和她相见一面。如他肯在欧洲再读一二年书，那么她更为欢迎。她预算和叔健结婚，不得不置几件衣。她请同学指导，同学问其所以，醒秋微笑说道："我不久要结婚了！"过了二十多天，叔健才来了一封信，大约说："我早告诉过你，我对于旅行，不感一毫兴趣，到欧洲去什么！至于结婚，我此刻亦不以为急！"她气得手足冰冷浑身打战。她的高傲，她的尊贵的女儿身份，是太受伤损了！况且叔健这种行为还蹂躏了她的爱情，这爱情她视为生命一般重要。她是为了叔健，冒多少危机，受多少辛苦，方得保全的。而且这事在同学方面，久已传开，人人都知道叔健要到欧洲来和她结婚。现在忽然成了虚话，同学虽未必耻笑她，她总觉得惭愧。(《棘心》)

　　蝴蝶听紫蚓诵经，也就是醒秋与白朗为友，皈依了天主教。但蝴蝶或醒秋只是两次被拒以后才皈依的，并非出于本心。后来蝴蝶或醒秋与蜜蜂或叔健结婚，也就不愿过那"蠖蚷的生活"了。

　　《棘心》的结构是经过一番安排的，以出国起，以归国终。秦风在第三章出现后，以后一直不曾再出现过，作者恐怕过于冷却，在第十一章还点了一句"醒秋从前之不爱秦风，或者就是受了这种心理的支配"云云。

　　《绿天》中《她的书橱》一篇，结构也好。前半叙她自己喜欢书橱，想买一口旧货，而她的康却要学秦始皇，焚尽她的书，并且不愿意她把旧书橱买来。后来她忽见家中有一口新书橱，她以为是人家送错了，她的康绝不会替她买的，读者也要这样的想，谁知结果方知这书橱就是康替她订做的。最后给读者一个惊奇，正是作者故弄狡狯的地方。

读绿漪（即苏雪林）的作品，是我早就有了的愿望。我在《文人剪影》中说："她用绿漪的笔名所写的创作，我却至今还不曾得着机会全部阅览。"因此我在《中国文学史新编》中称她的散文属于冰心、自清、绍钧一派，不免是以一概全的妄论。因为我只看过《我们的秋天》和《收获》（均收入《绿天》），便想当然地这样说了一句，其实她的作品与冰心、自清是完全不同的。与绍钧或者有一点相似，但也不像。冰心、自清的作风是流利自然，绍钧不免有点凝重，绿漪就比绍钧更多一点刻画了。但她在刻画中自有其流利，这是使我以前误会的原因。她时常逞她的想象于天涯地角。她见了一所绿的园子，便想象到赤道下的日光、热带的棕榈、大香木、长尾猴、孔雀、红嘴绿毛的鹦哥、毛鬣壮丽的狮子、长颈鹿、金银豹、白象、河马、鳄鱼、红绿斑斓的蛇等等（《绿天》），醒秋的爱母之心战胜，则用斗牛为喻（《棘心》），信发出后，又发生结婚的幻想（《棘心》）：凡是这些，一时也举不尽，都使我们不期然地想起她的近作《鸠那罗的眼睛》来。我更生拉活扯地以为她喜爱考证李义山（《李义山恋爱事迹考》），诠释《青鸟》（《真美善》），谈讲 Pandora, Cupid, Venus, Nymph, Zeus 等希腊神话和王尔德的《夜莺与玫瑰》(《棘心》),都是她的唯美倾向的表现。总之,她的文辞的美妙,色泽的鲜丽,是有目共赏的,不像志摩那样的浓,也不像冰心那样的淡,她是介乎两者之间而偏于志摩的,因为她与志摩一样的喜欢用类似排偶的句子,不惜呕尽她的心血。她用她那画家的笔精细地描绘了自然,也精细地描绘了最纯洁的处女的心。

(《海上集》)

张爱玲（1920—1995），本名张煐。中国现代著名女作家。原籍河北丰润，生于上海。1932 年开始发表小说、散文等文学作品。1939 年就读于香港大学。1942 年中断学业回到上海。此后陆续发表《沉香屑·第一炉香》《倾城之恋》《心经》《金锁记》等中、短篇小说，震动上海文坛。其作品包括小说、散文、电影剧本和文学论著等，见证了中国近现代史。

我看苏青

张爱玲

苏青与我，不是像一般人所想的那样密切的朋友，我们其实很少见面。也不是像有些人可以想象到的，互相敌视着。同行相妒，似乎是不可避免的，何况都是女人——所有的女人都是同行。可是我想这里有点特殊情形。即使从纯粹自私的观点看来，我也愿意有苏青这么一个人存在，愿意她多写，愿意有许多人知道她好处，因为，低估了苏青的文章的价值，就是低估了现地的文化水准。如果必须把女作者特别分作一栏来评论的话，那么，把我同冰心、白薇她们来比较，我实在不能引以为荣，只有和苏青相提并论我是甘心情愿的。

至于私交，如果说她同我不过是业务上的关系，她敷衍我，为了拉稿子，我敷衍她，为了要稿费，那也许是较近事实的，可是我总觉得，也不能说一点感情也没有。我想我喜欢她过于她喜欢我，是因为我知道她比较深的缘故。那并不是因为她比较容易懂。普通认为她的个性是非常明朗的，她的话既多，又都是直说，可是她并不是一个清浅到一览无余的人。人可以不懂她好在哪里而仍旧喜欢同她做朋友，正如她的书可以有许多不大懂它的好处的读者。许多人，对于文艺本来不感到兴趣的，也要买一本《结婚十年》看看里面可有大段的性生活描写。我想他们多少有一点失望，但仍然也可以找到一些笑骂的资料。大众用这样的态度来接受《结婚十年》，其实也无损于《结婚十年》的价值。在过去，大众接受了《红楼梦》，又有几个不是因为单恋着林妹妹或是宝哥哥，或是喜欢里面的富贵排场？就连《红楼梦》大家也还恨不得把结局给修改一下，方才心满意足。完全贴近大众的心，甚至于就像从他们心里生长出来的，同时又是高等的艺术，那样的东西，不是没有，例如有些老戏，有些民间故事，源久流长的，造型艺术一方面的例子尤其多。可是没法子拿这个来做创作的标准。迎合大众，或者可以左右他们一时的爱憎，然而不能持久。而且存心迎合，根本就写不出苏青那样的真情实意的书。

而且无论怎么说，苏青的书能够多销，能够赚钱，文人能够救济自己，免得等人来救济，岂不是很好的事吗？

我认为《结婚十年》比《浣锦集》要差一点。苏青最好的时候能够做到一种"天涯若比邻"的广大亲切，唤醒了往古来今无所不在的妻性母性的回忆，个个人都熟悉而容易忽略的，实在是伟大的。她就是"女人"，"女人"就是她。（但是我忽然想到有一点：从前她进行离婚，初出来找事的时候，她的处境是最确切地代表了一般女人。而她现在的地位是很特别的，女作家的生活环境与普通的职业女性，女职员女教师，大不相同，苏青四周的那些人也有一种特殊的习气，不能代表一般男人。而苏青的观察态度向来是非常的主观、直接，所以，虽然这是一切职业文人的危机，我格外地为苏青虑到这一点。）也有两篇她写得太潦草，我读了，仿佛是走进一个旧识的房间，还是那些摆设，可是主人不在家，心里很惆怅。有人批评她的技巧不够，其实她的技巧正在那不知不觉中，喜欢花哨的稚气些的作者读者是不能领略的。人家拿艺术的大帽子去压她，她只有生气，渐渐地也会心虚起来，因为她自己也不知其所以然。她是眼低手高的。可是这些以后再谈吧，现在且说她的人。她这样问过我："怎么你小说里从来没有一个人像我的？我一直留心着，总找不到。"

我平常看人，很容易把人家看扁了，扁的小纸人，放在书里比较便利。"看扁了"不一定发现人家的短处，不过是将立体化为平面的意思，就像一枝花的黑影在粉墙上，已经画好了在那里，只等用黑笔勾一勾。因为是写小说的人，我想这是我的本分，把人生的来龙去脉看得很清楚。如果原先有憎恶的心，看明白之后，也只有哀矜。眼中所见，有些天资很高的人，分明在哪里走错了一步，后来怎么样也不行了，因为整个的人生态度的关系，就坏也坏得鬼鬼祟祟。有的也不是坏，只是没出息，不干净，不愉快。我书里多的是这等人，因为他们最能够代表现社会的空气，同时也比较容易写。从前人说"画鬼怪易，画人物难"，似乎倒是圣贤豪杰恶魔妖妇之类的奇迹比较普通人容易表现，但那是写实工夫深浅的问题。写实工夫进步到托尔斯泰那样的程度，他的小说里却是一班小人物写得最成功，伟大的中心人物总来得模糊，隐隐地有不足的感觉。次一等的作家更不必说了，总把他们的好人写得最坏。所以我想，还是慢慢地一步一步来吧，等我多一点自信再尝试。

我写到的那些人，他们有什么不好我都能够原谅，有时候还有喜爱，就因为他们存在，他们是真的。可是在日常生活里碰见他们，因为我的幼稚无能，我知道我同他们混在一起，得不到什么好处的，如果必须有接触，也是斤斤较量，没有一点容让，总要个恩怨分明。但是像苏青，即使她有什么地方得罪我，我也不会记恨的。——并不是因为她是个女人。她起初写给我的索稿信，一来就说"叨在同性"，我看了总要笑。——也不是因为她豪爽大方，不像女人。第一，我不喜欢男性化的女人，而且根本，苏青也不是男性化的女人。女人的弱点她都有，她很容易就哭了，多心了，也常常不讲理。譬如说，前两天的对谈会里，一开头，她发表了一段意见关于妇女职业。"记者"方面的人提出了一个问题，说："可是……"她凝思了一会，脸色慢慢地红起来，忽然有一点生气了，说："我又不是同你对谈——要你驳我做什么？"大家哄然笑了，她也笑。我觉得这是非常可爱的。

即使在她的写作里，她也没有过人的理性。她的理性不过是常识——虽然常识也正是难得的东西。她与她丈夫之间，起初或者有负气，得到离婚的一步，却是心平气和，把事情看得非常明白简单。她丈夫并不坏，不过就是个少爷。如果能够一辈子在家里做少爷少奶奶，他们的关系是可以维持下去的。然而背后的社会制度的崩坏，暴露了他的不负责。他不能养家，他的自尊心又限制了她职业上的发展。而苏青的脾气又是这样，即使委曲求全也弄不好的了。只有分开。这使我想起我自己，从父亲家里跑出来之前，我母亲秘密传话给我："你仔细想一想。跟父亲，自然是有钱的，跟了我，可是一个钱都没有，你要吃得了这个苦，没有反悔的。"当时虽然被禁锢着，渴望着自由，这样的问题也还使我痛苦了许久。后来我想，在家里，尽管满眼看到的是银钱进出，也不是我的，将来也不一定轮得到我，最吃重的最后几年的求学的年龄反倒被耽搁了。这样一想，立刻决定了。这样的出走没有一点慷慨激昂。我们这时代本来不是罗曼蒂克的。

生在现在，要继续活下去而且活得称心，真是难，就像"双手劈开生死路"那样的艰难巨大的事，所以我们这一代的人对于物质生活，生命的本身，能够多一点明了与爱悦，也是应当的。而对于我，苏青就象征了物质生活。

我将来想要一间中国风味的房，雪白的粉墙，金漆桌椅，大红椅垫，桌上放着豆绿糯米瓷的茶碗，堆得高高的一盆糕团，每一只上面点着个胭脂点。中国的房屋有所谓"一明两暗"，这当然是明间。这里就有一点苏青的空气。

　　这篇文章本来是关于苏青的，却把我自己说上许多，实在对不起得很，但是有好些需要解释的地方，我只能由我自己出发来解释。说到物质，与奢侈享受似乎是不可分开的。可是我觉得，刺激性的享乐，如同浴缸里浅浅地放了水，坐在里面，热气上腾，也感到昏濛的愉快，然而终究浅，就使躺下去，也没法子淹没全身，思想复杂一点的人，再荒唐，也难求得整个的沉湎。也许我见识得不够多，可以这样想。

　　我对于声色犬马最初的一个印象，是小时候有一次，在姑姑家里借宿，她晚上有宴会，出去了，剩我一个人在公寓里，对门的逸园跑狗场，红灯绿灯，数不尽的一点一点，黑夜里，狗的吠声似沸，听得人心里乱乱的。街上过去一辆汽车，雪亮的车灯照到楼窗里来，黑房里家具的影子满房跳舞，直飞到房顶上。

　　久已忘记了这一节了。前些时有一次较紧张的空袭，我们经济力量够不上逃难（因为逃难不是一时的事，却是要久久耽搁在无事可做的地方），轰炸倒是听天由命了，可是万一长期地断了水，也不能不设法离开这城市。我忽然记起了那红绿灯的繁华，云里雾里的狗的狂吠。我又是一个人坐在黑房里，没有电，瓷缸里点了一只白蜡烛，黄瓷缸上凸出绿的小云龙，静静含着圆光不吐。全上海死寂，只听见房间里一只钟滴答滴答走。蜡烛放在热水汀上的一块玻璃板上，隐约地照见热水汀管子的扑落，扑落上一个小箭头指着"开"，另一个小箭头指着"关"，恍如隔世。今天的一份小报还是照常送来的，拿在手里，有一种奇异的感觉,是亲切,伤恸。就着烛光,吃力地读着,什么郎什么翁,用我们熟悉的语调说着俏皮话,关于大饼、白报纸、暴发户,慨叹着回忆到从前,三块钱叫堂差的黄金时代。这一切,在着的时候也不曾为我所有,可是眼看它毁坏,还是难过的——对于千千万万的城里人,别的也没有什么了呀!

一只钟滴答滴答,越走越响。将来也许整个的地面上见不到一只时辰钟。夜晚投宿到荒村,如果忽然听见钟摆的滴答,那一定又惊又喜——文明的节拍!文明的日子是一分一秒划分清楚的,如同十字布上挑花。十字布上挑花,我并不喜欢,绣出来的也有小狗,也有人,都是一曲一曲,一格一格,看了很不舒服。蛮荒的日夜,没有钟,只是悠悠地日以继夜,夜以继日,日子过得像钧窑的淡青底子上的紫晕,那倒也好。

我于是想到我自己,也是充满了计划的。在香港读书的时候,我真的发奋用功了,连得了两个奖学金,毕业之后还有希望被送到英国去。我能够揣摩每一个教授的心思,所以每一样功课总是考第一。有一个先生说他教了十几年的书,没给过他给我的分数。然后战争来了,学校的文件记录统统烧掉,一点痕迹都没留下。那一类的努力,即使有成就,也是注定了要被打翻的吧?在那边三年,于我有益的也许还是偷空的游山玩水,看人,谈天,而当时总是被逼迫着,心里很不情愿的,认为是糟蹋时间。我一个人坐着,守着蜡烛,想到从前,想到现在,近两年来孜孜忙着的,是不是也是注定了要被打翻的……我应当有数。

后来看到《天地》，知道苏青在同一晚上也感到非常难过。然而这末日似的一天终于过去了。一天又一天。清晨躺在床上，听见隔壁房里嗤嗤嗤拉窗帘的声音；后门口，不知哪一家的男佣人在同我们阿妈说话，只听见嗡嗡的高声，不知说些什么，听了那声音，使我更觉得我是深深睡在被窝里，外面的屋瓦上应当有白的霜——其实屋上的霜，还是小时候在北方，一早起来常常见到的，上海难得有——我向来喜欢不把窗帘拉上，一睁眼就可以看见白天。即使明知道这一天不会有什么事发生的，这堂堂的开头也可爱。

到了晚上，我坐在火盆边，就要去睡觉了，把炭基子戳戳碎，可以有非常温暖的一刹那；炭屑发出很大的热气，星星红火，散布在高高下下的灰堆里，像山城的元夜，放的烟火，不由得使人想起唐宋的灯市的记载。可是我真可笑，用铁钳夹住火杨梅似的红炭基，只是舍不得弄碎它。碎了之后，灿烂地大烧一下就没有了。虽然我马上就要去睡了，再烧下去于我也无益，但还是非常心痛。这一种吝惜，我倒是很喜欢的。

我有一件蓝绿的薄棉袍，已经穿得很旧，袖口都泛了色了，今年拿出来，才上身，又脱了下来，唯其因为就快坏了，更是看重它，总要等再有一件同样的颜色的，才舍得穿。吃菜我也不讲究换花样。才夹了一筷子，说："好吃。"接下去就说："明天再买，好吗？"永远蝉联下去，也不会厌。姑姑总是嘲笑我这一点，又说："不过，不知道，也许你们这种脾气是载福的。"

我做了个梦，梦见我又到香港去了，船到的时候是深夜，而且下大雨。我狼狈地拎着箱子上山，管理宿舍的天主教尼僧，我又不敢惊醒她们，只得在黑漆漆的门洞子里过夜。（也不知为什么我要把自己刻画得这么可怜，她们何至于这样地苛待我。）风向一变，冷雨大点大点扫进来，我把一双脚直缩直缩，还是没处躲。忽然听见汽车喇叭响，来了阔客，一个施主太太带了女儿，才考进大学，以后要住读的。汽车夫砰砰拍门，宿舍里顿时灯火辉煌。我趁乱向里一钻，看见舍监，我像见晚娘似的，赔笑上前称了一声"Sister"。她淡淡地点了点头，说："你也来了？"我也没有多寒暄，径自上楼，找到自己的房间，梦到这里为止。第二天我告诉姑姑，一面说，渐渐涨红了脸，满眼含泪；后来在电话上告诉一个朋友，又哭了；在一封信里提到这个梦，写到这里又哭了。简直可笑——我自从长大自立之后实在难得掉眼泪的。

我对姑姑说："姑姑虽然经过的事很多，这一类的经验却是没有的，没做过穷学生，穷亲戚。其实我在香港的时候也不至于窘到那样，都是我那班同学太阔了的缘故。"姑姑说："你什么时候做过穷亲戚的？"我说："我最记得有一次，那时我刚离开父亲家不久，舅母说，等她翻箱子的时候她要把表姐们的旧衣服找点出来给我穿。我连忙说：'不，不，真的，舅母不要！'立刻红了脸，眼泪滚下来了，我不由得要想：从几时起，轮到我被周济了呢。"

真是小气得很，把这些都记得这样牢，但我想于我也是好的。多少总受了点伤，可是不太严重，不够使我感到剧烈的憎恶，或是使我激越起来，超过这一切；只够使我生活得比较切实，有个写实的底子；使我对于眼前所有格外知道爱惜，使这世界显得更丰富。

想到贫穷，我就想起有一次，也是我投奔到母亲与姑姑那里，时刻感到我不该拖累了她们，对于前途又没有一点把握的时候。姑姑那一向心境也不好，可是有一天忽然高兴，因为我想吃包子，用现成的芝麻酱作馅，捏了四只小小的包子，蒸了出来。包子上面皱着，看了它，使我的心也皱了起来，一把抓似的，喉咙里一阵阵哽咽着，东西吃了下去也不知有什么滋味。好像我还是笑着说"好吃"的。这件事我不忍想起，又愿意想起。

看苏青文章里的记录，她有一个时期的困苦的情形虽然与我不同，感情上受影响的程度我想是与我相仿的。所以我们都是非常明显地有着世俗的进取心，对于钱，比一般文人要爽直很多。我们的生活方式有很多不同的地方，但那是个性的关系。

姑姑常常说我："不知道你从哪里来的这一身俗骨！"她把我父母分析了一下，他们纵有缺点，好像都还不俗。有时候我疑心我的俗不过是避嫌疑，怕沾上了名士派；有时候又觉得是天生的俗。我自己为《倾城之恋》的戏写了篇宣传稿子，拟题目的时候，脑子里第一个浮起的是："倾心吐胆话倾城"，套的是"苜蓿生涯话廿年"之类的题目，有一向非常时髦的，可是被我一学，就俗不可耐。

苏青是——她家门口的两棵高高的柳树，初春抽出了淡金的丝，谁都说："你们那儿的杨柳真好看！"她走出走进，从来就没看见。可是她的俗，常常有一种无意的隽逸，譬如今年过年之前，她一时钱不凑手，性急慌忙在大雪中坐了辆黄包车，载了一车的书，各处兜售，书又掉下来了，《结婚十年》龙凤帖式的封面纷纷滚在雪地里，那是一幅上品的图画。

对于苏青的穿着打扮，从前我常常有许多意见，现在我能够懂得她的观点了。对于她，一件考究衣服就是一件考究衣服；于她自己，是得用；于众人，是表示她的身份地位；对于她立意要吸引的人，是吸引。苏青的作风里极少"玩味人间"的成分。

去年秋天她做了件黑呢大衣，试样子的时候，要炎樱帮着看看。我们三个人一同到那时装店去，炎樱说："线条简单的于她最相宜。"把大衣上的翻领首先去掉，装饰性的褶裥也去掉，方形的大口袋也去掉，肩头过度的垫高也减掉。最后，前面的一排大纽扣也要去掉，改装暗纽。苏青渐渐不以为然了，用商量的口吻，说道："我想……纽扣总要的吧？人家都有的！没有，好像有点滑稽。"

我在旁边笑了起来，两手插在雨衣袋里，看着她。镜子上端的一盏灯，强烈的青绿的光正照在她脸上，下面衬着宽博的黑衣，背景也是影憧憧的，更显明地看见她的脸，有一点惨白。她难得有这样静静立着，端详她自己，虽然微笑着，因为从来没这么安静，一静下来就像有一种悲哀，那紧凑明倩之眉眼里有一种横了心的锋棱，使我想到"乱世佳人"。

苏青是乱世里的盛世的人。她本心是忠厚的，她愿意有所依附；只要有个千年不散的筵席，叫她像《红楼梦》里的孙媳妇那样辛苦地在旁边照应着，招呼人家吃菜，她也可以忙得兴兴头头。她的家族观念很重，对母亲，对弟妹，对伯父，她无不尽心帮助，出于她的责任范围之外。在这不可靠的世界里，要想抓住一点熟悉可靠的东西，那还是自己人。她疼小孩子也是因为"与其让人家占我的便宜，宁可让自己的小孩占我的便宜"。她的恋爱，也是要求可信赖的人，而不是寻求刺激。她应当是高等调情的理想对象，伶俐倜傥，有经验的，什么都说得出，看得开，可是她太认真了，她不能轻松，也许她自以为轻松的，可是她马上又会怪人家不负责。这是女人的矛盾吗？我想，倒是因为她有着简单健康的底子的缘故。

高级调情的第一个条件是距离——并不一定指身体上的。保持距离，是保护自己的感情，免得受痛苦。应用到别的上面，这可以说是近代人的基本思想，结果生活得轻描淡写的，与生命之间也有了距离了。苏青在理论上往往不能跳出流行思想的圈子，可是以苏青来提倡距离，本来就是笑话，因为她是那样的一个兴兴轰轰火烧似的人，她没法子伸伸缩缩，寸步留心的。

我纯粹以写小说的态度对她加以推测，错误的地方一定很多，但我只能做到这样。

有一次我同炎樱说到苏青，炎樱说："想她最大的吸引力是：男人总觉得他们不欠她什么，同她在一起很安心。"然而苏青认为她就吃亏在这里。男人看得起她，把她当男人看待，凡事由她自己负责。她不愿意了，他们就说她自相矛盾，新式文人的自由她也要，旧式女人的权利她也要。这原是一般新女性的悲剧，可是苏青我们不能说她是自取其咎。她的豪爽是天生的。她不过是一个直截的女人，谋生之外也谋爱，可是很失望，因为她看来看去没有一个人是看得上眼的，也有很笨的，照样的也坏。她又有她天真的一方面，很容易把人幻想得非常崇高，然后很快地又发现他卑劣之点，一次又一次，憧憬破灭了。

于是她说："没有爱。"微笑的眼睛里有一种藐视的风情。但是她的讽刺并不彻底，因为她对于人生有着太基本的爱好，她不能发展到刻骨的讽刺。

在中国现在，讽刺是容易讨好的。前一个时期，大家都是感伤的，充满了未成年人的梦与叹息，云里雾里，不大懂事。一旦懂事了，就看穿一切，进到讽刺。喜剧而非讽刺喜剧，就是没有意思，粉饰现实。本来，要把那些滥调的感伤清除干净，讽刺是必须的阶段，可是很容易停留在讽刺上，不知道在感伤之外还可以有感情。因为满眼看到的只是残缺不全的东西，就把这残缺不全认作真实：性爱就是性行为；原始的人没有我们这些花头不也过得很好吗？是的，可是我们已经文明到这一步，再想退到兽的健康是不可能的了。

从前在学校里被逼着念《圣经》，有一节，记不清了，仿佛是说，上帝的奴仆各自领了钱去做生意，拿得多的人，可以获得更多，拿得少的人，连那一点也不能保，上帝追还了钱，还责罚他。当时看了，非常不平。那意思实在很难懂，我想再这样多解释两句，也还怕说不清楚。总之，生命是残酷的。看到我们缩小又缩小的、怯怯的愿望，我总觉得无限的惨伤。

有一阵子，外间传说苏青与她离了婚的丈夫言归于好了。我一向不是爱管闲事的人，听了却是很担忧。后来知道完全是谣言，可是想起来也很近情理，她起初的结婚是一大半家里做主的，两人都是极年轻，一同读书长大，她丈夫几乎是天生在那里，无可选择的，兄弟一样的自己人。如果处处觉得，"还是自己人！"那么对他也感到亲切了，何况他们本来没有太严重的合不来的地方。然而她的离婚不是赌气，是仔细想过来的。跑出来，在人间走了一遭，自己觉得无聊，又回去了，这样地否定了世界，否定了自己，苏青是受不了的。她会变得喑哑了，整个地消沉下去。所以我想，如果苏青另外有爱人，不论是为了片刻的热情还是经济上的帮助，总比回到她丈夫那里去的好。

然而她现在似乎是真的有一点疲倦了。事业、恋爱、小孩在身边，母亲在故乡的匪氛中，弟弟在内地生肺病，妹妹也有她的问题，许许多多牵挂。照她这样生命力强烈的人，其实就有再多的拖泥带水也不至于累倒了的，还是因为这些事太零碎，各自成块，缺少统一的感情的缘故。如果可以把恋爱隔开来作为生命的一部，一科，题作"恋爱"，那样的恋爱还是代用品吧？

苏青同我谈起她的理想生活。丈夫要有男子气概，不是小白脸，人是有架子的，即使官派一点也不妨，又还有点落拓不羁。他们住在自己的房子里，常常请客，来往的朋友都是谈得来的，女朋友当然也很多，不过都是年纪比她略大两岁，容貌比她略微差一点的，免得麻烦。丈夫的职业性质是常常要有短期的旅行的，那么家庭生活也不至于太刻板无变化。丈夫不在的时候她可以匀出时间来应酬女朋友（因为到底还是不放心）。偶尔生一场病，朋友都来慰问，带了吃的来，还有花，电话铃声不断。

绝对不是过分的要求，然而这里面的一种生活空气还是早两年的，现在已经没有了。当然不是说现在没有人住自己的小洋房，天天请客吃饭。——是那种安定的感情。要一个人为她制造整个的社会气氛，的确很难，但这是个性的问题。越是乱世，个性越是突出，人与人之间的差别是很大的。难当然是难找。如果感到时间逼促，那么，真的要说逼促，她的时间已经过去了——中国人嘴里的"花信年华"，不是已经有迟暮之感了吗？可是我从小看到的，尽有许多三四十岁的美妇人。《倾城之恋》里的白流苏，在我原来的想象中绝不止三十岁，因为恐怕这一点不能为读者大众所接受，所以把她改成二十八岁（恰巧与苏青同年，后来我发现）。我见到的那些人，当然她们是保养得好，不像现代职业女性的劳苦。有一次我和朋友谈话之中研究出来一条道理，驻颜有术的女人总是（1）身体相当好，（2）生活安定，（3）心里不安定。因为不是死心塌地，所以时时注意到自己的体格容貌，知道当心。普通的确是如此。苏青现在是可以生活得很从容的，她的美又是最容易保持的那一种，有轮廓，有神气的。——这一节，都是惹人见笑的话，可是实在很要紧——有几个女人是为了她灵魂的美而被爱。

我们家的女佣，男人是个不成器的裁缝。然而那一天空袭过后，我在昏夜的马路上遇见他，看他急急忙忙直奔我们的公寓，慰问老婆孩子，倒是感动人的。我把这个告诉苏青，她也说："是的……"稍稍沉默了一下。逃难起来，她是只有她保护人，没有人保护她的，所以她近来特别的胆小，多幻想，一个惯坏了的小女孩在梦魇的黑暗里。她忽然地会说："如果炸弹把我的眼睛炸坏了，以后写稿子还得嘴里念出来叫别人记，那多要命呢——"这不像她平常的为人。心境好一点的话，不论在什么样的患难中，她还是有一种生之烂漫。多遇见患难，于她只有好处；多一点枝枝节节，就多开一点花。

本来我想写一篇文章关于几个古美人，总是写不好。里面提到杨贵妃。杨贵妃一直到她死，三十八岁的时候，唐明皇的爱她，没有一点倦意。我想她绝不是单靠着口才和一点狡智，也不是因为她是中国历史上唯一的一个具有肉体美的女人，还是因为她的为人的亲热，热闹。有了钱，就有热闹，这是很普遍的一个错误的观念。帝王家的富贵，天宝年间的灯节，火树银花，唐明皇与妃嫔坐在楼上像神仙，百姓人山人海在楼下参拜；皇亲国戚攒珠嵌宝的车子，路人向里窥探了一下，身上沾的香气经月不散；生活在那样迷离惝恍的戏台上的辉煌里，越是需要一个着实的亲人。所以唐明皇喜欢杨贵妃，因为她是他的一个妻而不是"臣妾"。我们看杨妃梅妃争宠的经过，杨妃几次和皇帝吵翻了，被逐，回到娘家去，简直是"本埠新闻"里的故事，与历代宫闱的阴谋，诡秘森惨的，大不相同。也就是这种地方，使他们亲近人生，使我们千载之下还能够亲近他们。

　　杨贵妃的热闹，我想是像一种陶瓷的汤壶，温润如玉的，在脚头，里面的水渐渐冷去的时候，令人感到温柔的惆怅。苏青却是个红泥小火炉，有它自己独立的火，看得见红焰焰的光，听得见哔栗剥落的爆炸，可是比较难伺候，添煤添柴，烟气呛人。我又想起胡金人的一幅画，画着个老女仆，伸手向火。惨淡的隆冬的色调，灰褐，紫褐。她弯腰坐着，庞大的人把小小的火炉四面八方包围起来，围裙底下，她身上各处都发出凄凄的冷气，就像要把火炉吹灭了。由此我想到苏青。整个的社会到苏青那里去取暖，扑出一阵阵的冷风——真是寒冷的天气呀，从来没这么冷过！

　　所以我同苏青谈话，到后来常常有点恋恋不舍的。为什么这样，以前我一直不明白。她可是要抱怨："你是一句爽气话也没有的！甚至于我说出话来你都不一定立刻听得懂。"那一半是因为方言的关系，但我也实在是迟钝。我抱歉地笑着说："我是这样的一个人，有什么办法呢？可是你知道，只要有多一点的时间，随便你说什么我都能够懂得的。"她说："是的，我知道……你能够完全懂得的。不过，女朋友至多只能够懂得，要是男朋友能够安慰。"她这一类的隽语，向来是听上去有点过分，可笑，仔细想起来却是结实的真实。

　　常常她有精彩的议论，我就说："你为什么不把这个写下来呢？"她却睁大了眼睛，很诧异似的，把脸色正了一正，说："这个怎么可以写呢？"然而她过后也许想着，张爱玲说可以写，大约不至于触犯了非礼勿视的人们，因为，隔不了多少天，这一节意见还是在她的文章里出现了。这我觉得很荣幸。

她看到这篇文章，指出几节来说："这句话说得有道理。"我笑起来了："是你自己说的呀——当然你觉得有道理了！"关于进取心。她说："是的，总觉得要向上，向上，虽然很朦胧，究竟怎样是向上，自己也不大知道……你想，将来到底是不是要有一个理想的国家呢？"我说："我想是有的。可是最快最快也要许多年。即使我们看得见的话，也享受不到了，是下一代的世界了。"她叹息，说："那有什么好呢？到那时候已经老了。在太平的世界里，我们变得寄人篱下了吗？"

她走了之后，我一个人在黄昏阳台上，骤然看到远处的一个高楼，边缘上附着一大块胭脂红，还当是玻璃窗上落日的反光，再一看，却是元宵的月亮，红红地升起来了。我想道："这是乱世。"晚烟里，上海的边疆微微起伏，虽没有山也像是层峦叠嶂。我想到许多人的命运，连我在内的；有一种郁郁苍苍的身世之感。"身世之感"普通总是自伤、自怜的意思吧，但我想是可以有更广大的解释的。将来的平安，来到的时候已经不是我们的了，我们只能各人就近求得自己的平安。然而我把这些话来对苏青说，我可以想象到她的玩世的、世故的眼睛微笑望着我，一面听，一面想："简直不知道你在说些什么！大概是艺术吧？"一看见她那样的眼色，我就说不下去，笑了。